ハヤカワ文庫JA

〈JA1253〉

ヒュレーの海

黒石迩守（にかみ）

早川書房

7879

目次

第一部 発掘(ディグ) 7
第二部 異常都市(RL) 69
第三部 転調(フリップ) 167
第四部 少しずつ進む(プログレッシブ) 243
第五部 世界一小さな戦争(ミニマム・ウォー) 327
第六部 便り(フロム) 393
第四回ハヤカワSFコンテスト選評 401

ヒューレーの海

第一部　発掘（ディグ）

1

生まれたときから太陽は平面だった。

地下都市(ボトム)の天井の空に作られた人工太陽(AS)は〝混沌(ケイオス)〟から光を抽出し、広大な地下空間を照らしている。〝混沌(ケイオス)〟は地表に充ちてあらゆる存在を呑みこみ分解し、人類が積みあげた歴史を塗りつぶした。

序列第三位国家イラの第三都市ルプスは、典型的なシリンダ型の環境建築物(アーコロジー)だ。自己完結した生態系を持つ巨大都市は、地上都市(トップ)と地下都市(ボトム)に分かれて約一〇〇〇万の人間が暮らしている。八割の人間が地下の労働者階級であり、残る二割が地上で生活することを許された資本家階級だ。地上と地下を繋ぎ支えるために建造された枢軸(ピラー)が、人を遠くから見下ろすように一〇キロメートル間隔でぼやけていた。頂上部は地下都市(ボトム)から見上げた空に溶け込み消えている。

輝く擬似太陽は、権力の象徴だ。

過去の戦争の終わりに、技術者たちによって分割された、地球惑星の記録を格納している固定球体駆動記憶装置（アースハードスフィアドライブストレージ）の論理区画（パーティション）がその歴史を物語っている。

地球の記録（スフィア・ドライブ）には地球誕生以来の、すべての存在についての情報が収められている。そこから技術（データ）を引き出し、混沌（ケイオス）により滅びゆく人類に延命装置をあたえたことで、自然と技術者の集団は特権階級となっていった。同時に、支配者層は権力としての技術を奪い合い、戦争を起こした。その果てに七つに分かれ序列のついた集団が、現在では国家として機能し、法制を敷いているのだ。戦前には自由に、それこそ無秩序に引き出されていた技術群に対して、国家は管理者（アドミニスター）としてアクセスを監視している。自然、技術のない者たちは労働力として国家が提供する農場や工場で働く他に生きる手段を持てなくなった。

どれだけ働いても地上都市（トップ）に搾取される。判ってはいても、地下で暮らす人々はそれ以外の生き方を思いつかなかった。知識は必要最低限の読み書きと計算、仕事で使う設備の使い方ぐらいだ。翻（ひるがえ）す反旗の作り方すら知らない。だから毎日黙々と働き続け、労働が終わったあとの酒や食事についてだけ考える。

今は情報を自在に扱える者こそが強者である技術支配の時代だった。

*

「ヴェイ！　ヴェイってば！」

ルプスの地下都市(ボトム)郊外、農場でも工場でもないスクラップだらけの区画で、労働時間帯にもかかわらず赤毛の少女がひと房の三つ編みを揺らして走っている。大きめの灰色のパーカーを羽織り、ラフなノースリーブシャツに動きやすい黒のショートパンツという、一見しただけでは所属の判らない恰好だ。だがパーカーの背には、円形をベースに『SG』という文字をモチーフにしたロゴマークが黒色でプリントされている。知恵の樹に絡み付く蛇。サルベージギルドの関係者だ。

地下都市(ボトム)の一画を占拠しているそこは、サルベージギルドの自治区だった。周囲に住む人々も敬遠して寄りつかず、ルプスの中でも暗黙のうちに治外法権として扱われている。先端的な市街に熱帯雨林(ジャングル)の原住民的な粗雑さを混ぜ合わせたような貧民窟(スラム)じみた空間。ビルは樹木で、短絡的に埋設されることのない電線や配管は枝葉だ。だが太陽光を求めて伸びているわけではなく、集団の意思屈性でカオス状に広がっていく。無計画な増築を修正するための計画は、何度も白紙となって城砦のような有様だ。そのいたるところに、軍により禁制品指定されているはずの制御卓(コンソール)や端末(ターミナル)が、分解された一つひとつのモジュール単位になって無造作に転がされている。誰かしらがそれを弄(いじ)って街に繋ぐことで、このジャンクヤードは極めて自然な速度で静かに拡がっていた。

人はARM——死滅遊離駆動記憶装置(アポトーシスリムーバブルメディア)として生まれついて持っている器官(デバイス)によって、身体一つで集合的無意識情報網に潜れる。人類はすでにホモ・サピエンスではない。生体活動により情報を蓄積し、死を迎えることでスフィア・ドライブに情報を記録するスタンドアロンの記憶装置だ。ARMとして獲得したKUネット――人類の共通の意識領域である情報空間――へアクセスするのに、意識以外に別の手続きを踏む装置など必要ないというのに、ここでは当然のように違法機器が扱われていた。

「もー、どこにいるの、ヴェイキャント？　さっきから呼び出してるんだから返事くらい出してよ」

息を切らした少女は苛立って、呼吸を整える。廃棄物から漂う独特な化学性の刺激臭にも慣れているのか、大きく息を吸ってもむせることもない。早鐘を打つ鼓動が治まる間にKUネットに潜り、通話ソフトを起動して、探している少年に再びコール。すると、彼女のお気に入りの緋色ベースにカスタマイズした拡張現実ヴィジョンが視界に割り込む。返事が来たのだ。

〝うるさいなぁ、フィ。ここにいるってば〟

その声と一緒にピンを打ったマップデータが送られてきた。サルベージギルドだ。フィと呼ばれた少女は即座に粘菌経路検索をかけて最短距離を割り出し、再び駆け出した。

そこは、地下都市に住む人々の嫉妬と嘲笑を含んだ市民感情とその形状から、〝切株〟

と呼ばれている。元々は、ルプスの地上都市（トップ）と地下都市（ボトム）を繋ぐための枢軸（ピラー）の基部で、円錐台形の見た目が切株を連想させるからだ。

枢軸（ピラー）は、都市を支えると同時に、閉鎖系の居住地である環境建築物（アーコロジー）の循環系の一部として機能している巨大な柱だ。高さ一二キロメートル、直径二〇〇メートルの構造物は、格差の象徴に他ならない。情報をエネルギーに変換する情報力学機関（シラード・エンジン）により、無限大の情報量（エントロピー）を持つ混沌（ケイオス）は万能なエネルギー源となる。地表の混沌（ケイオス）との接触面が存在しない地下では、地上に繋がる柱からエネルギー供給を受けなければ呼吸すら困難となる。その対価は明確に労働力だ。

ルプスで暮らす八割の住民は、地下都市（ボトム）で第一次、第二次産業に従事して一生を終える。子供は働くのに必要な最低限の教育だけを受け、大人は定められた労働ノルマを達成する。地上都市（トップ）に管理され、割り当てられたタスクをこなすだけの日々だが、それが技術力を持てない自分たちには最良の人生だと諦めている。わずかな娯楽は、地上都市（トップ）から配給される自分たちが作ったものの中でも質の悪い酒や菓子や煙草といった嗜好品と、KUネット上でアクセスが許可されている旧文明の古い文学、映像作品だ。残る二割の地上都市（トップ）に住む人間は、地下都市（ボトム）から送られてくる贅沢品を楽しみながら、文学や芸術などの精神活動を行っている。生まれた場所が違うというだけの理由で、その格差は存在している。

地下都市（ボトム）に点在する枢軸（ピラー）は、それを雄弁に物語る無銘の石碑だった。

ルプスのサルベージギルドの拠点は、そうした枢軸（ピラー）のうち、建造中に他国との小競り合いが起きたことにより、基部しか建造されず放棄されたものを勝手に流用し、改造したものだ。内部の構造はギルドのメンバーによって好き勝手に手が加えられたため、環境（アー）建築物（コロジー）の循環系としての機能はすでに面影すら残っていない。

数分ほど走ってサルベージギルドに着いたフィは、ヴェイから受け取ったピンの刺さったマップを拡大した。円錐台形の建物の詳細なフロアガイドを見て、どこにヴェイがいるか確認する。外部記録保管室（ストレージルーム）。その部屋を一直線に目指す。通路を抜けて目的の部屋に入ると、いつものように何人かの大人が制御椅子（コンソールチェア）に座って作業をしていた。人間の情報処理を補助する汎用性を持つ周辺機器（アクセサリ）。肉体――入出力器官（I/Oオルガン）がチェアに触れると接続し、標準規格（ユニバーサルデザイン）の各種ソフトウェアが使用できる代物だ。

他に大人しかいない部屋の中で、捜している相手の姿はすぐに見つかった。上下揃いの作業衣（ブルーカラー）をきっちりと着込んだ小柄な黒髪の少年に飛びつく。

「ヴェイやっと見つけたー！」

「静かにしなよ、フィ……皆の迷惑だよ」

ヴェイは飛びつかれても顔色を変えず、ただ面倒くさそうに呟く。こちらが一生懸命捜していたのに、冷たい反応だ。

「騒がずになんかいられないってば！　アタシすごいもの見つけたの！」

「今ボク仕事中なんだけど。フィだって前の仕事の発掘物まだ整理してないでしょ。いっつもぎりぎりまでサボって親方に怒られるんだから」

無表情のまま窘めと不満が入り混じった口調のヴェイのかたわらで、周りの大人たちが笑う。

「おとなしいお嬢なんて怖くてオレたちゃ見たくないっすよ、若」

「元気ありきのお嬢だ。静かになんてされたら病気にでもなったのかと思っちまう！」

「皆フィを甘やかしすぎです。だからつけあがるんですよ。ボクもフィも、もう十四歳です。ギルドの仕事を始めて二年ですよ？　いい加減に一人前に扱ってもらえるようにならないと」

仕事の話になると、ヴェイはいつも説教くさい。任された仕事はきちんとやっているのに、いちいち言葉づかいや態度に文句を言われる筋合いはないと思う。

「失礼なっ！　アタシだってやるときはやるの。それに今回見つけたものだって、整理中に気がついたんだから」

えへん、と口に出してフィは胸を張る。

「へぇ、そう……」

「あぁ、ヴェイ！　信じてないでしょー!!」

「うるさいってばだから……信じてるから仕事終わるまで待ってよ」

「ぜったい、信じてない！　だから並列意識(パラレル・ソウト)の感情領域をあっち側に向けてるんでしょー!?」

「それはこの方が効率がいいからだよ」

　フィの言うとおり、ヴェイは口調にこそ感情が表れてはいるが、その顔にはまったく色を見せない。ＡＲＭとなった人類は、物理空間と情報空間(インフォスフィア)にそれぞれ基底現実(ＢＲ)と仮想現実(ＶＲ)の並列意識(パラレル・ソウト)を持っている。両方の現実に心的表象を出すと脳が感情の縺れ合い(ディスオーダー)で錯乱するため、どちらの意識に感情領域を向けるのか厳密にするのが普通だ。

「人と話すときに感情領域を向けない(ブランク)のはマナー違反！」

「まぁまぁお嬢……若は仮想出身(ＶＲエゴ)なんだから、この方が効率がいいのは間違いないですし。お嬢も若の仕事が早く終わった方がいいでしょう」

　先に自我(エゴ)が芽生えた現実に知情意を揃えた方が、中央処理器官(ＣＰＵオルガン)の効率は高くなる。知性と感情と意志の処理にタイムラグがなくなるからだ。ＢＲにおいては問題にならないレベルだが、コンマセコンドが問われるＶＲでは大きな差となる。だが判ってはいても、フィは会話の相手が空っぽ(ブランク)な貌(かお)をしているのは我慢できない。

「ダーメー！　気持ち悪いからダメー！　パパだっていっつも言ってるでしょ、ネットに溺れて機械(マシン)になるなって。コミュニケーションは重要だよ！」

「フィ、ギルドでは父さんのことは親方って呼びなよ。それに親方は、そんな肉体主義者(ボディスト)

みたいな意味じゃなくて、単にボクたちのヒトとしての在(あ)り方を言ってるんだよ」

「そ、そんなの知ってますー！　ＫＵネットに常に触れる発掘屋(サルベージャー)たる者の常識ですー！　アタシが言いたいのは、そうやって効率効率ってばっかり言って、効率厨で他人のことを真面目に相手にしないヴェイの態度が悪いってことだもんっ。そうやって澄ましちゃってカッコいいと思ってるの？　中二病の癖に‼」

旧文明のスラングで馬鹿にされたのに腹を立てたのか、ヴェイの感情がＢＲに出かけたが、すぐにそれをＶＲに引っ込めた。

「ボクは別に中二病じゃない。それにかまってちゃんのフィの方がボクよりずっと恥ずかしいと思うけどね」

フィとヴェイの言いあらそいが熱を持ちはじめた周りで、大人たちは可愛らしい二人のマスコット的存在に、思わずＶＲに逃げ込んで笑っていた。ＢＲ側では、きちんと表情を繕って二人をなだめながら。

ヴェイは溜息をひとつつくと、チェアから立ち上がり、不満そうな顔でフィに言った。

「いいよ、終わったからフィが見つけたっていうものを見せてよ。ただし、もしも驚かなかったら、これからはフィにもギルドではきちんとしてもらうからね」

「面白いじゃない、ヴェイは必ず驚くからね！」

「で、何でわざわざ映写室(モニタールーム)なの？」

ヴェイがストレージルームから連れてこられたのは、大勢で映像を見るために使うモニタールームだった。一つの映像に大人数がVRでアクセスすると、好き勝手に行われるデータの送受信でラグが発生してしまうが、BRで視聴(アクセス)することでスムーズに同時に観ることができる。ただ動画を見るだけなら、端末に繋がって網膜投影するだけでいい。本来はディスプレイなど必要ないのだが、そこは各自の趣味なので室内には三次元(3D)映像スクリーンとディスプレイデスクが用意されていた。

「ここなら誰にも見られないから」

言いながら、フィはデスクが起動するのを待つ。

「っていうことは、見つけたのはムービーデータ？ また大昔のアニメ？ 好きだよね、フィは。でもボクは興味ないよ、元々アニメは見ない方だけど、あんなすっごい雑な二次元(2D)映像よく見れるね」

フィは小馬鹿にしたように、ふぅ、と息を吐いた。

「判ってないなぁヴェイは。今はそれこそVRで簡単にアニメが作れるけど、昔の人たちはコマ送りの動画を何枚も何枚も手で作ってたんだよ？ それであんなに綺麗に絵を動かせたんだから、これってすごいことだから。芸術だよ！ 中でも断然、ニホン製はレベルが違うよ。基本水準がもう違うから。あぁ、なんで今はもうニホンって集団残ってないのかなぁ」

心底残念そうに握り拳を作ってフィは力説する。自分が好きなものについては、いくら興味がないと言っても、こちらに異常なくらいすすめてくる。同じくらいの熱意をギルドの仕事にも向けてくれればいいのに、と素直に思う。

「じゃなくて。今回はアニメじゃないの。普通の動画。作られてない実写2D」

「その程度の軽いデータなら個人領域(パーソナル)の公開エリア(パブリック)に置いてくれればいいのに」

「ダメッ、これはアタシとヴェイだけの秘密なの」

「あぁ……だからモニタールームに来たんだ」

その用途上、モニタールームは普段は誰もいない。いてもせいぜいフィのような趣味人だけだ。少なくともヴェイは私用でこの部屋を使った記憶はない。今も室内には他に誰もいなかった。

理由はそれだけじゃないよ——フィは起動した3Dディスプレイで2Dを表示させながら言う。

「アタシが直接ハード側に入力した動画を見るだけなら、VRを経由しないから使用ログは残ってもキャッシュは残らないでしょ？　そっちの方が好都合だから」

「随分と慎重だね、こんなまわりくどいことまでして。効率悪いなぁ」

「それだけすごいものだからねっ。ふっふっふ、アタシはもしかして歴史に残る大発見をしたかもしれないのだよヴェイ君」

ほくそ笑みながらふんぞり返るフィの隣で、ヴェイは鬱陶(うっとう)しそうに醒(さ)めた顔をする。彼女がこういうことを言い出したとき、まともな話だったためしはない。

「あ、ほら映るよ」

フィに促され、ヴェイはデスクを覗き込む。

本来は中空に3Dを投射するためのデスクの表面が淡く光り、目線の高さに黄金長方形が浮かび上がる。フィが設定した緋色(スカーレット)の枠は、次にぱっと切り替わり風景を映した。

地面だろうか。一面に細かな砂が映っている。撮影カメラは下を向いているらしい。随分と視点を彷徨(さまよ)わせて、ぐらぐらと揺れる地面を映した後、やっと正面を向いた。

そこには一面に広がる空があった。作られていない本物の空。作られていない本物の太陽。青い空の下には冗談のような大量の水。何かが操っているのか、振り子のように行ったり来たりを繰り返す不思議な水――かつて〝海〟と、呼ばれていたものだ。

「これって……」

今はもう混沌(ケイオス)が充ちて見ることのできない都市の外の光景。一歩外に出れば死んでしまうと幼い頃から教わってきた外。これが本物の外の映像だとしたら、これは誰も行けない場所の記録ということになる。そこに映っているものは、とてもじゃないがそんなに恐ろしくは見えなかった。

「で、こんな映像データがどうしたの？　べつに物珍しくもないじゃん」

　今まで誰一人として外について調べなかったわけではない。スフィア・ドライブを探れば、こういった旧(ふる)い資料はそれなりに見つかるものだ。フィがよく見ているアニメもそうだし、娯楽文学らしきものから読み取れる外の描写も数多くある。ヴェイにとっては、特に変わったものではなかった。

　そして極めつけはこの海だ。

「これって映画でしょ？　オーディオデータは壊れてててどんな話か判らないけど、このよくある動く海、すごく作りものくさいし」

　戦争中、その中心にいた技術者たちは勝つためにスフィア・ドライブから新しい技術(データ)を引き出すのに躍起になっていた。当然のように、他勢力に画期的なモノを見つけだささせないために、大量のダミーデータをばら撒き、互いに妨害を行っていた。今もそのダミーは大量に残っており、歴史を調べている好事家たちを悩ませている。

　そしてその流れを継いでジョークコンテンツとしてダミーを作り、他人を騙して笑う人間たちがKUネットにはいる。フィが見つけてきたデータも釣り師(トロール)が作ったものだろう。

　ここ序列第三位国家イラでは、外についての記録は軍が保管しており、公開されているものも少ない。各国家に点在し、横の繋がりを持つ治外法権に近いギルドに対しても、KUネット上での情報のやりとりへの監視の目は厳しいのだ。ダミーを作る際には、ただでさえ少ないその情報から映像を作り出すことが求められていたのだが、その中でも今回のモノは〝海〟が非常に胡散臭くヴェイには感じられた。

「ちっがーう!! だからさっき言ったでしょ、作られてない実写2Dだって。ちゃんと続きを全部見てから言ってよね」

「続きって言ったって……」

ヴェイにはどう見てもただのダミーにしか感じられない。流れを生み出す高低差や押し出す力の源がないのに、大量の水が一気に動くわけがない。大量の文献で海に波がある記載は見つけられるが、波の仕組みについて正確に書かれていたものを見たこともなかった。

疑いの眼差しで映像を見ていると、海に女性が現れた。極端に肌を露出した恰好で、胸と局部だけを隠している下着姿。

「うわっ!? フィ、フィ!! 駄目だってこんなの! これって、その……大人が見るエッチな映像じゃないか!」

「何言ってるのヴェイ。これ〝水着〟だよ」

顔を真っ赤にして慌てるヴェイに、フィはにやにや笑いながら言う。

「あっれー? ヴェイってば、ただ泳ぐときに着るものを、何と勘違いしたのかなぁ?」

「み、水着?」

「そう。これって、〝海水浴〟っていうのをしてるみたい。大昔はこうやって海で遊んでたらしいよ」

「な、何だ。びっくりしたぁ」

「アタシべつにそこに驚いてほしかったわけじゃないんだけど」

まぁいっか、とフィは動画に視線を戻す。

「見てのとおり、これは〝ホームビデオ〟ってやつみたい。昔の人が遊んだ記録を映像に残したもの」

「なにがすごいの？ ダミーでしょ？ その、水着の女の人には驚いたけど」

「だーかーらー！ もう、呑み込み悪いなぁ。あのね、これは映画じゃないの。大昔の人が趣味で撮ったやつなの。無編集。つまり、ここに映ってるのは正真正銘、全部本物です‼」

「嘘だ」

「うっわー……ノリ悪いー」

「ありえないよ。そんなデータがスフィア・ドライブから見つかる可能性なんて低すぎる。このデータの容量いくつ？ 精々GB（ギガバイト）とかそこら辺でしょ。地球の容量知ってる？ GrB（グルーチヨバイト）以上って言われてるんだよ。その中からGBデータを、それも大昔の本物の記録を引っ張りだせる可能性なんて、人体からひとつの原子を探していて、一本だけ抜いた髪の毛の中にあったって確率以下。馬鹿馬鹿しいほど低いよ」

「アタシだって最初は疑ったもん！　だけどちゃんと調べて、すみずみまでダミーの証拠を探してみたけど見つからなかったの。最年少でギルドの妻腕(ホットドガー)認定受けてるアタシが調べたんだから間違いないの!!」

「どうだかね。フィは確かに攻性防壁突破とかの動的操作(ダイナミック・オペ)がすごいのは認めるけど、精査とかの静的操作(スタティック・オペ)はちょっと甘いもん。それこそアニメに少し凝ったウィルス仕掛けられてただけで引っかかるぐらい。忘れたとは言わせないよ、昔、お宝アニメだとか何かで騒いで、見事にウィルスにやられて高熱(フィーバー)出したこと」

　フィは何か言い返そうとしたが、言葉に詰まって「ぐぬぬ」と呻いた。

「だったらヴェイも調べてみてよ！　ヴェイだってアタシと同じ最年少の妻腕(ホットドガー)なんだし、静的操作(スタティック・オペ)は得意でしょ？」

「まぁ、GBデータくらいならすぐに終わるからいいけど……じゃあ、ちょっとVR入るから、データちょうだい」

「コピーでもいいよね。あと、残したくないから五秒で消すね。デリートプログラムにはアタシの署名(シグネチャ)書いておくから間違えないでね」

「はいはい……」

　ヴェイの深緑(ダークグリーン)にカスタマイズされたARヴィジョンに、フィの緋色(スカーレット)のファイルが届く。同時にデリートまでのカウントが表示された。『00:05:00』。すぐにVRに入って自分の個人領域(パーソナル)にデータを持ち込み、精査を始める。終了。異常なし。

そんな、とヴェイは戸惑う。まさか本物だとでも？

カウントを確認すると、表示はまだ『00:04:56』だった。より細かく調べてみることにする。開始。終了。異常なし。信じられない。もう一度(リトライ)だ。開始。終了。結果は変わらない。

「嘘でしょ……」

呆然と呟く。可能性は二つ。このデータの偽装が自分の眼をごまかせるほどに巧妙であるか、それとも本物か。一つ目の可能性もなくはないが、自分より腕のいい人間がまさかダミーなんか作って喜んでいるわけがないし、何より自分が手掛かりひとつ見つけられないというのは信じたくなかった。

では二つ目の可能性？

手元のデータを見る。『00:03:43』。まだ時間は十分ある。個人領域(パーソナル)の奥の部屋(フォルダ)から自作の仕事道具(プログラム)を持ち出した。これなら間違いはない。これで出た結果ならば、もう信じるしかないだろう。

開始。

終了。

結果——異常なし。

ヴィはBRに戻ると、大きく溜息をついた。空っぽから表情が戻った貌を見てフィが言う。

「あ、戻ってきた。なんか長くなかった？」

「量子素性子単位で三回調べたけど、何も見つからなかったよ……」

それを聞いて、フィの表情はぱっと明るくなった。

「ってことは、もしかしてもしかして？」

「うん。多分……本物だよ、これ。自然単位情報レベルでの偽物なんてありえない。ダミー云々以前に作れるわけがない」

「やったー!! ほぅら、アタシが言った通りだった。すごいでしょすごいでしょ？」

「すごいけどさ……これ、どうするつもりなの？」

「本物の海の証拠を発掘できたんだよ？　だったらやることは、ひとつしかないでしょ」

今いち要領をつかめず、ヴィは首を傾げた。

しょうがないなぁ、とフィはこほんと一つ咳払いをすると、右手の人差し指を立てて左手を腰に当て、ヴィに迫るように言った。

「ズバリ！　外に海を探しに行くんだよ!!」

2

円錐台形の形から切株(スタンプ)と名付けられているサルベージギルドの拠点の一室。場所がなかったからと壁を打ち壊して乱暴に増築したその部屋は、外から見るとできもののように不自然で全体の均整がとれていない。そこは居ついている人間に対する冗談の意味も込めて、吹き出物(ピンプル)と呼ばれていた。

ピンプルの住人であるシド・アカツキは、昨夜ベッドまで移動する前に力尽き、半裸姿でソファに寝転がっていた。ただ、仮にベッドまで移動できたとしても大差なかっただろう。室内は大量の書籍に占拠されているからだ。あらゆる点で情報としての利便性に劣るハードコピー――しかも、印刷はとうに廃(すた)れた技術であるし、わざわざ発掘されたデータをハード化するから値も張る――を好んで蒐集しているシドは、変人が多いと言われるギルドの中でも殊更に変人として知られていた。

そうして、安眠が不可能そうに見える部屋で熟睡していた彼だが、

「シードせんせーい!!」

「ふぐっ……!?」

フィに飛びつかれて目を醒ました。

思い切りのいいダイブの衝撃でシドは身体をくの字に曲げる。周りの本が崩れ、連鎖し

ていくつかの山が倒れた。

「シド先生、おはよー！　また昼まで寝てたんだね」

「……おぅ、フィルか」

自分の上に寝転がり足をバタつかせ満面の笑みを向けてくる少女の顔を、深緑（ダークグリーン）の瞳で確認するとシドはあくびをした。

「フィ、何やってるんだ！　すみませんシド先生」

ヴェイが遅れて部屋に入ってくる。

「ヴェイもいたのか……ガキは元気だな」

「ガキじゃありませんー。アタシもヴェイも、もう十四だよ？」

「まだまだガキだ。ちょっとどけフィル」

シドが褐色の肌に目立つ白髪の頭を掻きながら起き上がると、フィは楽しそうに「きゃあ」と言いながらソファから転がり落ちる。

「あー……で、何の用だお前ら」

首を鳴らして伸びをすると、サルベージギルドの問題児たちに訊いた。

「あ、ちょっと訊きたいことがありまして」

崩れた本を拾いながらヴェイが言う。

「オレはもうお前らの教育係じゃないんだが……何でもオレに訊けば判ると思うなよ。ガキじゃないというなら自分で探せ」

「もちろん、自分で探して判らなかったから訊きにきたんだよ」

フィがソファの下から立ち上がる。

「先生って、軍人さんだったんでしょ？　しかも元騎士乗り(ギャロップ)の」

「ん？　あぁ、大昔の話だ。それがどうかしたか」

シドは若い頃、地上都市(トップ)に暮らす人型有人兵器〝疾く駆ける騎士(ギャロップ・ナイト)〟のパイロットとして選ばれた士官候補生だった。あらゆる存在を分解する混沌(ケイオス)に抗して唯一地上で暮らせる技術を持つ階級は、そこに生まれついただけで勝ち組と言われている。他国家の侵攻から市民を護っているという名目のもと、過剰な待遇が用意されているのだから。

シドはそんな地上都市(トップ)からの脱走兵だった。十七年前、当時十八歳だったシドは、地下都市(ボトム)で暮らしていたフィとヴェイの保護者であるクレイと出会った。出会った、といってもKUネット上での話で、軍のシステムに不正アクセスしていたクレイを見つけただけなのだが。あの頃の自分は地上都市(トップ)の選民思想に染まりきっていて、視野の狭さは今思い出すだけでも恥ずかしい。クレイは昔から変わらず、KUネットの情報空間(インフォスフィア)を自由に飛び回る、無茶を無茶とも思わない探究心の塊だった。彼に世界の広さを教えられなければ、いまだに退屈でくだらない地上都市(トップ)で暮らしていただろう。

その後、シドはクレイに連れられてサルベージギルドに入った。現在では、クレイはギルドの親方となり、シドは地上を知る唯一の人間として、奇妙な立ち位置にある。

過去を反芻(はんすう)していると、フィが身を乗り出してきた。

「地上について訊きたいことがあるの!」

「……今度はまた、随分と面倒くさいことに興味持ったなお前ら」

そもそも、シドがこの問題児たちにここまで懐(なつ)かれているのは、親方であるクレイに娘(フィ)と息子(ヴェイ)の教育を任されたからだ。二人はクレイに拾われた同年齢の戦災孤児で、血の繋がりはない。だからといって、シドはクレイが血縁関係にない子供を二人も育てると言いだしたことには反対しなかったが、問題はその後からやって来た。

二人とも、天才だったのだ。

自我の芽生えが落ち着いて、やっとBRとVRの二現実(バイナリアリティ)を認識できるほどに物心がついた頃には、フィもヴェイも自分が得意な分野では大人顔負けの技術屋になっていたのだ。

感覚的に情報空間(インフォスフィア)を飛び回れる中、何も知らずに好奇心だけで遊ぶのはあまりにも危険だ。無邪気が脳死状態(フラットライン)を招いたとしても何の不思議もない——被害を与えるにしろ、受けるにしろだ。だからクレイは親方として忙しい自分に代わって、シドに二人の教育を頼んだ。「ネットマナーを叩きこんでおいてくれ」と冗談交じりに。

それからシドは先生と呼ばれ、小さな凄腕(ホットドガー)たちは彼のもとを卒業した後も知らないことをよく訊きに来る。ことあるごとに頼られるようでは卒業させるにはまだ早かっただろうか、と内心嘆息する。

「それで、地上の何が訊きたいんだお前ら。歴史の授業なら昔、一通りやっただろ」

「いえ、歴史じゃなくて、単純に今の地上の様子が知りたいんです」

「地上の様子？」

「そうです、混沌(ケイオス)が充ちる前と後の地上の違いが知りたくて」

「混沌前(プレ・ケイオス)ねぇ……」

いくら教育を終えたとはいえ、二人はまだ何にでも興味を持つ子供だ。フィは楽しいことに目がないし、ヴェイは常識的だが負けず嫌いなせいで、フィと一緒に騒ぎを起こすことがある。痕跡を残さず軍部のインフラに侵入して、システムに影響が出ないファイル名だけをすべて大昔のアニメキャラの名前に変えるなんていたずらをまたやられたらたまらない。

シドは二人がまた、しょうもないことを考えているのではないかと探りを入れてみる。

「判った、ついでに昔のおさらいでもするか」

「えー、勉強するのー？　もういらないよそんなのー」

「フィ、先生だって好意でやってくれるんだから、それぐらい我慢しなよ」

「ぐだぐだ言ってないで、どこか座れ」

ヴェイはフィの態度に納得しきれていないようだったが、失礼します、と部屋の隙間に椅子を見つけて座る。一方、フィはむくれ顔で積まれた本を椅子代わりにふざけていた。それにヴェイが何か言おうとしたが、シドが無言でいさめた。

「じゃあ、まずはヒトの新旧についてから。VRでの検索は禁止だ」

シドは二人のVR意識(ソウト)の個人領域(パーソナル)に対して、門番(ゲートキーパー)ソフトを起動させる。この天才たちがその気になれば容易に突破できる意識隔離(ソウト・アイソレート)だが、カンニング防止には十分だ。

「ヴェイ、答えてみろ」

「はい。人類は元々今のボクたち、死滅遊離駆動記憶装置(アポトーシスリムーバブルメディア)──ARMのような情報空間(インフォスフィア)上で活動するためのコンピュータ的器官を具(そな)えていませんでした。旧文明の発展途上で、完全に無機物からなる生物である機械仕掛けの生物(クレアトウラ・エクス・マキナ)──CEMが発見されたことをきっかけに人類は変化します。ホモ・サピエンスがCEMと同化することで、意識そのものを通信端末とする意識領域であるKUネットを獲得し、人類はARMという新しい種になりました」

ヴェイがすらすらと答えるのをシドは注意深く観察する。その様子にどこかおかしいところがあるか──特に何もないようだ。どうやらヒトの進化過程に疑問を持ったわけではないらしい。判りやすいフィを見ても、本の上でバランスを取って遊んでいるだけなので、無関係のようだ。

「正解。よくできました。次はフィルだ。機械仕掛けの生物(クレアトウラ・エクス・マキナ)について説明しろ」

「えー、ヴェイの問題の方が簡単だったじゃんー。んーっと、CEMでしょ。確か、元々は旧文明の人が鉱脈から発見したんだよね。暗灰色(ダークグレー)で手のひら大のほぼ真球だったから、最初は人工的に金属を加工したオーパーツの類(たぐい)だと思われてたみたいだけど。で、保管しておいたCEMが成長して大きくなっていたのに気がついて、不思議に思って調べてみたら、生物を定義する三つの能力……自己増殖能力とエネルギー変換能力……それと、恒常性(ホメオスタシス)を持ってた！」

むふー、と自信満々にフィは言い切る。

「それだけじゃ満点はやれないな」

「えっとー、そうだ！　CEMは見た目はただの金属球だけど、周囲の情報を吸収してその環境に擬態する能力があるんだよね。擬態するための情報がないと球体になるけど。で、生物の定義に当てはまる特徴は持ってるけど、完全な無機物だから今までの生物の定義が崩れた！」

「あともう一押しだ」

「うぬぬ……何だったっけ」

「それで勉強はいらないなんてよく言うよ」

やれやれと肩を竦(すく)めるヴェイに、フィは噛みつく。

「うるさーい！　横から口出さないでよっ。えっと、えっと……シド先生ヒント！」

「クイズかよ。しょうがない……『生物と生命の違い』だ」

「あっ、あっ、あっ。判った判った！　思い出した！　生物学上に無機物の生物が出てきたから、有機物の生物と区別するために、魂(ゴースト)の存在を仮定して魂(ゴースト)がない無機生物と魂(ゴースト)がある有機生命に分けたんだった。ＣＥＭは生物といっても、生体活動の仕組みが機械的な入出力(I/O)で、コンピュータの情報処理と変わらないから精神活動はしないんだよね。だから、ＣＥＭでヒトそっくりのロボットを作ったときに、それがヒトじゃないっていえる心の証明が議論されて、有機生命固有の意識活動の源として、魂(ゴースト)の存在が提唱された。で、その根拠はＣＥＭが『種』のみの群体で『個』を持たないこと!!」

「まぁ、合格にしておいてやる。じゃあ、次はヴェイ」

二人の様子を見るに、今は純粋にこのクイズを楽しんでいるだけで、二人の興味の対象となる話題はまだ出てきていないようだ。どこが琴線に触れるのか判れば、このはた迷惑な小さい天才たちが何をやらかそうとしているのか推測できるというものなのに。

シドは軽く息を吐くと続けた。

「人類のＣＥＭ利用の歴史を説明しろ」

「本来、ヒトはＡＲＭとは違ってＶＲを持っていませんでした。そこに、ＣＥＭが持つ情報を吸収して完璧な擬態を行う特性――生物学的には、あらゆる環境に適応するための能力と言われています――に注目した旧文明では、ヒトにＣＥＭを移植する実験を行っていました」

「それで？」

「はい、結果的にＣＥＭは遺伝子情報を読み取って完璧に人体に馴染みました。これが今の人類、ＡＲＭです。ここで、『個』を持たない——すべての個体が、ひとつの存在として活動している——ＣＥＭが、『個』を持つヒトと合わさった影響で、人類はＣＥＭを通じて共通の意識領域——集合的無意識情報網（ＫＵネット）を獲得しました。これがＶＲの始まりです。また、ＣＥＭは人類が発見したときにはすでに、ヒトだけではなく地球そのものとも同化していました。これにより、人類はスフィア・ドライブという形で地球という惑星に蓄えられていたすべての情報を使用できるようになったんですよね」

「ヴェイは優等生だな。完璧だ」

満足気にシドが言うと、横でフィが喚いた。

「アタシはこういう知識系は苦手なの！　もっと実用的なやつがいい！」

「別に何も言っていないだろ。ほら、次はお前だフィ。ご要望に応えて情報魔術（サイバネティツクラフト）についてだ」

「あれ？　何かすごい跳んでない？」

「お前ら混沌（ケイオス）について訊きたいんだろ。だからこれでいいんだよ」

ふむ？　とフィはよく判らないのか、本の上で腕を組んで首を傾げた。

「まぁ情報魔術(CC)なら判るからいいや。アレでしょ、VRで組んだプログラムをBRで使うってやつ。KUネット上の最高階層(レイヤ)の『生命』から、CEMプロトコルで地球と情報通信すれば、物理空間で超常現象が起こせるって理論。たとえば、目の前のものを手を触れないで動かしたいって地球に頼んで重力制御してもらう、みたいな。走(ラン)らせるにはKUネットの底まで行かないといけないから、自我(エゴ)をなくさないで戻って来れないといけないみたいだけど」

人間が地球と通信しようなんて非現実的だよねー、とフィは天井を仰ぐ。

フィの言うとおり、情報魔術(CC)は非常に危険が伴う。人類と同様にCEMと同化している地球へ、CEMを経由することで直接アクセスするという理論そのものが原因だ。CEMは『個』を持たない群体であり、個体がそれぞれ分離していても一つの『種』として活動する。故に、CEMと同化した人類が集合的無意識情報網(KUネット)を形成したように、その更に奥――生命としての共通領域である地母神(グレート・マザー)に繋がり、そこでプログラムを走らせれば、膨大なリソースを持つ大地がヒトには到底実現できそうにない事象を実行してくれる。

だが、個であるヒトが全なる地球に潜るというのは、自身が『人間』であるという自己認識が、『生命』という曖昧なレベルまで抽象化されることを意味する。シドが地上都市(トップ)にいた頃には覚えている限り、情報魔術(CC)研究の被験体の大多数が精神に異常をきたしていた。大体が、自分がヒトであることすら忘れてしまったような有様で。

「広義の情報魔術（CC）としては、一応実用化はされているぞ」

「うっそ。どこに？」

「情報魔術師がいるわけじゃないが、たとえば人工太陽（AS）がそうだ。あれは都市外壁にプログラミングしておいて、地上の混沌（ケイオス）から太陽光を抽出している。そういう意味では、あれもVRで組んだプログラムをBRで使ってる情報魔術（CC）だ。まぁ、あれは混沌（ケイオス）を地球のリソースに見立ててるから別物といえば、別物だが」

「えー、何かしょぼい。それって結局ハード的じゃん。もっとこうソフト的にすごいのないの？」

「しょぼいってお前な……人工太陽（AS）ないとオレたち死んでるんだからな」

ないものねだりで口を尖らせるフィにシドは呆れる。その隣で「と、いうことは」とヴェイがぽつりと言った。

「やり方によっては、混沌（ケイオス）から目的のものを自由に引き出せる、ということですか？」

「あ、そっかそっか！　そういうことができるんだ！」

フィは興奮した様子で身じろぎして、その拍子に積んだ本の上から落ちそうになる。

「落ち着け。それができるなら、とっくの昔にやっている」

――これか。シドは二人の様子を眺めながら溜息をついた。大方、旧文明のモノの再現なり発見なりをしたがっているのだろうが、それは無理だ。ひとりの技術者としての経験則が反射的に否定する。どこか醒めた気持ちで、無知からくる希望を持つ二人を冷笑的に見た。

「そもそも混沌（ケイオス）がどういうものか考えてみろ」

「えっ、『すべてが在ってすべてが無いもの』でしょ？　いまさらそれがどうしたの」

「正確には、混沌（ケイオス）は情報量（エントロピー）を無限に増大させる〝現象〟だ。この増大に耐えられる情報強度（インフォテンシティ）を持たない存在は、情報として最小単位の素粒子レベル以下まで分解される。逆を言えば、混沌（ケイオス）の情報量（エントロピー）を任意に減少させられれば、あらゆるものを抽出できる。だからすべてが在ってすべてが無い。情報をエネルギーに変換するマクスウェルの悪魔の役割を果たす情報力学機関（シラード・エンジン）があるから、人工太陽（AS）みたいなものが機能しているわけだ」

混沌（ケイオス）は、熱湯に冷水が注がれると温度が下がるように、接触した存在の情報を平衡化する。熱量を失った情報は何の意味も持たず、ただそこに在るだけという事実しか残らない。情報の絶対零度だ。しかし、水をかけられて温度が低下しても、熱源がある限りは失った熱を取り戻すことができる。情報量（エントロピー）の増大を上回るネゲントロピーを持っていれば、混沌（ケイオス）に呑みこまれることはない。この抵抗力が情報強度（インフォテンシティ）だ。

「重力特異点（ブラックホール）に放りこまれるようなもの、ということですか？」

「そうだ。大抵のものは、混沌（ケイオス）に触れた瞬間に蒸発するように消えるだろうな。混沌（ケイオス）の正体は、ある種の粒子らしきものという程度しか解ってない。それが外には充ちている。オレもギャロップの軍事教練では都市周辺しか見たことがないから断言はできないが、混沌前のものはほとんど何も残ってないはずだ」

「でも何もないわけじゃないでしょ。高い情報強度を持っているものは、混沌に呑まれないんだし、自然界って規模の系になれば残っているものは少しぐらいあるんじゃない？」

「そこまではオレも知らん。士官候補生時代に遠征任務はなかったしな。混沌が発生した理由が突き止められれば、機序や正体も解ってまだ対応しようがあるんだろうが、旧文明で情報魔術に似た技術が暴走した結果だろうという推測しか立てられていないのが現状だ。それに、混沌から抽出できるものを増やすには、新しい技術が必要になる。技術力を求めた無秩序なデータの濫用が〝独占戦争〟の引き金になって、いまだに国家間の戦争は続いてる。そんな状況で、新しく何かを混沌から抽出する余裕なんてないんだよ」

　〝独占戦争〟は国家成立のきっかけとなった戦争だ。

混沌から身を守るために環境建築物の都市を構築した、いくつかの技術者たちの集団が国家の原形だ。スフィア・ドライブから技術を引き出すことができた特権階級け、各々が支配する都市で更なる技術力と情報——権力を求めてデータを独占しようとした結果、都市間で戦争が勃発する。

　都市は戦時中に占領や併合など様々な理由で次々と統合されていった。規模を拡大していった都市間の技術力が拮抗すると決着はつかなくなり、戦争は冷たくなった。その頃には、もはや単に都市と呼ぶにはあまりにも巨大になりすぎた組織は、戦争を続けるための自己管理すら難しくなっており、ひとつの妥協案を暗黙の了解とする。地球そのものであるスフィア・ドライブに組んだ、自らの組織が管理するデータ領域の論理区画(パーティション)を固有の領土として国家となる。そうして七つの国家が成立し、保有するデータ領域の大きさから序列がつけられた。

データ領域が大きければ、それだけ技術力が増し、国家の力も強大になる。そのため、七つの序列国家はいまだに領有権が空白となっているデータ領域の所有権を主張して、過去の冷戦を引きずっている。

「だから今はどの国も領土を拡大しようと、騎士(ギャロップ)なんか造って戦争しているんだ」

くだらないこと考えるな、とシドが悪態交じりに言おうとしたとき、

「それだ!!」

突然ヴェイが大声で立ち上がった。驚いたフィが本の山から落ちて「ふにゃっ」と変な声を出す。シドは普段冷静なヴェイに奇異の眼差しを向けた。

「ちょっと! ヴェイ、急になにっ? 頭打った!!」

「あ、ごめん。でも思いついたんだ、できる。できるよフィ。行ける、い、行けるよ」

「えっ」

フィは何か言いかけたが、ヴェイに一瞥(べつ)されてこちらを見ると慌てて口を押さえた。そ

の淡褐色(ヘーゼル)の眼には、間違いなく期待がこめられている。そして二人で頷くと、向き直って言った。

「シド先生、ありがとうございました。とても参考になりました」

「おかげですごい助かったよ！　やっぱりシド先生頼りになる！」

「おい、ちょっと待てお前ら」

「アタシたちも行くね、新しく調べたいことができたから。それじゃ、またねシド先生」

「またお願いします、シド先生」

止める間もなく、二人はさっさとピンプルから出て行ってしまう。一人残されたシドは、呆然とするしかなかった。

ピンプルを出た二人は、興奮してギルドの廊下を走っていた。自分たちだけの秘密を誰にも聞かれないように、通話(テル)ソフトの会話を何重にも暗号化しながら。

〝よくあんなの思いついたねヴェイっ！〟

〝でもまだ成功するか判らないよ。ちゃんと調べないと〟

〝ぜったいできるって！　ヴェイとアタシがいればできないことなんてないよ〟

心が躍っているのか、フィはVRで会話しているにもかかわらず、たまらず走りだしながらBRで両手の拳を内側に握りしめて喜びをジェスチャーにする。それを見たヴェイは、はにかむように言う。

〝そうかな？〟

〝そうだよ！〟

訊かれて答えて、だが二人は絶対に成功するという確信に満ちていた。それは子供が持つ万能の想像力で、しかし荒唐無稽なものではなく、天才の発想力に支えられていた。

〝戦争で使われてる〝疾く駆ける騎士(ギャロップ・ナイト)〟なら、混沌(ケイオス)の中でも呑みこまれずに動き回れる。だからそれを真似して、外に行けるスーツを作ればいいんでしょ？　簡単だよ！〟

〝うん。幸運なことに、ここに置いてあるからね。恰好の研究材料が――〟

やがて、二人はギルドの中でも、特別な場所に辿りつき、足を止めた。そこは通路の途中を大きく刳(く)り貫(ぬ)いたような空間だった。ギルドの中でも象徴的で偶像的な場所として、一種の堂(ホール)のように扱われている。

「モデル『ナイト・バード』――一番最初(プロトタイプ)の騎士の鎧」

ホールには、巨大な白騎士が安置されていた。

3

〝疾く駆ける騎士〟（ギャロップ・ナイト）——それは、〝独占戦争〟後に発掘された技術のひとつだ。

戦後、データパーティションを国境とし、その力による序列国家が成立した。それにより、持つ者が持たざる者に与えるという図式が容易に成立し、KUネットを介したスフィア・ドライブへのアクセスは事実上、国家に属さなければ不可能となった。国力の増大を図る国際情勢では常に領土侵攻と防衛が最優先事項となっている。結果的に、世界には軍国主義（ミリタリズム）が浸透し、戦争するための武力が求められるようになった。

無論、その武力の源となる技術はすべからくスフィア・ドライブの中に眠っているものであり、自身の領土にあるもの、もしくは各国共有で使用できると定められたデータ領域——都市と都市の隙間にできた人類の生存圏外である混沌の公海（ノーマンズランド）から技術を発掘しなければならない。その不毛の地を調査するのに、国家主導で行うなど、どんな馬鹿でもやらないだろう。国境外の調査は暗黙の火薬庫だった。

そこで国家は不正技術者（クラッカー）たちに目をつける。どの組織にも所属せず、領土を持たないが、しかし技術力を持っている横に繋がりを持つ集団。この厄介者たちに権利と報酬を与え正規技術者（ハッカー）と認定し、誰のものでもない土地（ノーマンズランド）を何者でもない者たち（ノーバディーズ）に管理させる。社会情勢の緊張により苦しまぎれに生みだされたこの方法は、領土外のデータを手に入れるための事実上の標準体制（デファクトスタンダード）となっていった。これがサルベージギルドの始まりだ。

そして、国家の予想を大きく上回り、この鬱陶(うっとう)しいアウトサイダーたちは、とんでもない成果を出した。

従来は混沌(ケイオス)に侵食されないように戦争を行うには、都市建造技術である〝混沌障壁(ケイオスカーテン)〟を転用した戦艦による砲戦での鈍い撃ち合いに限られていた。だが、それとは比べ物にならない、混沌(ケイオス)内を自由に行動できる手段――CEMから造った構造物を人体と接続して扱える、高い情報強度(インフォテンシティ)を持った生体利用技術(サイバネティクス)をギルドは発掘したのだ。

そのサルベージデータは人型兵器だった。旧文明の主力兵器の一つと予想され、ロボットの類だといわれているが、その真の用途はいまだに明らかになってはいない。だが重要なのは、この技術物が混沌(ケイオス)に抵抗可能な情報強度(インフォテンシティ)を持っているということだった。

型名らしきものを解読した結果、それは『ナイト・バード』と呼称されるようになる。混沌(ケイオス)の闇を羽ばたく鳥の翼の謎を解こうと、多くの技術者がその機構を暴くために動員されたが、一体どうやって運転操作するのかすらなかなか突きとめることができなかった。だが、それも当然だった。ナイト・バードは、乗り物(ヴィークル)ではなかったのだ。現行人類である我々ARMとは全く違うCEMの生体利用(サイバネティクス)がなされているそれは、ヒトの全身を覆う鎧だったのだ。そこまで判明した後に国家がやることは早かった。鎧を製造する技術さえ得られればいいという方針の下、リバースエンジニアリングを行い、ナイト・バードを分解した結果、EVE――〝躍動する生命の終末態(エラン・ヴィタール・エンテレケイア)〟という名のモジュールを見つける。

ブラックボックス化されていたEVEは、起動方法しか判らなかったが、それこそが鎧のメカニズムの核であるのは間違いなく、すぐに軍事転用されはじめた。あらゆる武力を求めていた国家が人型兵器を利用しないはずがなく、ナイト・バードをベースに様々な派生機体が造られることになる。

鎧の人型兵器は、その耐久力に輪を掛けて現代技術により改造され、いざ使ってみると亜音速という驚異的な速度で戦場を支配した。パイロットに運転技術は求められず、必要とされたのは身体と鎧の脳介機接続（ブレイン・マシン・インターフェース）となる優れた感覚運動野のホムンクルス（SMCH）——脳の肉体の運動を司る部位だけだった。

そうして専門的な操縦技術を持つパイロットを育成せずとも容易に戦力として増やすことが可能な鎧は、いつしか戦場を駆け抜け支配する〝疾く駆ける騎士（ギャロップ・ナイト）〟と、呼ばれるようになった。

「——これぐらいだよね、アタシたちが知ってるの」

騎士の鎧が安置されているホールで、フィは長椅子に座って足をぶらつかせながら言う。

そこはギルド内の通路の真ん中に突然現れるように造られている。一つの部屋として造られたのではなく、ナイト・バードを展示する休憩所のような構造だ。ベンチもまた、どこに座ってもナイト・バードが視界に入るように扇状に配置されており、どちらかといえば、旧文明に存在した教会のような趣（おもむき）を見せていた。

「EVEテクのおかげで、混沌（ケイオス）の中でも自由に行動できる、でっかい戦艦より小型化されて小回りの利く兵器がどんどん開発されたし、歩兵って概念も復活したんだよね。まぁ、歩兵っていっても大きさはギャロップ基準だけど」

うん、と隣でヴェイが頷く。

「でも、その肝心のEVEテク――というかナイト・バード――は、昔ギルドが発掘した後、軍が持って行った。ギルドも黎明期だったから全部の序列国家に売りつけたみたいだけど。そして、EVEテクに関する情報は、どの国でも最重要国家機密として保管されてる」

「普通のサルベージャーは、本来名前すら知らないはずのモノだもんねー。アタシたちは軍のシステムにいたずらしたことあるから、偶然EVEテクの概要だけは知ってるけど。ってか、シド先生も知らないんじゃない？」

「どうかな。先生は元々騎士乗り（ギャロップ）だし、士官候補生の脱走兵って話だから、概要くらい知ってるでしょ」

うーん、と呻きながらフィはホールの長椅子に寝そべった。ヴェイの腿の上に顎を乗せて、だらしなく言う。

「だよねー。これ、シド先生が乗ってきたらしいし。今はもうベース機体としていくらでも造れるんだよね、このナイト・バード」

「フィ、重い。足痛い」

「女の子に重いって失礼」

「そんな大昔の社会的性別（ジェンダー）持ってきても無駄だよ。ほら」

退（ど）いて、とヴェイが身体を動かしたので、そのままずるずるとうつぶせに寝ころがる。

「うにゃあ……いい考えだと思ったんだけどなぁ。昔の技術者たちが逆アセンブルでEVEモジュールの存在を突きとめたんだったら、アタシたちにもできると思ったんだけど」

長椅子の上でもぞもぞと身体を動かし仰向けになって、次はヴェイの膝を枕がわりにする。ちらりと相手の表情を窺うが、無表情にナイト・バードを見つめるだけで、特に何も言わない。自分も同じ方に視線をやる。

威圧感を放つ巨大な鎧。七メートルはある純白の機体は、大きな貝殻を薄く削りだし組み合わせ、ヒトに纏わせたようなシルエットをしている。胸部に厚い装甲があり、人体の滑らかさの中に、甲殻類の外骨格の鋭利さが埋めこまれたようなフォルムだ。光沢のない装甲の表面はエナメル質のようで、フィボナッチ数じみた美を持ちながら、均整がとれ力強い。完璧な人体工学の成果。いまだ見つけられぬ論理で感性を刺激してくる。壁に寄りかかって眠っている巨人にも見えるそれは、フィにはとても兵器には見えなかった。どこか自分の好きなアニメ的で現実感がない。これが戦場を駆け巡っている現実よりも、純白の外装は芸術品の類を想起させた。

「もう動かせないなんてなー……」

フィとヴェイが喜び勇んでナイト・バードを調べようとしたところ、まずその事実が二人に立ちはだかった。

ギャロップのようなCEM構造物は、CEMが持つ周囲の環境に適応するための擬態能力を利用して、望んだ構造を実現するように情報をプログラミングすることで造られる。そのため、CEM構造物はひとつのハードウェアであると同時にプログラムだ。フィとヴェイは、単純にKUネット上でギャロップにアクセスし、基本構成（アーキテクト）を吸い出して調べようとしたが上手くいかない。VR上にあるはずのギャロップのソフト部に辿りつけなかった。情報漏洩防止のためのプロテクトでもかかっているのかと、手っ取り早くフィがそれを突破しようとしたが、そんなものも見当たらない。原因が判らないまま、しかたなくヴェイが苦労してわずかなセキュリティホールを見つけて潜りこみ、内部から入出力経路（ストリーム）を開いてデータを鎧側から自分たちに入力しようとして、初めて気がついた。

「フィ……これ、壊れちゃってるよ」

CEMも生物である限り、死は存在する。無機生物であり遥かに強靭で安定している身体を持つ彼らの寿命は、有機生命のヒトとは比べものにならないが、それでも外的要因で死にいたる。

ギルドに置いてあるナイト・バードはとっくの昔に生命活動を終えていた。

だからこそ技術力を求めるギルドにありながら、高等技術の塊であるギャロップが無造作にホールに放置されていたのだろう。死んでしまっているものから、データを引き出すことはできない。EVEテクが使われているとはいえ、ギャロップもCEMを生体利用している面では現行人類のARMと同じ理屈だろう。生物の記憶装置である器官(オルガン)――自己相似(フラクタル)細胞記憶(セルストレージ)が活動を停止してしまっているのならば、どうすることもできない。目の前にあるCEM構造物は、壊れたコンピュータであり、鎧の形をした無機生物の死骸でしかなかった。

ぼんやりと、フィは白い鎧に近づいて、手を触れてみた。特に接触が禁じられているわけではないが、ほとんどの人はなぜか畏怖を抱きギャロップを近寄りがたく感じている。こんなに綺麗なのにと思う。鎧の表面をなでてみた。

冷たく滑らかな金属的特徴を持つ材質だが、どこか有機的なざらつきがある。人の肌を無機物にしたような、不思議な感触だった。

「死んじゃってるんだよね」

ぽつりと、呟く。

鎧の頭部を見上げてみた。ヘルムの形をした、視界を確保していると思しき隙間には暗闇があるだけで中の様子は判らない。

「どんな風に動いたんだろうなぁ」

鎧をなでていると、ヴェイが後ろに立っていた。

「さぁね。亜音速で動けるっていうし、ボクらじゃ、ちゃんとは見えないんじゃない？」

ヴェイはさ、とフィは振り向いて楽しげに訊く。

「この子はどんな性格だったと思う？」

「性格？　うーん……オブジェクト指向的な、ある程度の自律機能（スタンドアロン）の人格はあったと思うけど、元々が兵器でしょ？　自己管理（セルフ・マネージメント）のための必要最低限のものしかなかったと思うよ。気質らしいものはなかったんじゃないかな」

「でも調理器（クックウエア）のクッキーだって、ちゃんと自分の気持ちを表現するよ？」

ギルドの食堂（ダイニング）にある、あらゆる料理を作ってくれる機械に搭載された人工知能（AI）を思いだす。クッキーは業務用調理器（クックウエア）の人工知能（AI）だが、料理の味に文句を言われると引きこもったりするような自我がある。

「あれは確かシド先生が昔、弄（いじ）ったって言ってたよ。最初は無愛想だったけど、自己学習してだんだんと今の人格になったって聞いたことある。まぁ、標準で調理器（クックウエア）に搭載する機能じゃないしね」

「えー、でもイチからコーディングしたとは思えないよ」

クッキーってものすごく感情的だし——フィは彼女を怒らせたときのことを思いだして、

苦笑する。はっきりとした喜怒哀楽を呈（てい）するギルドの台所から考えると、何もないところから設計して作りあげたにしては高等技術すぎる。人格組込のパッケージを使っていないのだとしたら、誰が膨大な手間暇かけて、そんなことをしたというのだろうか。

調理器（クックウェア）のクッキーのことを考えていたせいか、フィの薄い腹が空腹を訴えた。そういえば、もうお昼時だ。目前の問題を解決する活力を得るため、ヴェイに言った。

「とりあえず、ご飯食べに行こっか！」

4

「なーに食べよっかなー」

フィは両手を後ろに組みながら、ウィンドウショッピングを楽しむように食品模型（サンプル）の前で言った。

「またそんなサンプルをじっくり見て……匂いや味はARコードで判るんだから、そっちにしなよ。処理も早いし」

ギルドの中に部屋を借りて生活しているヴェイたちには、いつも食事をする食堂（ダイニング）のメニューはほとんど見慣れている。毎日見ている代わり映えのない模型に飽きないのだろうか。

呆れたように言うと、フィはくわっと目を見開いた。

「判ってない！　判ってないよヴェイは！」

「何が？」

「このサンプルはね、スフィア・ドライブからサルベージされたニホンの技術の結晶なんだよ？　ほら見てよ、このどう見ても本物にしか見えない精巧な作り！　合成品(プリントアウト)じゃないよ、手作りだよ⁉　アタシは尊敬するね、こんなすごい技術を持っていたニホンを！」

「いくら精巧でも、所詮は作りものでしょ？　結局は本物の感覚データにはかなわないよ。それにボクは無駄だと思うよ、こんな風にスペースを取る方法。データから入力を受けた方がいいに決まってる」

「違うの！　そうじゃないの！　こうやって目で見て造形を愛でるのがいいんだってばー。いやはや、ヴェイ君は子供ですなぁ、この造形美を理解できないとは」

「別に古い技術には興味ないし。仕組みが解明されていないならともかく、ただの合成樹脂モデルでしょ」

まぁいいや、とヴェイは食堂(ダイニング)の中に向かう。

「ボク、なに食べるか決めたから、先に頼みに行ってるよ」

「えっ、ちょっと待ってよヴェイ⁉」

「カレーパン揚げたてー。外はカリカリで中はふっくら!」

嬉しそうに頬張るフィの隣で、ヴェイは黙々とスプーンでカレーライスを口に運んでいた。もう昼時のピークを終えているのか、人の姿は少ない。ダイニングにはテーブルと椅子が綺麗に並んでいる。ウォールスクリーンに調理器(クックウェア)のメニューが表示され、人工知能(AI)のクッキーが愛想よく注文に対応しつつ他のサルベージャーと談笑する声が響く。他にはかすかに食器の触れあう音が鳴る程度だ。

ダイニングが一番混む時間帯は夜で、朝と昼を抜いていた者たちが耐えきれなくなって、ふらふらと訪れる。夜にはサルベージャーたちの食生活にクッキーが非難の声を上げるいつもの光景が繰り広げられるだろう。

ギルドのダイニングは軍から直接食料の支給を受けているので、食材に困ることはなく、調理器(クックウェア)のクッキーもいるのでメニューにあれば何でも食べることができる。このメニュー自体も、そのレシピはスフィア・ドライブからの発掘物なので、掘り出されたものが毎日のようにアップデートされていく。ギルドの中には、この料理を楽しむためだけにサルベージャーになったものもいるほどだ。だがしかし、それでも現在では手に入りにくい材料があることも確かで、特に水産物は高級品だ。たまにメニューが欠品していることもあるが、クッキー曰く「私の管理能力の問題ではありません」らしい。

もっとも、元々サルベージャーたちの生活リズムは適当なことが多いので、混雑することは少ない。

ギルドの主な仕事は三つある。スフィア・ドライブからのデータサルベージ部門、発掘したデータを解析する研究部門、その結果を活用した新しい技術物の開発部門だ。どれも決められた時間内に結果を出せばいい成果重視なので、労働のタイムテーブルは特に決められていない。

ヴェイは将来、研究部門へ行くつもりだ。仕組みが解らない技術や、何が記録されているのか不明な情報があることに耐えられない。世界の構造をすべて理解したい欲求がある。だから今のうちからもう、研究室にも顔を出したりしている。はっきりと聞いたことはないが、おそらくフィは開発部門に行くだろう。自分とは違って、見ることや知ることがもっぱらの興味の対象だ。だから新しい技術を使ってサルベージの実働を担当することが多い、開発部門に行くはずだ。

大人になったら、きっと自分が研究した成果を使って、フィが新しいソフトを作ってスフィア・ドライブのデータを片っ端からサルベージしているだろう。

だが今は、海を探すためにも、ギャロップを研究できる状態にする方法を考えるのが先決だ。肉の小さいカレーライスを食べながら訊いた。

「フィは、ナイト・バードの死骸を調べるためのプランってなにかある？」

うーん、と唸りながらフィはカレーパンを一口かじった。

「実をいうと何も思いついてないんだよね。死んじゃった生き物って自己相似細胞記憶（フラクタルセルストレージ）が活動停止してるでしょ。記憶装置が壊れてる状態だから、プログラムの部品情報の先頭情報（ヘッダ）からは、データ概要と処理方法が書かれた組（クラス）と、特定のデータのまとめ方が書かれた構造体（ストラクト）ぐらいしか復元できないだろうし」

「でも組（クラス）と構造体（ストラクト）みたいな抽象対象（アブストラクト）だけだと、宣言定義だけで関数（ファンクション）とか叢書（ライブラリ）の処理内容が確認できないから……やっぱり具体対象（インスタンス）がないと厳しいね」

BR上で生命活動を停止した生物は、VR上では情報の残骸しか残っていない。情報空間（インフォスフィア）にはひとつの物体（オブジェクト）という形で抽象対象（アブストラクト）が残るが、それは他の何かに影響を与えることがない定義だけだ。オブジェクトを鋳型として生成された具体対象（インスタンス）があることで、その情報がどうやって動作しているのかが解る。抽象対象（アブストラクト）のみからプログラムを調査するというのは、化石からその生物のすべての生態を突きとめようとするのと変わらない。

フィが提案する。

「抽象対象（アブストラクト）を組みあわせて自分たちでナイト・バードと同等のプログラムを作るとか」

「無理でしょ。そんなのピースの形も数も判らないパズルを完成させるようなものだよ。……ナイト・バードのシステムを模倣装置（エミュレータ／OS）にコピーして擬似動作（ネクロマンシー）させるのは？」

「エミュレートするためのハードも生得観念もないじゃん。それがあったら、そもそも悩んでないしさー」

生物が生まれつき具(そな)えている知識である生得観念がなければ、模倣するための基盤すら構築できない。その個体が知育を好む静的適性(スタティック)か、体育を好む動的適性(ダイナミック)かの判断材料である動静適性(カーネル)が異なるだけで、プログラムは想定とは異なる挙動をする。技術者に軍事訓練を完璧にこなせといっても無理なのと同じだ。

命を失った生物の謎を解明するには、自分たちの手元には情報が足りなすぎた。

アイデアが頭打ちになる。考えを巡らせるが、八方ふさがりだった。食事をしながらKUネット上でギルドの研究資料をARヴィジョンに展開する。『CEM』、『死体』、『ギャロップ』といったキーワードでの検索結果を漁ってみるが、死んでしまったCEM構造物を調査するための手段など見つかるわけもない。不可能なのだろうか。ヴェイの心に苛だちが募る。解らないとなると、逆にどうしても知りたくなる。

「じゃあ蘇生(リブート)させるってのはどうかな？」

いつの間にか、赤銅色(ダークブロンド)の髪をした線の細い青年が正面に座っていた。ギルドの親方であるクレイだ。上下一揃いの立襟の黒いスーツを着ている父は、優しい笑みを浮かべてこちらを見ていた。

「あ、パパだ」

「と、父さ――いえ、親方、なんでここに？」

ヴェイは慌ててARヴィジョンの表示を消す。検索履歴も削除した。軍事機密であるギャロップのリバース・エンジニアリングを考えていると知られたら、止められるに決まっている。

「いやぁ、なんかフィとヴェイが面白そうなことを話してたからさ、気になって。海を探すためにナイト・バードを調べようとしてるんだろ？」

父親の情報処理能力の高さに唖然とする。自分も凄腕（ホットドガー）なのに、まるでレベルが違う。悔しいが、自分の技術力ではギルドの親方に隠しごとはできない。同時にクレイが自分の育ての親であることが誇らしくもあった。

「うわぁ、さすがパパ……お見通しだ」

技術者として数段上にいる父の前では、フィも素直になる。

「当然、ギルドで起きたことなら何でも知ってる」

「と、止めにきたんですよね……」

恐るおそる訊くと、「なんで？」と不思議そうにクレイは返した。

「いいじゃないか。面白そうだし。それに、CEM構造物の死骸の研究方法が確立できたら大手柄だ。ぼくは応援するよ」

意外な答えにヴェイは呆気にとられる。クレイがこちらを見て、不満を浮かべた。

「その顔はなんだい、ヴェイ。もう少し親を信じてくれたっていいじゃないか。適当で柔軟な発想力がぼくのウリだぜ。まぁ、適当すぎるって昔からシドには小言を並べられてるけど」

「い、いえ。そういうわけじゃ」

椅子から腰を浮かせ、期待に目を輝かせてフィが訊く。

「じゃあ、ギルドの親方のお墨つきで、ナイト・バードの調査してもいいってこと？」

「それは駄目かな」

クレイは穏やかな口調で許さなかった。フィは明らかに落胆した様子で机の上に崩れる。

「正確には無理というのが正しいかな。シドに猛反対されて、ぼくが怒られて終わる。一応、ナイト・バードの持ち主だし、ぼくに面と向かって反対できるのは、親友のあいつぐらいだっていうのも具合が悪い。父親として見逃してあげるのが限界だ」

クレイはいたずらっぽくウィンクする。

「どこまでできるか、二人だけで頑張ってみるといい」

5

「ね、パパが言ってた蘇生(リブート)ってどういう意味だと思う？」

クレイがダイニングを去った後、フィはヴェイに訊いた。

ヴェイはちょっとした竜巻に遭遇したような顔をしている。無理もないかな、と思う。クレイはいつも突然現れて、状況をかき混ぜると、また突然いなくなる。あの神出鬼没ぶりに対応できるのは、つきあいの長いシドぐらいだろう。

ヴェイは「えっと……」と困惑を口にすると、気を取り直した。

「言葉どおりに受けとるなら、ナイト・バードを生き返らせるってことだと思う。だけど、情報空間(インフォスフィア)上でも物理空間と同様に〝死〟は不可逆な現象だから、ただ生物を蘇らせるってわけじゃないのは確かかな」

「だよね、生体活動が停止するときって、観念記憶空間(イデアメモリ)のリソースって解放(リリース)されちゃうし」

BR上で認識できない形而上的なモノが格納されている空間——それが観念記憶空間(イデアメモリ)だ。知覚的に確かに在るが実体を把握できないものが確保されている場所として定義されている。いわば、世界というコンピュータの主記憶装置(メインメモリ)だ。その存在を確認できた者はいないが、逆説的な証明として、それがなければ説明できないもの——魂にはじまる心的現象——は数多く、脳の電気信号だけで乱暴に納得しきれないために、『それは在る(ディアボリカ)』とされている。

事実、VRであるKUネットで死亡すれば、BRの肉体にもその死は反映される。

少なくともクレイがいい加減なことを言うとはフィには思えない。父はなにか教えるとき、絶対に答を言わない。かわりに足掛かりとなるヒントを出して、自分で考えさせようとする。それをよく知るヴェイも頭を働かせているようだった。

「観念記憶空間（イデアメモリ）にある精神とか人格とか魂の実体座標（アドレス）が、指示子（ポインタ）って形で情報空間（インフォスフィア）上に保持されてるのは判ってる。でも指示子（ポインタ）の座標（アドレス）は、指し示す先がどうなっているかは未知の領域で、解放（リリース）後はゼロ（NULL）になるから、失った命を取り戻すことは不可能だっていうのが通説」

「だから蘇生（リブート）っていうのはCEM構造物の死骸を活性化させるって意味だとアタシは思うんだけど」

「でも培養した神経に電気刺激を与えて反応を観るのとは話が違うよ」

確かにそうだ。今、相手にしているのはCEM構造物だ。コンピュータと同じように機械的な入出力（I/O）が仕組みとなっている無機生物に、闇雲にデータ入力をするだけでは効果がないだろう。決まった形式の情報が必要だ。

ダイニングの調理器（クックウエア）、クッキーをちらりと見る。彼女も人工知能（AI）が搭載されたCEM構造物だ。

「んー……クッキーに性格があるみたいに、『生物』って箱が擬似的に活動するための人格をナイト・バードに与える、とか」

「確かに擬態能力で『個の振る舞い』を表現するために、『個』を持たないCEMにはA

ＲＭと同じような自己を抽象化した人格素子があるだろうけど……死体に人格を与えても生体活動は活性化しないでしょ」

　ヒトがＡＲＭとなってから、人格や意識に対する研究は脳髄だけではなく、ＶＲからの情報工学的アプローチもかけられるようになった。生物には、誕生時点からすでにある程度の機能が実装されている。そこから生得観念（ＯＳ）の存在が定義され、更にその中枢機能を果たすカーネルの分析がされたのだ。

　ヒトは成長するにつれて習得観念（アプリケーション）により変化していく中で、得意とする情報処理能力に方向性が現れる。それを決定しているのが個人の根幹にある生得観念（ＯＳ）――その中枢にある動静適性（カーネル）だ。呼び出しから処理をするまでのスループットで、無意識に抱いたわずらわしさが人格素子へ蓄積されて個性へと偏向されていく。

「ＣＥＭの擬態能力を神経反射的に動かす刺激として、個性を与えればなんとかならないかな……」

　フィはそこまで言って、口を開けたまま黙りこくる。あれ？　と自分の発言に違和感を抱く。『個』のないＣＥＭが、どうして個性を持てるのだろう？　それはヴェイが言ったとおりだ。人格素子があるからに違いない。つまり、ＣＥＭは人格という意識活動が可能ということだ。

「どうしたの？」

ヴェイに訊かれる。フィは思い至ったひとつの着想に、思わず両腕をばっと上げた。

「そうだよ！ 個性があるんだよ！」

「いやうん。フィは十分にキャラ濃いよ」

「じゃなくて!! 個性があるなら、普通はそこには魂（ゴースト）があるものでしょ!? CEMが生物として、どんな基底クラスを継承してたとしても、定義しかない抽象（アブストラクト）対象からの具体対象（インスタンス）の生成は必要でしょ？ そうなるとCEMは有機生命を模倣するための鋳型として指示子（ポインタ）も実装してるはずだよ。魂（ゴースト）は観念記憶空間（イデアメモリ）にだけ実体が存在していて、指示子（ポインタ）からは参照しかできない、どんなことがあっても外部から変更されないものだから、何も指し示さないゼロ指示子（ＮＵＬＬポインタ）があるに違いないよ！」

興奮してフィは一気にまくしたてる。ヴェイは言われたことをじっくりと咀嚼するように考えこんだ。

「まぁ……そうだね、CEMに魂（ゴースト）は存在しないけど、模倣したものが有機生命なら、基底クラスを継承する形で指示子（ポインタ）も存在しているかも……。でも、基本的にCEMは『個』を持たないから、魂（ゴースト）みたいなものはないはずだよ」

「でもクッキーは」

「それは人格素子による記録と表現の結果でしょ。似て非なる別もの」

「でも魂（ゴースト）の発生はカーネルからの蓄積でしょ？ 〝弱いAI〟だった『クッキー』が自

己学習で〝強いAI〟の合成知能（SI）になったとしてもおかしくないよ。個性と魂は同義だよ」

「それは生気論的な仮説で、魂（ゴースト）の発生の機序はまだ解ってないでしょ。それに合成知能（SI）は偶発的なものは認められているけど、いまだに狙って作られたことはないし、そこに魂（ゴースト）があるとボクは思わない。CEMにも生得観念（OS）はあるけど、擬態以外の習得観念（アプリケーション）はないよ。もう初めから完成しているもので、それ以上の機能拡張はないものなんだから。人類は、ARMとしてCEMを連結定義（インターフェース）的に実装しているだけだし、個性と魂は異義だよ」

ヴェイの反論に対し、フィは大きく頭（かぶり）を振る。

「違うよヴェイ！　CEMに魂（ゴースト）がないって考えるからおかしくなるんだって。CEMの擬態と、そのために情報を保持するクラスは分かれてて、そこに魂の指示子（ゴースト・ポインタ）があるって考えるの」

じゃあ何？　とヴェイはどこか呆れたように首を傾げた。

「CEMでも擬態後ならカーネルからの蓄積が発生して、魂（ゴースト）を獲得するって言いたいの？　馬鹿げてるよ」

「そうじゃないの！　擬態するにしても親和性が――対象を理解するって意味合いでだけど――ないとできないんだから、それを解決する構造的な話をしてるんだってば。多分、CEMにも最初は生物として魂（ゴースト）があったんだろうけど、進化の過程で擬態能力を獲得するために魂の指示子（ゴースト・ポインタ）をゼロ（NULL）にしたんじゃないかな」

「つまり……『生命』じゃなくて『生物』ってクラスの中に魂（ゴースト）があるってこと？」

ヴェイの怪訝そうな言にフィは嬉しそうに目を輝かせる。

「そう！　そうだよ！　だって考えてみたらおかしいもん。生物と生命ってＣＥＭが見つかるまでは、ほとんど同義だったんでしょ？　だからＣＥＭを例外的に魂（ゴースト）を持たないって扱うより、魂（ゴースト）を持たなくなったって考えた方が自然だよ」

「確かに……そう考えることもできるけど……誰も解析できてないことじゃん」

「でもアタシの言うとおりなら、クッキーに性格があるのも、ＣＥＭに人格素子があるのも説明できるよ？　意識は人格で表現されるもので、意識活動の源になってる魂（ゴースト）と人格素子は不可分になってるから、生物のクラスがあるって考えた方が判りやすいし」

うーん、とヴェイは腕を組んで天井を仰ぐ。

「なるほど……コペルニクス的転回かぁ」

ひとり納得するように呟くと、ヴェイは訊いた。

「で？　ＣＥＭにゼロ（NULL）の魂の指示子（ゴースト・ポインタ）があるとして、それがどうしたの？」

「まず、ＢＲにはちゃんと死体っていうインスタンスが残ってるよね」

「うん。生体活動の停止で起こるリソースの解放（リリース）処理はＶＲ上でしか起きないし、ＢＲでのインスタンスは原子とかの形で循環してる」

「ってことは、インスタンスが残ってるならさ、解析すれば——たとえそれが死んじゃってても、指示子(ポインタ)は見つけられるよね？」

「ナイト・バードの指示子(ポインタ)を探すってこと？　でもそれは観念記憶空間(イデアメモリ)上のどこも指してないから無意味だよ」

　ヴェイの言うとおりだ。死体というインスタンス内に指示子(ポインタ)が残っていたとしても、すでに解放(リリース)が行われており、その指し示す先には何もないだろう。だが重要なのは、指示子(ポインタ)が存在しているという可能性の方だ。頭の回転が速いヴェイより先に自分がこの発想にたどりついたことに、少し優越感が湧いてくる。

　フィは、ちっちっち、と舌を鳴らしながら得意顔で指を振ってみせた。

「だからここでクッキーの例が活きてくるんだよねー」

「ごめん、何が言いたいのか判らないや」

自信満々に言ったが、全く解ってもらえなかった。

「鈍(にぶ)ーい！　鈍すぎるよー！　アタシの超画期的な発想を察してよー!!」

「いいから説明して」

あくまで冷静なヴェイに調子を崩され「むぅ」と気を取り直す。

「だからね、CEM構造物の調理器(クックウエア)が、ゼロ(NULL)になっている魂の指示子(ゴースト・ポインタ)の示す先に、人工知能(AI)『クッキー』によって魂(ゴースト)を獲得した、って仮定するの」

ヴェイの顔色が変わった。口元に手をやり、考えをまとめるようにぶつぶつと何かを呟き始める。十数秒ほどそうしていると、こちらの方を信じられないといった表情で見つめてきた。自分と同じ結論に至ったようだ。少しの情報で答えを出せる論理的思考はさすがだとフィは思う。

ゆっくりと、確認するようにヴェイは口を開いた。

「……フィ。それって、何を言ってるか判ってる？　それは人格を持った人工知能（AI）を作るのとはわけが違う」

「もちろん、判ってるよ」

フィはにやりと笑う。あえてそれ以上は何も言わない。認識が合っていることを確認するために、黙って先の言葉を促すと、ヴェイは開きなおった。

「確かにそうだよ、フィの理屈は解る。ギャロップの生体活動が停止しているなら、魂（ゴースト）を与えれば再起動（リブート）する。でもそれは観念記憶空間（イデアメモリ）へアクセスして、CEMっていう生物をベースにした全く新しい生命を生みだすってことだよ!?」

「イエーイ！　さっすがヴェイだー!!」

フィは喜んで無理矢理ヴェイとハイタッチする。そのまま踊り出しそうな彼女に対し、ヴェイは信じられないと言った様子でぼやく。

「マジかよ……」

「マジだよ！　パパが言ってた蘇生(リブート)ってそういう意味だったんだよ!!　アタシたちが、これからするのはたったひとーつ！」

フィはハイタッチした後にそのままヴェイの両手をしっかりとつかんで、万歳するように両腕を上げる。そのままヴェイに顔を近づけて、しっかりとその眼を見据え満面の笑みを向けた。

「魂の創造(ゴースト・プログラミング)!!」

第二部　異常都市

R L

6

「それじゃ、今回の仕事（ラン）の話を始める」

モニタールームで、白髪の頭を面倒くさそうに掻きながらシドが言った。出不精な彼らしく、服装は無頓着なシャツとジーンズ。しかし軍人崩れでも習慣でトレーニングを欠かさない彼の鍛え上げられた体格は、頭脳労働者ばかりのギルドの中では特異だ。

三〇〇人以上が入れる奥行き二十メートルの室内は、講堂のように席が段に設えられ、演壇（ステージ）を取り囲むように扇状に広がっている。ギルドメンバーが全員呼び出されていたはずだが、シドが立つステージから見渡す限り、席に着いているのは五〇人ほどで、どう見てもそれに及ばない。だが彼はそれを気にした様子もなく、たまにその深緑（ダークグリーン）の瞳を僅かに動かす。ARで何かを読む動きだ。

移動を横着してVR上からこの場に参加している者も少なくない。今ここでギルド内に構築されたKUネット上の内部（イントラ）ネットにアクセスしてみれば、多くのギルドメンバーの姿（アバター）と顔を合わせることになる。

シドはVR、BR共にメンバーの顔が出揃ったのを確認すると、モニタールームのARヴィジョン・インターフェースを操作する。VR共有（シェア）オン。表示情報設定が変わり、VR上のメンバーの姿（アバター）がBRであるモニタールーム内にARヴィジョンで現れた。

アバターは通常BRと同様のものになるが、ギルドの中では多種多様だ。自身のBRでの肉体をベースに現実では物理的にありえない姿を構築した者、そもそもヒトではない何か──動植物や幻想種、果てはエネルギー体や幾何学模様（ジオメトリック）──に設定している者。いずれにしろ、自らの技術力を誇示するように、傾奇（ギーク）な容姿で自身を表現し喧伝しようとする者ばかりだ。サルベージャーたちは、情報として公開されるものには何であれ矜持を──軍に身売りなどはしないと──持っていた。

「まずは概要からだ。今回はイラ軍部からの依頼になる。前々から噂が流れていたと思うが、スフィア・ドライブ座標（アトラス）のX-47.9のY-126.43──通称『RL（ルル）』の発掘だ。この一四三八二番杭（パイル）をすべて発掘しろ、だそうだ」

やることは地球惑星の記録が格納されたスフィア・ドライブからのデータサルベージだ。ギルドの仕事内容としてはごくありふれている。だがシドの淡々とした説明とは裏腹に、ギルドメンバーたちの間にざわめきが起こる。

スフィア・ドライブは方尖柱（ほうせんちゅう）の集合で作られたジオデシック構造の球体として表現されている。その柱の一つひとつは、杭（パイル）と呼ばれており、すべてで六四二六一個ある。更にその杭（パイル）は各々六三七一のブロックで構成されており、一つのブロックの情報量ですらどれだけあるのか正確には判っていないのが現状だ。

「あーっと……シドよ、オレの入出力器官（I/Oオルガン）がイカれてなければ、杭（パイル）を全部発掘しろ、って聞こえたんだけどよ」

アバターを白梟（ふくろう）に改造している男が困惑したように首を一回転させながら訊いた。

「オレはそう言ったがオウル？　間抜けな梟なんて笑えんぞ」

「いや、だがなぁ」

オウルが翼を広げて何かを言おうしたが、途中で頭を掴まれて放り投げられた。慌てて羽ばたいて地面に落下せずに済んだが、自分を投げた相手に声を荒らげる。

「クールー！　テメェ何しやがる!!」

白いロングトルソーラインのドレスを着込み、全身に水晶の装飾品を付けたアバターの女が、悪びれた風もなく言う。

「目障り。猛禽類、羽毛が邪魔」

「オレはディテール追求派なんだよ！」

クールーはふん、と鼻を鳴らしてオウルの落ちた羽を拾い、それを指先で弄（もてあそ）ぶ。彼女はその場で羽の物理情報を書き換えて水晶化させると、つまらなそうに自身の髪飾り代わりに、髪に挿した。

「それよりチーフ・シド」

クールーは光を分散するプリズムのロングヘアを揺らす。彼女はアバターの全身の角質を水晶に改造しており、その色が同じになることは二度とない。

「オレはチーフじゃない。何回言わせるつもりだクールー」

「チーフ・シド。親方はこの件について何と言っている？」

「あぁ、そのことなら……その前に、誰かそこのガキ二人を起こせ」

シドが顎で指した席にはフィがデスクに突っ伏してよだれの池を作り、その隣でヴェイがうとうとと頭を揺らしていた。クールーが二人に近づき、アバターの手では触れられないため、代わりに優しく声を掛ける。

「お嬢、若。起きて下さい、ミーティング中ですよ」

彼女の声に目を醒まし、フィは寝惚けまなこをこする。ヴェイは、はっとしたように目を開くが、まだ状況を把握できていないようだった。

「んぁっ？　あれぇ、クールーどうしたの？」

「お嬢、涎が」

「んー……？」

はっきりしない返事のフィに、クールーが「誰か拭くものを」と他のメンバーたちに言う。だらしのない幼い天才二人への笑い声が起こり、BR側の誰かが席を立った。ヴェイはフィよりも先に覚醒できたようで、慌てて立ち上がる。

「す、済みません！　ミーティング中に」

「いいから座れ。話を続けるぞ。仕事(ラン)の概要はもう終わったから、他の奴らから聞いておけヴェイ」

シドに言われ、申しわけなさそうに座ると、オウルが飛んできた。彼は首を一度回すと言う。

「珍しいな若。お嬢はともかく、若も一緒に居眠りだなんて」

「最近、ちょっと寝不足で……」

「また何かいたずらでも考えてんのかい」

「違いますよ。ただの知的好奇心です」

「どうだかねぇ。若とお嬢の知的好奇心はトンデモなことばっかだしな」

オウルが猛禽類特有の豊かな表情で、疑わしそうな視線をヴェイに向ける。ヴェイは苦笑した。さすがに言えないだろう、二人でCEM構造物の魂の指示子(ゴースト・ポインタ)にアクセスして参照定数を書き換えるなどという、研究調査(ハッキング)の範疇を超えた不正改造(クラッキング)をしようとしているとは。

しかもその対象はギャロップだ。

「おい、話続けていいか？」

授業中に雑談している生徒に注意するようにシドが言う。ヴェイとオウルは慌てて口を閉じた。

「話が途中になったが、今回の仕事（ラン）についての親方（クレイ）の方針だが――」

シドは一息の間を取り、全員の注目を集める。視線がすべて自分に向けられたのを確認すると、口を開いた。

「『適当にやっといて』だそうだ」

エネルギー体アバターの誰かのプラズマが少し爆（は）ぜた。

「……テキトーとは何、チーフ・シド？」

クールーの大真面目かつピントの外れた問いに、しかし誰も何も言わなかった。

「どうでもいい（Don't care）ってことだ、クールー」

シドの淡とした返答から、その場の全員が呆然とする。いくら何でも雑すぎる……。それが共通の認識だったが、しかし親方であるクレイの性格からすると想定内なので誰も何も言わない。せめて今回のような大掛かりな仕掛け（ラン）をするからには、少しばかりはプランがあるかと思っていたが。

そも、一つの杭（パイル）を丸々サルベージするというのは、尋常ではない規模だ。

連合技術規約（UTC）にはこうある。『スフィア・ドライブの物理的情報格納は、大地上でフラグメント化している。これを旧文明の緯度と経度を用いて座標（アトラス）とし、管理する』。技術者たちの共通の認識として設けられている規約（コード）は、権力に属さず——遵守しなければ権力を持てず——国家ですら基本的に従うものだ。これは誰が決めたわけでもなく、KUネット内で自然と流れの中ででき上がっていったものなのだから当然と言えば当然だ。守れなければ誰でも排斥される。この規約（コード）上では明言はされていない『管理』という解釈は多岐にわたっている。インデックス化による管理のためのデータサルベージというのが、解釈の常套句として使われることがほとんどだが、データ管理を理由にしても杭（パイル）全てのサルベージというのはおかしい。

シドはメンバーたちの沈黙の中、格子（グリッド）の走った灰色の球体を表示する。情報座標儀（アトラス）だ。座標儀を全員に見える大きさに拡大すると、シドは格子（グリッド）の一点を引き抜く。情報座標儀（アトラス）の球体から六三七一のブロックで構成された方尖柱（オベリスク）が飛び出し、その杭（パイル）の座標が表示された。

「ここが『RL（ルル）』だ。特に周囲に何もない混沌の公海（ノーマンズランド）のド真ん中だ」

「なぜこのようなところを?」

「埋蔵量を見ろ」

クルーが座標儀の表示を切り替えた。杭（パイル）のデータ量が3Dダイアグラム化され色相スケールで着色されて可視化する。その場にいる全員が様々な声を上げた。

「何だこりゃあ……周囲と比べて異常値だぜこりゃ」

「軍の測量ミス……ですかね？」

オウルとヴェイが首を傾げ、他のギルドメンバーも憶測を飛び交わせる。

『RL（ルル）』の地理的座標は、旧文明で〝海〟と呼ばれていた場所だ。だが表示されているデータの埋蔵量は、通常の海が示す値に対して、一つの都市並みの情報が埋まっているほどの値だ。

しばし考えこんだクールーが言う。

「不要情報（ガーベッジ）の吹き溜まりでは？」

「それはない。軍の奴らもそう思って、様々なパターンで五十回はここの測量をトライし直したらしい。だが結果は変わらない。ここは間違いなく情報群体（クラスタ）だ。これは何かがあるだろう、とオレたち（ギルド）に依頼が回ってきたということだ」

全員が釈然としない面持ちで黙りこんでいると、その中でフィが手を上げた。

「はいはーい、シド先生質問」

「何だ」

「ここって結局、旧文明では海の中に何かがあったってこと？」

「さぁな。旧文明の歴史上では、海の中に、しかもこの座標辺りに何かを建設していたという記録は見つかっていない。そもそも、何かを作っていたとしても周囲に何もなさすぎて不自然だ」

「じゃあこんなに情報密度高くなるものって何かあったっけ？」

「だからそれを調べるのがオレたちの仕事だ。おそらくは『RL（ルル）』にあるのは、建造物や芸術品のような物理作用体（フィジカル・オペ）じゃなくて言葉や音楽のような精神作用体（メンタル・オペ）だな。旧文明の奴らは、この場所に変態的（フリーク）に想い入れるものがあったんだろう」

「えー、だったら別に軍が張り切らなくてもいいんじゃないの？ 精神作用体（メンタル・オペ）ってことは、大昔の人たちの文化でしょ」

そうとは限らないよ――ヴェイが言う。

「精神作用体（メンタル・オペ）は概念とかのことが多いけど、思想って意味では技術的なアーキテクトもそこに含まれるし。大昔の記録でもたまにあるでしょ、コンピュータの基幹ソフトのシェア争いをした『林檎と窓の戦争』とか、ソフト開発の道具の優劣を言い争った『編集機材論争（エディタ・フレーム）』とかさ」

「それ宗教戦争（カルチャーショック）じゃん」

「戦争は技術の温床だぜお嬢」

フィが顔を顰（しか）めていると、オウルが鳴きながら笑った。

「何はともあれ、この『RL（ルル）』ってやつには何かしらが埋まっている。それが鉱脈なのか金脈なのかは判らねぇが、軍としては可能性のある混沌の公海（ノーマンズランド）を他の国に取られたくないってこった」

「オウルの言うとおり、軍は『何かあったら寄越せ』と言ってきているだけだ、いつもと変わらずな」

シドがやれやれと言わんばかりに肩を竦(すく)めると、室内にひねくれた笑い声が響いた。

「さて、脱線ばっかりしていないで仕事(ラン)に話を戻すぞ。いい加減にオレに詳細を話させろ」

シドは座標儀の表示を切り、モニターを操作する。しかし、BRに映像が映されるわけでもなくVRにムービーデータがアップロードされたわけでもない。全員が不審そうにしている。

「擬験(シムステイム)だ。全員繋げ」

あぁ、と何人かが納得した声を上げる。相似性刺激。個人の追体験(ナッハレーベン)。体験(EXP)さえデータとしてあれば、誰でも何度でもその瞬間を味わえる代物だ。でも何の？　という新たな疑問が湧いてきているのを見て、シドは補足した。

「軍が先行して『RL(ルル)』に入ったときのEXPだ。なんで軍がオレたちに依頼してきたか、その理由が、これを験(ため)せば判る」

不思議そうにモニターに繋がる者、とりあえず験してみるかという者がいる中で、フィは一人だけ苦い顔をしていた。ヴェイがそれを見て訊く。

「どうしたの？　早く繋がらないと再生できないよ」

「アタシ、擬験（シムステイム）嫌い……」

　何ガキみたいな駄々捏（こ）ねてるんだこのガキ。そう思ったがヴェイは口に出さなかった。代わりに表情にすべて出ていた。

「そんな『何ガキみたいな駄々捏ねてるんだこのガキ』みたいな顔しないでよ！　だって擬験（シムステイム）って気持ち悪いじゃーん。自分で身体動かせないし、勝手に感覚だけ押しつけられるし……何より酔う!!」

　酔わねーよ。システム的にそうできてんだよ。と、またもヴェイは口に出さない。

「アタシは酔うの！　酔った感じになるの！　それに擬験（シムステイム）でEXPっていっても他の人の身体に這入（はい）るのって何か……」

　フィは口籠ると、もじもじとしながら小声でぽつりと言った。

「何か、えっち……」

　もうヴェイは何も言わなかった。いや元から何も言っていなかったが。彼はモニターのデッキから殆ど誰も使っていない物理接続用の皮膚電極（ダーマトロード）を引っ張り出す。ふっと息を吹き掛けて埃を飛ばすと、それをフィの首筋に向けた。

「あっ、ちょ、勝手に電極（トロード）貼らないでよっ、犯罪だよ!?　強制接続は犯罪なんだよ!?　いいじゃんいいじゃん！　別にアタシだけ擬験（シムステイム）しなくてもいいじゃん!!」

ごちゃごちゃ言うな、とヴェイはフィと取っ組み合う形で首筋に皮膚電極(ダーマトロード)を無表情に貼りつけようとする。不思議なことに、静的(スタティック)適性のヴェイが動的(ダイナミック)適性のフィを押していた。

「シド先生助けてー！　ヴェイが犯罪者にー!!」

フィは必死に助けを求めるが、シドは呆れた表情をするだけ。

「いやいいから早く擬験(シムステイム)しろよお前」

よっこらせ、とシドはステージから降りてきてヴェイに加勢すると、フィの腕を押さえつける。フィは小さな身体をよじらせるが、大の男に力ずくで押さえられては身動きが取れない。反抗して声をあげても、シドもヴェイも全く気にしない。

その騒ぎの後ろではクルーが密かに、フィが乱暴をはたらかれている図になっている姿に「あぁ……お嬢」と心配している体(てい)を装いながら、その様子を録画(REC)していた。他のメンバーも似たり寄ったりだ。やはり根本的に駄目な人間の集まりであることに変わりない。

しばらくするとフィが猫のような悲鳴をあげて、そのまくたりと動かなくなる。シドは何事もなかったかのようにメンバーたちに告げた。

「よーし、じゃあ擬験(シムステイム)動かすぞ。三秒後に遷移(シフト)だ。カウント」

三。

全員がVRに入り、モニターの機能群の前で擬験(シムステイム)に繋がって待機する。

二。

意識が他人の内に転ずる準備として、できるだけ誤差を減らすためにリラックスをする。動かせない他人の身体に慌ててパニックにならないように。

一。

そして遷移（シフト）。

7

これは誰だろう？（Yourself）　それは自分だ（oneself）。

VRの意識（ソウト）は総じて夢に似ている。明晰夢だ。

くすんだ銀灰色以外は存在しない空間に、自身だけが浮かんでいる。無感覚。肉のわずらわしさのない浮遊感。EXPから情報がインプットされ、それを魂（ゴースト）が処理し、やっと世界の知覚が始まる。

大雑把な自己形成。おおよそは正しく詳細は誤りだ。感覚範囲に走査線（スキャニング）が走り、表現（レンダリング）を始める。適切な調整。認識の浮揚。知覚された情報空間（インフォスフィア）の中で色調補正（レタッチ）を掛け、銀灰色の世界は背景（バックグラウンド）を残してインスタンスに色がついた。ようやく自他の区別がつけられる段階までくると、自身の姿がどんなものか判り、身体を動かすためのアバターの構築が完了する。

私／彼（アイ・ヒー）は今、軍用の装備をしている斥候だ。絶大な信頼を寄せる防火壁（ファイアウォール）、ウィルス定義ファイル群、多重攻性防壁（MRB）……他にも細部にまで数えきれない強固なプログラムが自身を守っている。

だがしかし、このX-47.9のY-126.43の座標（アトラス）はそんなものを一蹴する。

全景は子供が作った粘土細工のように無様なプログラムの集合体に見える。無駄が多く、なぜそんなことをしているのか理解に苦しむ構造体だらけだ。

精緻なシステムはそれだけで芸術品のように美しい。すべてが論理的（ロジカル）で、必要以上のものは取りつけない。当たり前に当たり前をくりつけ、時には発想という飛躍で思いも寄らぬ繋ぎ方をし、だがまたそれが新しい〝当たり前〟となっていく。ある場所から情報の発火が起こり、それが次の場所へと点火される。火を絶やさぬように、時には形式を変え方式を変えて連結定義（インターフェース）は変遷し、エンドユーザーのリクエストに応える。情報の経路はまるで夜景に走る自動車のヘッドライトだ。

そう、交通網（ネットワーク）。

組み上げられたシステムは都市なのだ。情報の交通網を擁する人の住まない大都市（メトロポリス）。大小のプログラムがビルとなり、その内部にはフロアが設けられ機能方式（メソッド）が働く。情報を遣り取りし、やがてプログラム同士は繋がり、相関関係を持ちながらシステムとして完成されて芸術品となる。

それがこの『RL（ルル）』では歪んでいる。何もかもがヒューリスティックに反し、理解しがたい不快な構造ばかりだ。キルケゴールの不安。反感的共感の惹起、共感的反感の惹起。惹起された思いはユークリッド幾何学を否定する。異常なまでに捻じ曲がるかと思えば、突然元に戻りまた別の歪みを見せる。

ヒトが作ったとは思えないそのシステムは何のために動いているのかも判らない。無邪気な子供が数種の昆虫を解体して、それをまた糊づけで適当に継ぎ合わせて遊んだかのようなシステム。それでもなぜかそれはエラーを吐き出すこともなく、途方もなく途轍もなく巨大なスケールで何かのために動いている。

私／彼（アイ・ヒー）は感じる。

ここは既存技術の常識が一切通用しない場所だ。

それでも調査を行わなければならない。一歩を踏み出し進んでいく必要がある。幸い静態運用（オペレーター）との通信に異常はない。少しでも訝しげな点があれば、防壁が働き相手を破壊し、BRでの結線（ハードワイアード）を焼き切るだろう。

決心し、異常都市へと歩き出す。

都市は私／彼（アイ・ヒー）を害意ある侵入者とは判断せず、特に妨害もなく入ることができた。セキュア的に異物を排除するための機構がないのだろうか。だがしかし、都市全体がこちらを向いている——油断なく監視しているようだ。歩みを進めるたびに、僅かに構造物がこちらを向く。ヒトでないものからの無数の視線。歩調を速めると、都市は動きを合わせて目のない視線を投げかけてきた。錯視のような感覚に眩暈が起きそうになる。これは大規模な応働拒絶攻撃（DoSA）だ。それだけで常人ならば発狂するだろうが訓練は積んでいる。システムからかけられる負荷は、自身というアプリケーションへの阻害にはなるが、気を強く持てばフリーズする程ではない。

重くなった足でどうにか都市の深奥にまで行くと、摩天楼（スカイスクレーパー）の立ち並ぶブロックに辿り着いた。中央にはひときわ大きく天を衝く塔がある。都市全体を支えている軸（シャフト）のような塔。〝軸（シャフト）〟はおぞましく捻じ曲がり、樹状突起が生えている。突起は蠢き、巨大な原生生物の仮足のように、他の高層ビル群に触手じみた経路（ストリーム）を伸ばして都市を巡った情報を喰らう。

まるで生物であるかのような多態（ポリモーフィズム）性を持つプログラム。

周囲のプログラムがどれだけ働き膨大なデータを吐き出したとしても、それをすべて〝軸（シャフト）〟が咀嚼してしまう。搾取するように〝軸（シャフト）〟はただただデータを喰らい続け、新たな注文（リクエスト）を出している。それができ上がるとプログラムに割り込み（インタラプト）をかけて奪い取る。そしてまた注文（リクエスト）。

自身は何かを処理している様子は見えない。ここがシステムであるというのならば、ユーザがどこかにいるはずだ。そのユーザに応えるための外部出力処理がどこにも見当たらない。〝軸(シャフト)〟はシステム内で独立したユニットのように振る舞い、すべての情報を自身に集約させているだけだ。

この異常都市は内側に閉じて完結している。

気味が悪い。単一の目的を達成するために構築されるべきシステムが、なぜああも無駄な動きをするのか。私／彼(アイ・ヒー)がずっと感じている焦燥的な不安の正体はそれだった。すべての機構は目的の手段として生まれるが、この異常都市は違う。都市そのものの形成が手段であるかのように機構が組み立てられている。

だからこそ、違法な増改築を繰り返したような無様な形(なり)でプログラムは動いており、暗中模索するような構築をもってして何かを求めている。何を求めているというのだろうか。システムを作るという行為で得られるもの。それが過程(プロセス)を体験することで身につけられるというのならば、これはまるで習作(エチュード)だ。実作(タブロー)が永遠に完成しない無限絵画。どこまでも広がり続けるキャンバスに絵を描き続けている。誰に見せるわけでもなく。

私／彼(アイ・ヒー)はそれによく似た、身近にあるものを知っている。

知能だ。

閉回路の中で系を作り出し、内部のルーティンから系の新たなカテゴライズを行いつつ、それにより動作が確定する人工不可能系(AIS)。

ではあれは？

異常都市の中央に聳えたつ、生理的嫌悪感をもよおす〝軸〟の正体は何だ？

この場所が知性に似た振る舞いを見せていたとしても、それが実際に合成知能であるとは言えない。解析はおろか、まだこのシステムが何なのかすらも解っていないのだ。ましてやこの『RL』は、スフィア・ドライブに埋まっていたデータに過ぎない。いつから動いていたというのだろうか。いや、いつ誰が作ったというのだろうか。

ヒトの手で作りだすことは不可能と言われているものが、ARM以前の、情報処理能力が『種』として性能的にも技術的にもずっと劣っていたはずの旧文明で作りだせたわけがない。

ならばここにあるものは何なのだ。

私／彼は〝軸〟を仰ぐ。

異常都市の中であそこだけが他のビル群とは違い、何かを処理するわけでもなく、中央機能として独立している。つまりあそこがこの都市のメインプログラム。この奇怪で名状しがたいシステムを生み出したのは、あそこだ。

他の構造物のすべてはその副産物にすぎないだろう。一番初めに〝軸〟があり、その後にすべてが作られていった。

あそこを調べる必要がある。

私（アイ・ヒー）／彼が〝軸（シャフト）〟に足を踏みいれるのは容易だった。

相変わらずシステム側からかけられる負荷はあるが、それ以上の変化はない。そもそもがセオリーに従って作られていないプログラム群だ。侵入口自体はいくらでもあった。逆にそれが恐ろしい。未知の技術が潜んでいる可能性は、それだけで身の危険に繋がる。今していることは、もしかしたら戦場を散歩するような行為かもしれないのだ。

〝軸（シャフト）〟の内部もまた、非ユークリッド幾何学的な形状になっていた。上の階層へ行くための接続機能（アクセサ）として螺旋階段が設けられており、私（アイ・ヒー）／彼はそこを昇ることにした。階段は〝螺旋〟という形状をしているが、その道筋はうねっている。そのうねりがまた、非周期的に蠕動（ぜんどう）し、油断していると足を挟まれて呑みこまれそうになる。

階段の一段一段は、ときおり横に飛びだしてそのまま外壁に突き刺さり、外部へデータを喰らいに行っているようだった。外から見えた樹状突起の正体はあれだ。この階段そのものが一つの機能方式（メソッド）のようだ。この〝軸（シャフト）〟全体にデータを行き渡らせ、また入出力を行っている。

螺旋階段を昇っていく途中に、歪曲した踊り場があった。そこには扉があり、集合体恐怖症（トライポフォビア）を思わせる有機的な自己相似模様（フラクタル）が刻まれている。その彫刻にはどこか直感的に吐き気をもよおす不快な印象を受け、手を触れるのすら躊躇（ためら）われた。おそらく、この扉を開くアクセス権限が与えられていないためだろう。この扉の向こうにある部屋で、都市全体から喰らってきたデータを処理しているが、そこは誰の干渉も介入も許さないとして定義されているのだ。ここに攻性的に無理に立ちいろうとすれば、何が起こるか判らない。この扉の向こう側を見ることができるのは、この異常都市の主だけだろう。すなわち、この〝軸（シャフト）〟に存在しているモノだ。データは螺旋を昇って精査されている様子なのだから、それを何らかの形で受けとるものは階段の上のほうにいると考えるのが自然だろう。

今のところは、そのようにどこかにデータが集められている素振りを見せているものはない。このまま構造的に考えれば、順当に最上層に行きつくだろう。

私（アイ）／彼（ヒー）は何度かまた不快な扉に遭遇しつつも、そのまま螺旋階段の終わりまで辿りついた。最後の段に足をかけ、最上層に踏みいれると、そこは自宅だった。

慣れ親しんだ光景。

情報空間（インフォスフィア）にBRの自宅の光景が存在している。

地上都市（トップ）で幼い頃に過ごしていた共有住宅地（アパートメント）。

馬鹿な！　これは贋物（フェイク）だ。私（アイ）／彼（ヒー）は自分にそう言い聞かせる。そうでなければ、こんなところに現れるわけがない。区画整理と再開発でとうの昔に取り壊された場所だ。

だがしかし、なぜこんなにも現実味がある。知覚入力情報が再現されているのだとしても、なぜこんなにも魂（ゴースト）が搔きむしられる郷愁に溢れているのか。空気が光が匂いが、およそ外部からのデータ入力だけでは構築できない雰囲気(アウラ)が私/彼(アイ・ヒー)を責めたてた。

急激に恐怖が込みあげる。

外に出ようと、窓を開けてベランダに飛びだす。そこにも記憶にあるとおりの空中庭園(ハンギング)があった。母が育てていた庭。亡くなった父と一緒によく土を弄っていた庭だ。コクーン型の巨大建築物(メガストラクチャー)が連なり、放射状に伸ばした糸のような連絡通路で繋がれている。不規則な結晶構造のような風景が延々と続いていた。空に地上都市(トップ)中の庭園が映しだされて、緑の螺鈿反射光(モザイクリフレクト)を作る。ゆっくりと人工太陽(AS)が色を変えて、黄昏れる。茜色が混ざり、懐かしい万華(カレイド)を作り出した。

ここはどこだ。

私/彼(アイ・ヒー)は愕然とする。

クラックされたのか。いやしかし、多重攻性防壁(MRB)は反応していない。何の痕跡も残さずに攻性防壁を突破するなどできるわけがない。

「驚かせてしまったか」

びくりと声のしたほうを見ると、そこには麦藁帽子(ストローハット)にオーバーオールを着こんだ男がいた。誰だ――喉から声を出す前に、それが自分の父だと私/彼(アイ・ヒー)は気づいた。

それが判ると同時に攻性侵入素子(AIE)を走らせる。

軍用の強力なウィルスプログラムが青い光条を放ちながら男に襲いかかる。ＡＩＥは相手に喰いこんだ箇所から自身の一部へと書き換えていき、やがて情報壊死（ネクローシス）を引きおこす。

だが、AIEは男に襲いかからず、なぜか庭園の土に向かい、そのまま消えてしまった。

「落ち着いてくれ。私は君と話したいだけだ」

誰だお前は――そう問いかける。

「私はここの、君たちの言う『RL（ルル）』で眠り続けているものだ」

答えるその表情は、やはり父のもので、微笑むとできる目尻の皺の形もよく知っているものだった。

「君が応働拒絶攻撃（DoSA）だと思っていたのは解析だ。君にとって最も安心できる風景を用意させてもらった」

なぜ父の姿なのか。そう続けて問いかけた。

「君にはそう見えるか。これはインターフェースだ。対話をするのに最も適した媒体を算出している。ヒトと話すのに相応（ふさわ）しい自分の容姿を持っていなくてね」

何を話したいというのか。

「ヒトについて」

ここは何なのか。

「〝私〟だ」

目的は何だ。

「ヒト」

なぜ――次の問いかけをしようとすると、言葉が遮(さえぎ)られた。

「一方的ではないか。私にも問わせてくれ」

やれやれ、と肩を竦(すく)める父の姿に一瞬たじろいだが、しかしそれでも私／彼(アイ・ヒー)は警戒を緩めない。何を訊きたい、と言うと相手は父の顔でまた微笑(わら)った。

「いや結構。言葉は煩わしい、言語基体から変換(コンバート)させてもらう」

気がつくと地面に倒れていた。

身体が動かない。

全身が弛緩している。

「それでは失礼させてもらう」

そう言って男は私／彼(アイ・ヒー)の頭に掌(てのひら)を被せると――

8

EXPはここで終了した。

全員が跳ね起きた。

シドはその様子を、ちらと確認する。想像どおりの反応だった。どうせ気分が落ち着くまでには時間がかかるだろう、とそのままギルドメンバーが擬験(シムステイム)している間に読んでいた時代小説に目を戻す。嘘か本当かも判らない内容の歴史だが、その時代に生きる人物のことを考えるのが彼は好きだった。

メンバーはほぼ例外なく、ぐっしょりと汗をかいている。中には青褪めた顔をしている者もいた。もっとも、アバターデザインのせいで顔色が判らない者も多いのだが。

「何だぁ、ありゃあ……」

そう呟いたのはオウル。彼のアバターである白梟は、動揺のためか羽毛が絞られて小さくなっていた。

「何だよ、おい」

オウルは誰にともなくぼやく。誰もそれに応えない。ただ目を白黒させるだけで、周りを窺うように互いに顔を見合わせる。

「あれが『RL(ルル)』だ」

ぱたん、と本を閉じてシドが言う。

「そうじゃねぇ！　あのシステムは何だってんだよ、どこの誰があんなもんを作ったんだ」

オウルが声を荒らげて翼を広げた。シドは本で肩を叩きながら立ち上がる。

「だから言っただろう、それを調べるのがオレたちの仕事だ」

「冗談じゃねぇぞ。あんな異常都市にいる正体不明（U・N・オーエン）にかかわれってのか」

オウルは猛禽類の瞳を細める。

「あいつは——いや、アレは何だ？　EXPは録った時点で既に静的（スタティック）な知覚情報だってのに、間違いなくオレ自身を参照してやがったぞ」

「さすがだな、オウル。気づいたか」

「たりめぇだ、オレを誰だと思ってやがる。ギルド一の解析屋（アナライザー）だぞ」

オウルの言葉を聞くと、シドは一度足を踏み鳴らす。すると、モニタールームの演壇（ステージ）に立体映像（ホログラフィ）が現れた。映像は麦藁帽子（ストローハット）にオーバーオールの男性のもので、全員がそれを怪訝そうに見つめる。

「いいか、よく見ろ。これが『RL（ルル）』に行った軍の調査員が見た、正体不明（U・N・オーエン）の姿だ」

シドの言葉に、部屋の中にどよめきが起こる。

「しかしチーフ・シド、それはクールーが見たものとは違う」

「そうだ、クールー。EXPでお前が見た奴とは違っていて当然だ。正体不明（U・N・オーエン）は、オレたち一人ひとりに違う姿を見せていたはずだからだ」

んん、とフィが首を傾げる。

「それって、どういうことシド先生？　だって、ＥＸＰはオウルが言ったように変化しない静的(スタティック)情報でしょ。それなのに何で擬験(シムステイム)で見えるものが違うの？」

ＥＸＰは個人から録られた知覚情報。それは確かにオウルが言った通りだ。それにもかかわらず、シドはＥＸＰを知覚する擬験(シムステイム)において、そこに体験者以外の要素が這入りこむと言う。それは起こりえるか否かという話以前に不可能なことだ。個人の追体験(ナッハレーベン)の刺激の処理をするのは自分であれど、入力(インプット)情報自体は固定なのだから。印象や感情は変わっても、起きた出来事そのものが変化するわけが――ヴェイがはっとしたように呟いた。

「感覚投射(プロジェクション)……」

　シドは満足そうにヴェイに頷いた。

「そうだ、『ＲＬ(ルル)』にいたあいつは観測者によって姿を変える」

「あー、なるほどねー」

「で、でもそれはおかしいですよ！」

「え？　何で？」

　納得したように腕を組んでいたフィは、ヴェイの否定の言葉に顔を顰める。「お嬢は動的(ダイナミック)適性だろ？」とオウルに訊かれ、フィは、うん、と首肯した。

「だから馴染みがない方面かもしれねぇけどな、いくら観測者から投射された姿を持てるものだとしても、ＥＸＰは録られた時点で、もうそいつの感覚意識で固定されているもんなんだよ。そこに多態性（ポリモーフィズム）を持たせるってんなら、それは編集しねぇと無理なんだ。つまり、あとから擬験（シムステイム）したオレたち全員、同じものを見てねぇとおかしいってことになる」

ちなみに、オレが見たのは師匠の姿だったぜ――オウルは言う。

「クールーは、母の姿だった……」

他のギルドメンバーたちも、口々に自分が投影していた姿を話すが、しかしそのどれ一つとして同じものはなかった。

オレが見たのは――シドが言う。

「親方（クレイ）の姿だった。ここから推測すると、あの正体不明（U・N・オーエン）への投影は、そいつが最も馴染み深く感じている他人の姿を見るようだ。ここで肝心なのは、あいつはEXPという静的情報（スタティツク）内で動的化していた――まるでその不確定性が自身の本質であるかのように」

ギルドメンバーたちがざわめいている中で、フィは急に顔に不安の色を浮かべてヴェイに訊いた。

「ねぇ……ヴェイは何見た」

「ボクは……」

ヴェイは逡巡して口をつぐむ。フィから視線をそらし、目を伏せて隠し切れない困惑を顔に滲ませる。フィは口を開きたがらないヴェイを見て言った。

「シド先生が言っているのが本当だったら、投影した人って自分が知っている人ってことになるんだよね」

「うん……」

「アタシが見たの……知らない男の子だった」

ヴェイは瞠目する。

「フィも？」

「……ヴェイも男の子を見たの？」

「うん。ボクが見たのは、ボクと同じくらいの年齢で」

フィは、がたんと椅子から腰を浮かせた。

「栗毛の髪を後ろになでつけてて」

「眼の色は、琥珀（アンバー）で」

「肌が青白くてっ」

「見るからに不健康そうな」

「ダークスーツを着ていた無表情な男の子!!」

「――嘘でしょ」

ヴェイが啞然とするかたわらで、フィは興奮して今や完全に立ち上がりヴェイの肩を摑んでいた。

「すごい！　ビックリ！　ヴェイとアタシ、まったく同じの見たんだ！」

「ありえない」

疑り深そうにヴェイは言う。

「ありえないありえないありえない、ナンセンス！　ナンセンスだよフィ！　だって、明らかに正体不明（U・N・オーエン）の知覚情報には差異が出るべきものなのに、ボクたちだけそうならないで、あまつさえボクたちのどちらも知らない他人の情報が媒介されるなんておかしいじゃないか!?」

「でも実際そうなってるじゃん。これはつまり……ふふ、アタシたちは選ばれし者ってわけだね。カッコいいー!!」

フィは自分の身体を抱き締めて興奮を抑えるように身体をくねらせる。それを「いやその発想はない」とヴェイがばっさりと切り捨てた。

口元に手をやり、ヴェイは考えこむ。

「もしも可能性があるとしたら……ボクたちがまだ子供だからだよ。それぐらいしかギルドの中で、他の人たちとの違いは考えられない」

「何でー。つまんないよヴェイの考え」

「つまらないも何もないのっ。それが自然な考え方なんだ」

「じゃあ、その自然な考え方ってやつで、どうして子供だと同じものが見えるのか教えてよー」

フィは急かして煽るように、ヴェイに向けて両手の人差し指を向ける。ヴェイは答えに詰まり口ごもった。

「へっへーんだ、それじゃ理論の裏づけにならないよ。証明完了（Q.E.D.）には遠い遠いっ」

だけど……、とヴェイが納得しきれずにいると、シドが声を張りあげた。

「ほら静かにしろお前ら、ガキじゃないんだ！――いや、ガキも混ざっているが、それは措（お）いておけ。そこ、笑うな。いいか、今回の依頼で軍がわざわざこのEXPをオレたち（ギルド）に渡した理由を考えろ」

「軍の手にはある」

オウルの即答に、周囲から笑いが漏れた。

「それもあるが、それだけが理由じゃない。『RL（ルル）』に眠っているモノは、明らかな特異技術（ユニークテク）だ。それこそ〝疾く駆ける騎士（ギャロップ・ナイト）〟に続く技術革新を起こすものになる可能性も十分に考えられる。第一種高等技術兵器（シンギュラリティ）の発見だ。そんなものを国家単位で調査して、他の国に妨害されたり先に奪われたりを嫌っているんだ」

シドはもう一度足を踏み鳴らして麦藁帽子（ストローハット）を被った正体不明（U・N・オーエン）の立体映像（ホログラフィ）を消した。

「だから今回オレたちは、普段どおりの仕事としてこいつをサルベージすることが要請されている。いつもはろくに情報も寄越さないで、オレたちが他の国にサルベージ対象の情報を横流ししないかおびえている軍が、ここまで公開した理由がそれだ」

「チーフ・シド。ひとつ訊きたいが、あのＥＸＰの調査員はどうなった」

クールーが、誰もが気にしていながら訊けなかったことを単刀直入に訊いた。

「死んだ」

「そうか。残念だったな。死の危険性があることは認識した」

クールーの即答に、シドは調子を狂わされたような顔をする。

「嘘だ、死んでいない。少し試すつもりで言ったんだが……まったく、躊躇らしいものもないのか。ただ、精神門（マインド・ボルト）を仕掛けられていて、『ＲＬ（ルル）』について喋ろうとすると錯乱してしまうらしいがな。それも軍がオレたちに依頼をぶん投げてきた理由のひとつだ」

シドは、クールーからギルドメンバーたちに視線を移す。

「言っておくが、軍の調査員は精神門（マインド・ボルト）程度で済んだが、今回の仕事（ラン）では実際に死ぬ可能性も十二分にある。参加したくないやつは参加しなくてもいい」

オウルが笑い声の代わりに梟の鳴き声を上げた。

「冗談抜かせ、シド。むしろ楽しくなってきたっつーの」

「猛禽類と同じ意見というのは癪だが、クールーもそうだ。ぞくぞくする」

二人に続くようにフィとヴェイも、シドの忠告を気にした素振りを見せない。

「っていうか、精神門（マインド・ボルト）程度ならどうとでもできるし。それより今回の仕事（ラン）、とっても面白くなりそうだよね！」

「仕事に面白いとか遊び感覚を持ちこむのはどうかと思うけど……正直、ボクも楽しみなのは確かかな。どんな技術が見つけられるのか、すごく興味が出てきた」

異口同音に困難を愉快そうに受け止めるサルベージャーに、シドは溜息をつく。

「あー、そうだったな。お前ら全員そういうやつらだった。だからギルドなんかに所属してるんだったな」

死の恐怖を感じていないのではない。死ぬわけがない、と確信している。自身の技術に対する絶対の自信だ。技術支配を行う軍ですら手を焼くものを前にして、虚勢でもなく面白そうだと言ってのけるのがギルドなのだ。

「そりゃテメェも他人のこと言えねぇよ、元軍人様よ」

「何を言っている猛禽類。チーフ・シドは軍属であったこととは無関係に優秀なサルベージャーだ」

「いや、うん……そういう意味じゃねぇんだ？」

いつもと変わらないギルドの光景に、シドは片目を細める。軍にいた頃とは違う、生き生きとした人間性が眩しく見えた気がした。その空気の居心地のよさに、思わず微笑を浮かべながらステージを降りる。

「まぁ、それだけの気概があるなら心配はいらなそうだな。オウル、クールー、あとで仕事（ラン）の計画（プラン）を立てるからオレの部屋に来い。生身でな」

9

『RL（ルル）』かぁ、気になるな。アタシ、動態運用（ランナー）アサインされないかなー」

　モニタールームを出たところでのフィの言葉に、ヴェイが言った。

「絶対気持ち悪いって嫌がると思ったのに」

「あ、ひどい。確かにあの異常都市はキモいけど、あそこには絶対何かあると思うから行きたいの！　そういうヴェイはどうなのさー」

　何だかんだ言ってもビビってんじゃないのー？　と、フィは廊下を歩きながらいたずらっぽく笑う。それを軽く受け流した。

「ボクは技術偏執（テク・パラ）だから、ああいうのは大好き。感性的に生きてるフィとは違って、理性的なんだよ。だから未知の対象に対して抱く好奇心は、ボクとフィじゃ地上都市（トップ）と地下都市（ボトム）ほどに方向性が違うの」

　ふふん、とフィは得意気に言う。

「もちろんアタシが地上都市（トップ）側だよね」

　ヴェイは「そういうことじゃねぇよ……」と、げんなりした表情を浮かべた。フィの持つ根拠のない自信が、たまに羨ましい。自分は確証を得ないと何事も信じられない質(たち)で、視野を狭めがちだ。まぁいいか、と気を取り直してフィに訊く。

「それより、何かあるって何なのさ。正体不明(U・N・オーエン)のことじゃないよね？」

それはね——フィは不敵に笑いながら渾身のドヤ顔で言った。

「そう囁くのよ……アタシの魂(ゴースト)が」

ヴェイは「意味不明なんだけど」と小声で呟く。フィが「名言を切って捨てたなー!?」と喚いているが無視する。まったく興味が湧かない。

「でも心配しなくても、多分ボクもフィもアサインされるよ。シド先生は今回の仕事(ラン)には凄腕(ホットドガー)しか使わないつもりだと思うし」

「え、そうなの？」

はぁ、とヴェイは溜息を吐く。

「EXPで見たでしょ、あのシステム。あの規模の応働拒絶攻撃(DoSA)に対応できる力量(レベル)じゃないと、どうせすぐにフリーズしちゃうよ」

フィは意味が理解できていないようで首を傾げる。

「そうなの？　でも、あの調査員の人でも応働拒絶攻撃(DoSA)には普通に対応できてたじゃん」

「あのね、仮にもあの人は軍人だよ。個人の能力に関係なしに十分な機材(ウェア)が用意されてるの。ギルドではその辺りは完全に能力主義。基本的に皆、自分たちの道具は自分で用意してるでしょ。しかも、道具の作り方は絶対に誰も教えないし。アバターと同じだよ」

えー、とフィが不平を漏らす。

「じゃあ、軍が機材提供してくれればいいのに。そうすれば皆で『RL』に行けるじゃん」

ヴィは更に深い溜息を吐いて眉間を押さえる。

「あのさぁ……普通に考えてみて無政府主義者たちに、どの国の軍が支援提供なんかするのさ。完全な独立遊撃集団だからこそ、ギルドはどの国からも干渉されないで、その有用性を示しながら相互依存を成立させてるんだから」

ふむぅ、とフィはしばらく考えこんでいたが、途中からARヴィジョンで耳から煙を出し始めた。話が解らなかった意思表示にしては無駄な技術力だ。才能の無駄づかいに呆れてしまう。

そんなことよりさあ、とフィが話題を変える。

「あの『RL』に、もしかしたらゴースト・プログラミングのヒントがあるかもよ」

フィが無理矢理話の流れを変えたのには不満だったが――シドから教わった知識なのに、それを覚えていないという点も含めて――ゴースト・プログラミングに関わることならと、話を聞くことにした。

「どういうこと?」

「ほら、だって、『RL（ルル）』のシステムの形状って、設計思想的には人工不可能系（AIS）の知能の理論モデルに似てたじゃん。見た目は全然アレだったけど」

フィの言うとおり、擬験（シムステイム）で見た『RL（ルル）』の構造は、知能と酷似していた。

知能とは包括的な上位領域を指す言葉であり、その実体は下位領域の多重知能群が担っている。

知能群は抽象化された知能構造を継承し、それぞれに割り当てられたリソースの処理を行う。知恵が対応の手順を内包し、知識が経験からその抽出を行い、知性が計算と発想を行う——知能の証明（チューリング・パス）。だが今まで、誰ひとりとしてその構造を人工的に実現させていない。ヒトがゼロから作り出すのは不可能であると言われており、もしもそれが可能となったのだとしたら、偶発以外の何物でもない。

知能は知能群が処理した結果を受けとり、同様の機序を踏む。ただそれだけの単純な構造を、これまで誰も作りだせていないのだ。個々人は知能群のリソースが異なり、それが才能として量化される。この領域は魂（ゴースト）に通じて、操ることはできない。これをギフトと呼んだ旧文明は、いささか詩的な情緒が過ぎると現代人はシニカルに笑う——そんな感傷的な表現に収まらないほどに精緻で底しれないものなのだと。

技術的な領域はもちろんのこと、それ以上にヒトが作り出すことができない根本的な理由とされているのは、それをヒトの能力——知情意では、知覚と理解ができないという点だ。観念記憶空間（イデアメモリ）の定義からしてもそうだし、設計するための理屈を伴わせることができない。根源的な問いかけに過ぎて誰にも解らないことなのだ。ホセ・サピエンスの機能的になった手足の理由はダーウィニズムで説明できる。しかし、そもそもの発生を説明できるわけではない。手足の機能目的は判るが、必要となった理由に対して『なぜ？』と問い続けると答えは出ないのだ。自己言及のパラドクスにより生まれるヒトの限界と、人知で明確に説明可能な技術世界——それを定義し、線引きしたのが人工不可能系（AIS）だ。

　そしてその系に含まれるものの一つに『知能』がある。フィが『RL（ルル）』から見て取ったものに対して、ヴェイは言う。

「けど知能構造論はあくまで理論領域でしょ？　ボクたちがギャロップでやりたいのは、魂の指示子（ゴースト・ポインタ）へのアクセスだし」

「ナイト・バードに使われているCEMの生物クラスをエミュレートして帰還性代理構成体（フィードバック・エージェント）を送り込んで、ユーティリティの接続機能（アクセサ）を見つけさせて、そこからエラー系に引っ掛からない偽装データを送りこんで内部から再起させようって話でしょ？　分析はヴェイがやって、入力はアタシがやる」

　ヴェイと自分を順に指差し、腕を組み頭を捻るように左右に揺らしながらフィは言う。

「もちろん解ってるけどさー……魂の指示子（ゴースト・ポインタ）の実体設定部（セッター）を見つけて、そのゼロ指示子（NULLポインタ）に新しい魂（ゴースト）の箱を用意してあげて実体を与えたあとに、人格素子に個性の蓄積を発生させるための人工知能(AI)を放りこむだけでいけるのかなって思って」

ヴェイはテキストエディタを起動してARヴィジョンに表示する。メモ書き用の真っ白なウィンドウが現れ、そこにゴースト・プログラミングについて二人で今まで話してきたことを展開した。一週間、仕事の合間と睡眠時間を削って作った時間で考えたことをまとめた設計書だ。

「理屈の上でなら、本当にCEMの生物クラスに魂の指示子(ゴースト・ポインタ)があれば、それで個性の蓄積は発生しはじめるはずだし、あとはこっちから接触を続けてれば、どこかのタイミングで調理器(クックウェア)のクッキーみたいに自我(エゴ)が現れると思うけど」

と、ウィンドウを覗き込んでくるフィにメモを示しながら説明する。そこにフィが指を割りこませる。ヴェイは少し眉を顰(ひそ)めた。

「情報復旧(アナビオシス)は？」

「それはしないよ(NOP)。どちらかといえばボクは再構築されると思ってる。いったん観念記憶(イデアメモリ)空間で解放(リリース)されちゃってるんだから、同じ値を取るのは不可能だしね」

うーん、と唸りながらフィは伸びをする。

「やっぱりそうだよねー」

「やっぱりって……じゃあ何で訊いてきたのさ」

不思議そうに歩みを止めて訊くと、フィが振り返る。

「あのねっ、アタシは再構築すらしないんじゃないかなって思ってるの。『RL（ルル）』の都市を見て思ったんだけど、人工知能（AI）じゃ魂（ゴースト）に届かないかなって」

ヴェイは「はぁ？」と怪訝そうな声を上げる。

「元はと言えばフィが、クッキーがそうだって言ったんじゃないか」

うう、とフィは申しわけなさそうにする。

「えとね。アタシは、クッキーは、獲得（ゲット）したんだと思う」

ヴェイはやや憮然とした表情を浮かべる。

「……さっきから詩的すぎるよ。肉体主義者（ボディスト）の感覚論じゃないんだから」

「もー！　だからっ、クッキーは最初は人工知能（AI）だったけど、調理器（クックウェア）としての範疇を超えてアタシたちと接触を続けていくうちにシステムが肥大化していったんだよ。知能って目的が特定されていない問題解決能力でしょ？　クッキーはある地点でカオス理論的に生物クラスの実体取得部（ゲッター）が観念記憶空間（イデアメモリ）から、『クッキー』っていう合成知能（SI）を獲得したんだと思うの！　つまり、人工知能（AI）として最初から『ゴースト・プログラミング』っていう目的を与えちゃったら、それは合成知能（SI）になれない――魂は発生しないんじゃないのかな、ってのがアタシの考え!!」

はっ、とヴェイは鼻白む。

「馬鹿馬鹿しいよ、それこそ特異点（シンギュラリティ）じゃ――」

自分で口にした言葉に気づいて瞠目する。フィは得意気な表情を浮かべてにやりと笑い、続けた。

「そう。シド先生も言ってたじゃん。『RL(ルル)』は第一種高等技術兵器(シンギュラリティ)かもしれないって。つまりそういうことなんだよ」

フィはしかつめらしい顔で言う。

「第一特異点、混沌(ケイオス)への対抗機構〝混沌障壁(ケイオスカーテン)〟。第二特異点、高情報強度(ハイ・インテンシティ)CEM構造物〝疾く駆ける騎士(ギャロップ・ナイト)〟」

フィは指を一本ずつ立てていき、三本目を立たせると、こちらに向かって突き出す。まさか、と呆然とした調子で呟く。

「第三特異点、人類とは異質の知能(エイリアン)――」

「〝異相知能(ヘテロインテリ)〟!!」

10

管制室(コントロールルーム)はその名前とは裏腹に、置いてある装置は極端に少ない。部屋正面の壁に嵌(は)めこまれているのは、軍からの型落ち品の二〇〇インチの感覚質表出型ディスプレイ(QED)。プロトコルを介して個の感覚の構成材料となる感覚質（クオリア）を授受し、主観的な体験である意識情報（センスデータ）を他人に与える。機械的な脳の処理ではなく、現象としての体験の発生を問う意識のハード・プロブレムによる逆説的プラットフォーム。これがまだよく動く。

QEDの前には生体力学的（バイオメカニカル）インターフェースに対応したコンソールチェアが八脚置いてあり、その時々によってディスプレイとの配線を変えるためのケーブルが無造作に転がっている。室内は広いだけで装置も特に稼働音を鳴らすわけでもなく、いやに静かだ。どこかで唸っているハム音も、慣れてしまえば静寂と変わりない。リノリウムの床は冷たく、空気もまた同じ臭いで、しん、とした雰囲気を保っている。

「準備は」

シドはオウルに訊く。チェアの脇に屈んでカバロールの上着をはだけさせている灰金（アッシュブロンド）色の男が、持っていたケーブルを振り回しながら答えた。

「チェアのP2Pの構築はもう終わってる。あとは、動態運用（ランナー）にバックドア通して静態運用（オペレーター）がバックアップできるように組んでるとこだ」

オウルが弄っているチェアには、黒髪を無造作に伸ばし、帯の代わりに黒いコルセットで白無垢の経帷子（きょうかたびら）を着ているクールーが気怠げに座っている。VRのアバターでも、BRの生身の姿でも変わった恰好をしている。色合いは静かだが目立つゴシック・ファッションだ。彼女はチェアに機材（ウェア）をインストールしながら言う。

「クールーとしては、猛禽類とP2Pなだけでもかなりの譲歩なのに、その上にバックドアを通されるのは生理的にはなはだ不愉快」

「あぁっ？　これからテメェの世話を見てやろうって相手にその口振りは何だ」

別に、とクールーはチェアにもたれかかったまま、オウルの顔を見もしない。

「クールーには必要最低限のオペレートがあれば十分」

「この万年無感情女（ブランク）――」

と、オウルが噛みつこうとしかけたのを止める。

「その辺にしておけ。アサインを決めたのはオレだ。文句ならオレに言え」

顔を合わせれば喧嘩をするような二人だが、仕事（ラン）はきっちりとこなす。組ませると普段よりも調子を上げるぐらいで、正反対の気質が奇妙な相乗効果を生み出している。言い争いがコミュニケーションの取り方かと思うぐらいだ。もしくは、相手に負けたくないという意地の張り合いになって、互いの能力を引き出しているのかもしれない。

つん、としたままクールーは澄まし顔を崩さない。

「チーフ・シドに不満はない。従う」

オウルは不満げな表情のまま舌打ちすると、かたわらで作業をしていたフィとヴェイに声をかけた。

「お嬢、若。そっちはどうだ？」

オウルと同じようにチェアの配線を弄っていたヴェイが顔を上げる。

「ボクは準備できました。フィは？」

「アタシもだいじょーぶ!!　必要なモノは全部導入したよ」

フィは親指を立てて元気よく言うと、チェアから立ち上がって訊く。

「ところでさ、シド先生。本当にこの人数でやるの？」

コントロールルームにはフィを含めてこの五人しかいない。部屋の広さから考えれば十分な人数に見えるが、通常ならば実際にはもっと多くの人数による色々な場所からのアクセスによって、仕掛け(ラン)は行われるものだ。コントロールルームはあくまでその全員の動向を指揮(コマンド)するために用意されている。

あぁ――シドは短い返事をする。

「説明したとおり、まずは『RL(ルル)』のシステムを止める。その後でゆっくりとマンパワーをかけてサルベージする方針だ。だから第一フェーズは少数精鋭で突っ込む。まぁ、本当はもっとこのフェーズにも人を割(さ)きたかったが、力量(レベル)的に実行できるのはお前らぐらいしかいないからな」

「他の人たちの準備はどうなっていますか？」

ヴェイの質問にオウルがチェアを弄りながら答える。

「予定どおり待機組は別室で、オレたちが『RL(ルル)』に入ったのと同時に擬験(シムステイム)して、リアルタイムでマッピング作業だよ。『RL(ルル)』の見える限りの範囲を、オレたちの全体野情報(ガンツフェルト)から解析して構造整理(タギング)。帰ってくる頃には、『RL(ルル)』がどんな形の都市(システム)なのか判るようになってるって寸法さ……っと、オレも準備できたぜ、シド」

チェアに座ったオウルに、そうか、とシドは答え、コントロールルームの凄腕(ホットドガー)たちに向かって言う。

「KUネットに入れ。全員揃ったら転送の準備をしろ。オレの合図と同時に始める」

「ねー、シド先生は本当に来てくれないの？」

「オレは今回指揮運用(コマンダー)だと言っただろ。お前、ブリーフィングを後で何も聞かなかったのか」

フィはチェアに座り込み、足をばたばたと動かす。

「聞いたけどさ。シド先生も凄腕(ホットドガー)なんだし、来てくれた方が効率よくない？　軍仕込みだっていう高速処理(ハイスピ・プロセス)見せてよー」

「無駄だ無駄だ、お嬢。シドお得意の加速技法は、誰にも真似できねぇし、タネも教えやがらねぇからな。こんなことで使うほど、安くないってな」

オウルが茶化すように笑うと、シドは面倒臭そうに相手が座るコンソールチェアの背を叩く。

「無駄口叩いてないで早く行け。お前らをまとめられるやつがいないから、仕方なくオレが指揮運用(コマンダー)なんだよ。ピーキーすぎるんだ、お前ら全員」

「はいはい、怖い怖い」

肩を竦(すく)めながらオウルがVRに入る。続いてヴェイも座り、それを契機に全員がVRに入る。その表情が空っぽ(ブランク)になったのを確認すると、シドは訊く。

「転送準備はできたか？」

クールーが返事をした。

「全員できている、チーフ・シド」

「行け(ゴー)」

その一言を合図に全員が動き出す。

「クールー、状況開始(イニット)」

「オウル、状況開始(イニット)する」

「ヴェイキャント、状況開始(イニット)します」

「フィル、状況開始(イニット)ー」


明晰夢の意識が開ける。

肉体から解放されている精神が、物質世界の感覚をともなわない銀灰色の世界に浮かび、そこに相応(ふさわ)しい五感を得るために集合的無意識の網に着床する。網目に引っかかると途端にすべてが格子に広がり、それがある地点でとまる。その範囲が自身の感覚だ。

まずはギルドのネットワークシステムが見える。

傾奇たちが組みあげた無節操で欲望に忠実な、アナーキズムを軸として一人ひとりが構築した主張の数々。それらが一つのコミュニティであるギルドとして混ざりあい、全体となり、いつしかそれは一つのプロパガンダとして成立しうる幻想にまで昇華している。

とても組織的と呼べるものではないが、しかし奇妙なしなやかさを持つ結節が他と繋がりを持ち、とても脆い緊密さで交点を作りだしている。どこかが崩れるとどこかに繋がり直して今までの機能を代替し、しぜんとシステムは修復されていく。

ギルド。

組織ではなく系統の集団。

その細部を覗いていくと、詳らかになってくる風景はそこに所属する誰かの情報として記述された人物像の流れだ。支流となってギルドに繋がっているが、焦点をずらして見れば、誰かは誰か自身の本流を持っている。ギルドに流れるまでに至った理由がそこには流れているのだ。

そんな風にしてできているギルド／システムの光景。そこから転送が始まる。

ギルドから『RL』への路線が確立すると、〝自分〟という情報が単位分割化される。

自身の魂の指示子を中核としたエルゴ球状領域が、光速で無限に引き延ばされていき、景色も色を失くすまで延び切る。同時に、どこかでそれらが集約されて色を帯びていく。段々と濃度を増していく視界が、そこに映るものが何であるのか捉えられるようになると、そこはもう『RL（ルル）』だ。

「……あれ？」

そこはギルドのコントロールルームだった。

フィはチェアに座ったままで、夢から覚めたような感覚が残っている。さっきまでと何も変わらない視界が開けているだけで、VRにすら入っていない――

「シド先生、何かアタシ弾かれちゃったみたいなんだけど――……？」

返事はない。

「返事くらいしてよもう！」

と、チェアから飛び降りると、そこには誰もいなかった。

ん？と首を傾げる。とりあえずヴェイやオウル、クールーが座っていたはずのチェアを触ってみるが、自分のチェアにしか温もりが残っていなかった。

わけが判らず自分の記憶を辿ってみるが、別に夢を見ていたようでもなく『RL（ルル）』への仕掛け（ラン）をしようとしていたはずだ。

フィはしばらく考えこみ、周囲の状況を見て、ひとつの結論に至る。

「あっ、そっか。ここが『RL（ルル）』なのか」

「正解」

　フィが納得して、ぽん、と手を打つのと同時に彼はそこにいた。

「初めまして、フィル＝ギルド」

「おわぁ!? 出たぁ!?」

　いつの間にかチェアに座っている、栗毛をオールバックにしているダークスーツを着た少年——正体不明（U・N・オーエン）。

「納得した割にはひどい驚きようだ」

「ビビる！　ビビるに決まってるよ！　もっと普通に出てこれなかったの!?」

「それはすまない。だが君と対話するための媒体を算出できなかったので、こうして君のいう突然的な現れ方しかできなかった、フィル＝ギルド」

　むぅ、とフィは相手の言っていることを汲み取れず眉を顰める。

「まぁ、いいや。それでこれってどういうことなの？」

「それは——」

　と、そこでコントロールルームに声が響く。

〝お嬢！　お嬢、今どこにいる!!〟

「あ、オウルだ。アタシ今、『RL（ルル）』にいるよー」

〝クソッ、駄目だ繋がんねぇ。そっちはどうなってるクールー〟

〝クルーは異常都市の目の前にいる。しかしお嬢の姿は見当たらない。同じ場所に転送されたはず。原因は判らない。けれどお嬢がここにいないことだけは確か〟

〝ぼ、ボクもフィを捕捉できない……転送直前までは確かに反応はしっかりと取れてたのにっ〟

〝シドっ〟

〝落ち着け、こっちではフィの反応自体はモニターできてる。BR意識(ソウト)に話し掛けても反応はないが……〟

〝チーフ・シド。意識隔離(ソフト・アイソレート)？〟

〝そんな！　仕掛ける隙も仕掛けられる隙もなかったはずです！〟

〝だから落ち着け……『RL(ルル)』のどこかにはいるようだな〟

「……どういうこと？」

フィが正体不明(U・N・オーエン)に訊く。

「邪魔なので切断させて貰っている」

〝ヴェイ、バックドアからフィルを追え。オウル、ヴェイがバックドアに入ったら見逃すなよ〟

〝わ、判りました〟

〝オーケー。頼むぜ、若〟

「邪魔って……」

「勝手に人の家に入って来たのだから、家主として相手を選ぶのは当然だろう」

「えー……」

〝行きます〟

「まぁ、ちょうどいいタイミングだ。彼も呼ぼうと思っていた」

正体不明（U・N・オーエン）がヴェイの声に合わせて言うと、コントロールルームのチェアの一脚に突然ヴェイの姿が現れた。

「え……」

ヴェイは茫然とした表情でチェアに身体を預け、顔に困惑を浮かべて周囲を見回している。

「やっほー、ヴェイ」

「えっ、ちょ、これって」

目の前でフィに手を振られても、ヴェイは状況を把握できずに混乱したまま、意味を持たない言葉を呟く。

〝おいおいおい、若まで消えちまった!? どうなってやが〟

ぷつん、とスイッチを切ったように声が途絶える。

「さすがにそろそろ騒音だ」

そう言って、正体不明は二人に向き直った。

「客人は揃った。もてなそう」

攻性侵入素子の青い光条が走り、正体不明に向かう。だが、それは途中で向きを変えてリノリウムの床に染みこんで消える。フィが驚いて光の来た方向を追うと、ヴェイが次のAIEを準備していた。

「ヴェイ！」

「フィ、早くここから逃げるよ。どう考えたって危険だ」

「じゃなくて何でそんないきなり！」

「いきなり？　いきなりなのは、あっちの正体不明の方だ。警戒するなっていう方が難しいよ――だから」

ヴェイがAIEを起動する。青い光を掌に放ちながら、相手に定めてプログラムを走らせる。一度防がれてはいるが、それでも再び――

「ヴェイのバカー!!」

その前にフィのドロップキックが炸裂した。

ヴェイはまともにフィの両足を受けて頽れ、その上に着地を考えていなかったフィが折り重なって落ちた。ヴェイとフィの奇妙な呻き声が響く。正体不明は表情を一切変えない。

「な、何するのさフィ！」

「ドロップキック！　じゃない!!　そうじゃなくて、あの子は別にアタシたちに危害を加えようとしてるわけじゃないの。そうだとしたら、もうとっくにやってるよ。だからまず、話を聞いてみようよ」

「話って……」

ヴェイが呆気に取られて正体不明(U・N・オーエン)に目をやると、彼は答えた。

「フィル＝ギルドの言うとおりだ、ヴェイキャント＝ギルド。私はただ、対話をしたいだけだ。そのために君たちをわざわざここに招いた」

ヴェイはしばらく無言で相手を睨み返していたが、表情ひとつ変えない様子に観念し、溜息をついて立ち上がった。

「……判りました。話を聞きます。ただ、その前に、名前間違ってますよ。ボクとフィには『ギルド』なんてファミリーネームはありません」

「自覚はないのか。ヴェイキャント＝ギルド。それにフィル＝ギルドも。呼称は重要な点ではないが、気になるというのならば修正しよう。フィル、ヴェイキャント」

ヴェイが相手の言葉の意味不明さに少し怯んでいると、その横でフィが「あっ」と声を上げた。

「そうだ、名前。名前聞いてないよっ、正体不明(U・N・オーエン)。話をしようっていうなら、まずは自己紹介でしょ。ネットマナーだよ！」

「いや別にそれは違(ちげ)ぇよ」とヴェイが呟く。だが正体不明(U・N・オーエン)は、ふむ、と顎に手をやり、二人に向けて言った。

「確かに識別子は必要だ。ただ、君たちに正確な発音はできないと思う。なので、一度だけ言おう。発音の仕方は任せる。私はそれを自分の識別子として認識する」

　クルーフ。

　二人にはそう聞こえた。

11

「私は〝概念(コンセプト)〟だ」

　クルーフの突然の言葉に、フィとヴェイは眉根を寄せる。二人して顔を見合わせると、クルーフは言葉を続けた。

「本質的にヒトの意識から発生したものであるが故に、それも、明確さを持ち合わせることなく広がりを見せる海から発生した原始生命的なものであるが故に、一対一の固有の姿を獲得することもなく、ただ一つの茫漠とした概念(コンセプト)でしかなかった」

　クルーフはダークスーツの襟を摑み整える。

「私の概念は〈妄想〉だった。それ以外に自身の理由を知らず、ただ私は存在していた。こうして、君たちのいう『RL』として確立したのもたかだか数百年前にすぎない」

「す、数百年って」

「クルーフって旧文明時代からいたの？」

ヴェイとフィが驚きの声を上げると、クルーフは静かに首肯した。

「私が発生したのは、旧文明で使われていた暦で言えば一九二八年の二月だ」

「せん……？　ニガッ……？　何それ、どういう意味」

「旧文明の西暦ってやつだよ、多分。シド先生が言ってた。旧文明の記録はその西暦ってやつの二一〇〇年あたりまでしか残ってなくて、ボクたちがARMになったのはそれからどれだけ経ってからかよく判ってないんだって。今は独占戦争が終わってからの国家成立を紀元にした、国家暦が使われてるけど……」

「ってことは、クルーフって実はものすごいお爺さん？」

「そう、なるね」

まぁ、クルーフが言っていることが本当ならだけど――ヴェイは疑いのこもった視線を向ける。クルーフはただの狂った人工知能なのではないかと、ヴェイは段々と感じ始めていた。

「で、それがどうしたんです」

「私がこうしてKUネットという媒体に構築された事実自体はもっと新しい。言ったように、私は概念（コンセプト）だ。ヒトの意識に根づいていただけで、本来、個を獲得するなどということは起こりえなかった。だがそれは、ヒトがBRとVRという二つの現実を獲得したことにより変性した」

ん？　とフィが首を傾げながら訊く。

「それって並列意識（パラレル・ソウト）のこと？」

「そのとおりだ。私はBRにのみ存在するヒトの思考の流れという形相因（エイドス）にすぎなかった。だがしかし、VRが現れ、意識が実体を得るのと同時に私もまた実体を得たのだ」

「つまり、ヒトがARMとなったと同時に『RL（ルル）』は現れた、ってことですか？」

「え？　え？　どういうこと？　アタシ解んない。だって、クルーフが『RL（ルル）』として生まれたのは数百年前じゃないの？」

「いや、言葉のとおりでしょ、普通に解るでしょ」

「解んないよ！　クルーフの言葉難しいんだもん！」

ヴェイは面倒臭そうな表情を浮かべると、眉間を押さえながらフィにも判るような説明を模索する。

「えっとね……昔のヒトはBRしか持ってなくて、そこにいたクルーフはあくまで精神作用体（メンタル・オペ）的な存在だったのが、ヒトがARMになってVRを持つようになってから物理作用体（フィジカル・オペ）

的にVRで実体を持った、って言えば判る？」

フィはしばらくヴェイの言葉を噛みしめるようにしていたが、何とか理解できたらしく言った。

「クルーフはBRにもいるけど、肉体を持ってないってこと？」

「そう、それが問題だ、フィル」

急にクルーフに呼びかけられ、フィは少し驚く。クルーフはそれを意に介さず、一方的に話を続けた。

「私の存在理由（レーゾンデートル）は〈妄想〉だ。そのために、私はKUネットで『RL（ルル）』として確立してから己を満たすための情報の蒐集を開始した。それが君たちが異常都市と呼んでいるシステムの正体だ。あれは私の本能の中核であり、しかし、その断片に過ぎない。個が個であることを証明するためには、その全てが必要だ。だから君たちが私を引き揚げ（サルベージ）たとしても、それは無駄だったろう。だがそれに伴って、私はあるひとつの結論に辿りついた。私が私として〈妄想〉を確立させるには、肉体が必要なのだ。なぜなら私は根源的にBRで発生した存在なのだから」

「BRの身体が欲しいの？」

はっ、とヴェイが一蹴するように鼻で笑った。

「馬鹿馬鹿しい。クルーフの本体（メインフレーム）はKUネット上に在るここだ。それが肉体を欲するだなんて、すでにこのシステムを動かすための実体がそれじゃないか」

　クルーフは静かに首を振る。

「そういうことではないのだ、ヴェイキャント。信仰の教義（ドグマ）を盲目的に受容するような矛盾により、私は先験的（ア・プリオリ）な肉体を必要としている。無限大発散的な視点なのだヴェイキャント、君が言っていることとは。卵と鶏の先行関係を問うことに意味がないように、私の発生はBRとVRの二現実（バイナリアリティ）での活動により満足する」

　うー、とフィが堅苦しさに唸る。

「アタシにはよく解んないけど、とにかくクルーフは肉体が欲しいってことだよね。でもそれが何でこうやってアタシたちと会話してるの？」

「どうもこうも」

　ヴェイはもはや呆れて話をすることに飽きてしまったように、チェアに座り込んで無表情に言う。

「そのクルーフって人工知能（AI）は狂って（バグ）るよ、フィ。この仕事（ラン）はもう、クルーフをサルベージしたら軍のチューリング部門に引き渡してそれで終わり。異相知能（ヘテロインテリ）かも、だなんて期待したボクが馬鹿だったよ」

　ヴェイ冷たすぎー……、とフィが顔をしかめた。

「とりあえず、クルーフはどうしてアタシたちをここに呼んだのか、いい加減に教えてよ。

アタシもう話が難しすぎて頭パンクしそう」

「それは簡単だ。君たち二人こそがギルドだったからだ」

「ごめん、もうちょっとやさしくお願い！」

フィの懇願にも似た要望に、クルーフは首を傾げ、元の位置に戻すと口を開いた。ヴェイは、クルーフのいちいち人間臭い仕草に珍しく苛だちを見せる。フィとは違って、理解不能な現状は理性的なヴェイにはストレスだった。

「私はヒトから生まれた〈妄想〉だ。その概念（コンセプト）上、私はコミュニティに所属することを望んでいる。初めは序列国家の一位から七位を規模的な条件から分析した。しかし、そのどれ一つとしてすでに他の思想と概念（コンセプト）に支配されているために私の入る余地はなかった。その最中、国家規模のコミュニティでありながら、私と合致する思想により構成されている『ギルド』を発見した」

「ヴェイ」

「なに……」

「翻訳して」

ヴェイはチェアに座ったまま呆気と嫌気が混じった複雑な表情を浮かべたが、チェアに深く座りなおすと言った。

「今は大きい国家が七つあるでしょ。序列一位の『スペルヴィア』から七位の『ルクスリア』まで。どの国にも文字どおり特定の概念が行動原理になっている異相知能(ヘテロインテリ)の概念(コンセプト)がいて——たとえば、スペルヴィアなら〈超越〉、ルクスリアなら〈官能〉、イラなら〈憤怒〉みたいに——その存在理由を主義として国家を運営している。よく判らないけどグループは他の国家に入ることができなくて、代わりにどこにも所属しない(ノーバディズ)『ギルド』に日をつけたって言ってるんだよ」

序列国家には、それぞれの国の性質を反映した異相知能(ヘテロインテリ)が存在する。

人類とは異なる系統に属する知能。それが異相知能(ヘテロインテリ)だ。その知性は人類からすると精神病質的で、理解はできるが納得できない独特の行動原理を持っている。根本的な発生からして、人類とは袂(たもと)を分(わ)かつ知能。

序列国家に存在する異相知能(ヘテロインテリ)たちは、自らを概念(コンセプト)と名乗る。

その名のとおり、何かしらの意味を指す、普遍化された情報そのものの具現化だ。彼らは人類がKUネットを獲得したことにより自然発生した。集合的無意識内に存在していた概念という箱に、KUネットで活動していた人類の知情意が蓄積され、やがて一つの知性体として自律性が現れたもの——それが概念(コンセプト)という異相知能(ヘテロインテリ)だ。

集合的無意識と密接に結びついて発生した概念(コンセプト)が持つ情報空間(インフォスフィア)上での能力は、人類(ARM)とは比較にならないほどに強力だ。しかし、彼らは自身の本質に縛られている。己の概念が持つ意味を達成することが本能なのだ。そのため、それを体現する場(コミュニティ)として自らの性質と一致する序列国家に所属し、強大な情報処理能力によって国家の支配と管理を行いつつ、その権威を保っている。

概念（コンセプト）は序列国家の象徴であり、国家機関（システム）そのものといえる存在なのだ。

「つまり、クルーフは自分が国家の礎（いしずえ）になる概念（コンセプト）に相当する、って言ってるってこと。狂（バグ）った人工知能（AI）は誇大妄想を抱くこともあるんだね、初めて知ったよ」

ふむふむ、とフィは頷きながらヴェイの説明を聞くと、クルーフに向き直った。

「それでアタシとヴェイこそがギルドだっていうのはどういうこと？」

「ギルドというコミュニティの真性を獲得しているのは君たち二人だけだった」

「ヴェイ」

「いやボクも解らないから」

うぬぬ、とフィは腕組みしながら眉を顰める。クルーフの言っている言葉のうち、それだけがどうしても理解できない。

「えっと……それってもしかして、アタシたちだけがＥＸＰの感覚投射（プロジェクション）に対してクルーフを同じ姿に見ていることと関係してる？」

「そもそも、それがなければ私はこうして、この情報空間（インフォスフィア）上の自身の質料因（ヒュレー）から、〈妄想〉であるこの形相因（エイドス）を見つけることはできなかっただろう」

「先に言っておくと、ボクたちがクルーフの本当の姿を初めて捉えたっぽい、ってことだからね」

ヴェイに向かって口を開きかけていたフィは、口を数回ぱくぱくと動かすと、　度咳払いをする。気を取り直すと、クルーフに人差し指を向けて威勢よく言った。

「要はアタシとヴェイはクルーフに選ばれし者ってことだね!!」

クルーフは逡巡して、目線を一度外してから戻すと答えた。

「正解」

面白くなさそうに「何だよそのノリ……」とヴェイが呟く。

「うんっ、大体判った。じゃあさ、クルーフ。クルーフはギルドに行ったとして、どうやってBRで身体を手に入れるの？」

「その点に関しては、ギルドに所属した後に適切なCEM構造体を探し、CEMの持つ擬態能力により、私は自身の肉体を構築するつもりだ。私は現時点では、君たちの言う魂(ゴースト)のみの存在と言える。魂の指示子(ゴースト・ポインタ)がゼロ(NULL)であるCEM構造体であれば乗ることができるだろう」

フィはCEM構造体という言葉に、ぴくり、と反応すると、少し身体を震わせながらクルーフに問いかける。

「その、CEM構造体ってさ……どんなのでも、いいの？」

「構わない」

フィの考えていることにヴェイが気がつき、チェアから立ち上がり咎めるように声を上げた。

「フィッ」

「ヴェイは黙っててッ‼」
・フィの大声に思わずヴェイはたじろぎ、チェアに腰を落とす。
「大声出してごめんね、ヴェイ。でもこれはチャンス。チャンスだと思うのアタシは」

フィは一度唾を飲みこむと、緊張した面持ちで、ギルドにあるナイト・バードへの経路(ストリーム)データを掌の上に展開し、クルーフに差しだす。

「身体をあげる、クルーフ」

その瞬間、ギルドのホールに安置されていた騎士の亡骸が再構築された。

象徴機体(シンボルズ)『妄想(デルシオ)』へと。

12

目を見開いた。

混沌(ケイオス)から抽出された、軍から配給されている調整日光が天井で眩(まぶ)しく光り、フィは目を細めた。一瞬、白く塗り潰された視界のキャンバスが、徐々に元の絵の色彩を取り戻し、はっきりと浮かびあがる。コンソールチェアの人工皮革の固い感触が、汗でじっとりと不快な水気を帯びていた。

フィはチェアから身体を起こすと、一度リノリウムの床を踏み鳴らしてみる。『RL(ルル)』にいたときと同じ固さ。だがはっきりと違うことが判る、骨と筋肉が軋む肉体の煩わしさ。

床の音に気づいたシドが振り向く。

「フィル……お前いつ戻ってきた」

答えようとすると声が上手く出なかった。喉が貼りついたように渇いている。唾を飲みこみ、喉を湿らせて喋ろうとすると、シドの後ろにヴェイの姿があった。

「フィ……」

ヴェイは困惑した表情を浮かべている。一度名前を呟くとそれ以上は何も言わなかった――言えなかった、のかもしれない。ついさっきまでいた『RL(ルル)』で起きたことが、ギルドでずっと過ごしてきた二人の、訣別にも似たはじめての出来事だったからだ。

「ヴェイ、お前もか。どうなってる、状況は」

シドに問われるが、何も答えられなかった。

ただ無言でヴェイと目を見合わせるだけで、そこには互いの気持ちのやり取りはない。

VRで会話するわけでもなく、本当にただ、相手の心中を読み取ろうと困惑した思いが交錯している。瞳に映るのは光の反射だけで、今まで何となく解っていたものすらない。

相反した。

幼い頃からVRで意識(ソウト)を触れあわせてきた家族ではなく、他人がそこにいた。

「……お前ら、『RL(ルル)』で何かあったのか」

フィとヴェイの様子がいつもと違うことに気づいたシドが言う。

何かあった？ もちろんあった。だがそれを言語化する術(すべ)を、たかだか十四年しか生きていない二人は持ち合わせていない。ギルドで育ち、ギルドの有様で人格を形成した、同じシステムの根(ルート)。それが今枝分かれした――個人であるという――事実を、二人ともまだ理解できていなかった。

「おい」

黙ってないで――シドが言いかけるのと同時に、フィはヴェイの手を取って走りだしていた。瞠目するヴェイを余所(よそ)にシドに言う。

「シド先生ごめんね！ あとで!!」

「おいっ、お前らっ！」

シドは追いかけようとしたが、まだ『RL(ルル)』にいるオウルとクールーのことを思い逡巡する。その間に、二人は管制室(コントロールルーム)の扉の外に出ていってしまった。

「クルーフ！」

フィがヴェイを連れてきたのはナイト・バードが安置されているホールだった。当然、ヴェイも最初からそれは判っていて、複雑な気持ちを抱きながらも、されるがままに手を引かれてきていた。

「いるんでしょ、クルーフ。応えて」

フィが静かに白騎士の遺骸に呼びかける。しかし遺骸は答えない。

「……クルーフ？」

沈黙を保つ騎士にフィは不安そうな表情を浮かべ、声に勢いがなくなっていく。ヴェイはベンチに座りその様子を、片膝を抱えて眺める。

「どうしたの、問題ないって言ってたのに。もう一回言うよ、応えて」

フィは少し腹をたてたように強めの口調で言う。何も知らない人間が見れば、CEM構造物の死体に話しかけるフィの姿は、普段の奇嬌を通り越して奇怪に映るだろう。だがしかし今ホールにいるのはフィとヴェイだけだ。フィは自分の他に唯一事情を知っているヴェイの方に振り向く。

「ヴェイも何とか言ってよ、もー」

頬を膨らませてフィが隣に腰を落ちつけた。その様子に目もやらず、ナイト・バードすら視界に入れず、ただ床を見つめる。

「……何であの発狂(バグ)人工知能(AI)にギャロップを渡したの」

ヴェイの呟きに、ん？　とフィはぶらつかせていた足を止めた。

「フィ、最初から疑ってすらいなかったでしょ」

「だって、クルーフすごかったじゃん」

「説明になってないよ。屁理屈にもなってない」

「理屈じゃないもん。VR意識(ソウト)の思惟出力(ノエマ)だから」

「根拠もない。恣意的な思惟だよそれは。意識処理(ノエシス)は簡単に騙せるんだから」

意識作用で直観したフィに、あくまで理性で認識を語るヴェイ。クルーフという形而上の一端に触れる存在を前にした二人の対応は、完全に隔絶していた。平素ならば、どうということもなかっただろう。吸収し許容できる程度の個性だった。それが家族であるならば殊更に。

クルーフとのことはそうではなかった。

明らかに認識がひっくり返る出来事。パラダイムシフト。彼を、与えられた目的の問題解決能力しか持てない人工知能(AI)と見るか、明確な自己意識と判断能力を持ち成長する合成知能(IS)と見るか。ヒトの手では作り出せない人工不可能系(AIS)に属すると言われていたものが数百年前には自然発生していて、しかもそれは人類の無意識を寄る辺とするものだという事実。

ヒトが産み出したくせにヒトには作り出せないもの。

しかも目前にあるものが知性だの悟性だのを持つというのだから始末が悪い。この国家暦において、技術支配の時代において、制御不可能な『知能』というテクノロジーが誰ひとり気づかず存在していたというのだ。そうならばヒトをヒトたらしめる根拠である自我だの何だのといった小理屈を捏ねまわしたところで、自分がそうではないという保証はもう世界のどこにもない。

『我々はどこから来たのか？　我々は何者か？　我々はどこへ行くのか？』

そんな大昔のフランスという国家にいた画家の絵の題名など知るよしもないが、フィとヴェイが直面している問題はそういうものだった。そしてそれに対して現時点で二人が導きだした——それと意識しているわけではないが——答えは、真っ二つに割れていた。

肯定と否定。

単純明快な答えだ。問題の真偽に対して可能性を求める姿勢と棄てる姿勢。だがそれ故に向くべき方向も全く違ってしまっていた。

「クルーフは」

頑なにネガティヴな態度を崩さないヴェイに、フィは目を逸らさず言う。

「生きてるよ」

「……っ！　ボクたちで作り出そうって言ったじゃないか！」

ヴェイは顔を上げて、フィを責めるように言う。急に泣きそうになった。今まで技術を磨くのも、仕事をするのも、何をするにしても二人でやってきたし、これからもそうだと思っていた。だが、そうはならない。人間だから成長し、変化する。当たり前のことなのに、いざ現実として突きつけられると認められなかった。咎めの言葉が何を意味しているか、フィは何となく理解していたようだったが、それでも自分を曲げず、かといって何かを返すこともなかった。

〝取り込み中だろうか〟

沈黙する二人に、ホールの中で声が響いた。声のした方――一つしかないと判りきっているが――へ驚きながら向くと、白騎士のヘルムのブレス部に、光が灯っている。

フィはベンチから発条のように立ち上がった。

「クルーフ！　遅いよ!!」

〝すまないフィル。身体の初期化に時間がかかった。君がくれたCEM構造物は、思いのほか、巨大だった〟

クルーフの声はVRから聞こえてくる。BRでの空気振動ではなく、通話ソフトのようなもので語りかけてくるようだ。

ようやく起動した騎士にヴェイは驚きを隠せずにいたが、フィは嬉しそうにしている。

「ほらっ、ヴェイ！　動いた、動いたよ。動いたんだってばヴェイキャント!!」

興奮しているせいか、フルネームで名を呼ぶフィ。ヴェイもまた、昂揚感と緊張感で自分の鼓動が速まっているのを感じたが、口を僅かに開いて一度深く息を吸い込み、無理矢理落ちつかせた。

「……クルーフ、本当にそこにいるんで――いるのか？」

わざと畏（かしこ）まった口調を止（や）めた。

「お前は、本当にその身体を動かせるのか？　ボクはまだお前が合成知能（SI）――〝異相知能（ヘテロインテリ）〟だなんて信じていない」

ヴェイはその場で起きた出来事を頑なに否定する。頭ごなしに可能性を排除しているつもりはない。今もVR意識（ソウト）では考えられるかぎりの技術をKUネットから検索し、検証し続けている。それでも出せる結論は『否』だからだ。

「魂（ゴースト）だけの存在が、肉体を手に入れたからといってナイト・バードの死骸を再構築させることができたとも思っていない。ボクは、お前はただの発狂人工知能（バグAI）で、その騎士の死骸に這入り込んで無様な擬似動作（ネクロマンシー）で満足している欠陥品だと思ってる」

ベンチから立ち上がり、騎士と真正面から向き合った。

「どうすれば**ボクはお前を信じられる**？」

クルーフは問われても身じろぎひとつせず、そのせいでただの巨大なオブジェのように見える。呼吸も瞬きもしないので、黙っている思考時間（スループット）に、ヒトとの対話とは違うむず痒い違和感を感じた。

〝答えるとするならばヴェイキャント、君の問いに対する返答は『イエス』だ。肯定し、また君に信じてもらうために、私は何かしらの手段で、この身体でしかできないことをすることで、それを証明しよう。だがしかし、一つだけ訂正する。今の私は〝疾く駆ける騎士（ギャロップ・ナイト）〟のモデル『ナイト・バード』ではなく、モデル『デルシオ』だ〟

「デルシオ……？　ナイト・バードと特に変わってないように見えるけど」

目の前にいる騎士の鎧は、見慣れた白い外骨格様の甲冑のままだ。フィとヴェイは他のモデルの〝疾く駆ける騎士（ギャロップ・ナイト）〟を見たことはないが、特に外装に変化があるようには見えない。ギャロップのモデルはソフト的にしか変化がないものなのだろうか――そんな疑問を抱いているとクルーフが補足する。

〝それはこの身体の再構築がまだ完了していないためだ。ソフト面はすでに問題ないが、ハード面はCEMを増殖させ物質代謝を行う必要がある。そのためのエネルギーの獲得には、混沌（ケイオス）と接触し、そこから抽出することが必要だろう〟

「混沌（ケイオス）との接触!?」

フィが声を上げ、クルーフに訊く。

「クルーフ、それってやっぱりその身体なら外に行けるってこと？」

〝その通りだ。この身体の情報強度（インフォテンシティ）は十二分に混沌（ケイオス）に耐えうる〟

「だったら、さっき言った証明のためにアタシとヴェイを外に連れてって！」

〝了解した〟

「ちょっ、フィ」

あっさりと、とんでもない話を進めるフィに何か言おうとしたが、その言葉は遮られた。

「元々そのためだったでしょ、ヴェイ。海を探すため。だったら行かないと」

「フィ……ボクはまだクルーフを信じていないんだよ」

いや……、とヴェイはフィからクルーフに視線を移す。

「そもそも何で、クルーフはそこまでボクたちの言うことを聞いてくれるのかも。はっきりしていないじゃないか」

「それはアタシたちが選ばれし者だからでしょ？」

「フィはちょっと黙っててね」

やんわりとフィに邪魔だと伝えると、ヴェイは続けた。

「答えろ、クルーフ。何でお前はボクたちに従う」

〝概念の盟主〟

クルーフは即答した。

〝フィル＝ギルド。ヴェイキャント＝ギルド。君たち二人が、ギルドというコミュニティの中で、最もそのシステムの本質を保持していた。故に、ギルドの性質に一致する概念(コンセプト)である私は、己の本能を果たすことができるであろう人間に従うのが当然だ〟

デルシオの胸部装甲(ブレストプレート)が、金属でできた骨がこすれるような軋む音を立てながら、前倒れに開いた。

〝外へ連れていこう、我が根(ルート)よ〟

クルーフは手を差し出してくる、巨大な騎士の手を。その意味はすぐに判った。フィは悩まずにクルーフの掌に乗った。だが、ヴェイは困惑してその場に立ち尽くす。

そんなヴェイに対し、フィは迷わなかった。

自分の手をクルーフと同じように差し出してきた。

「行こう、ヴェイ！　外に行こうよ！」

ヴェイはそれでもしばらく迷う。幼い好奇心と早熟な理性がせめぎ合っていたが、やがてその二つは同じ結論に辿りついた。自分でも不思議だったが、自然とその手を摑み、腕に力をこめる。

フィとヴェイが掌の上に乗ると、クルーフはコックピットへと二人を招き入れ、胸部装甲(ブレストプレート)を閉じた。

内部は思っていた以上にシンプルな構造だった。コンソールチェアのようなものが一脚。他に計器などの類はない。どうしようかと考えるのと同時に、クルーフからギャロップのパイロット用ソフトウェアと、観念共有定義が届いた。脳の感覚運動野のホムンクルスでギャロップを動かすためのものだ。

フィはすぐさまそれを実装し、感動の声を上げた。

「なにこれすごい！　擬験とも違うし……なんかすごいよヴェィ！」

「……よくもまぁ、迷いなく実装するね」

遅れて、呆れたように言いながらヴェィも実装する。自動的にVR意識がリンクし、『デルシオ』を通して外が見えるようになる。フィと同様に驚き、息を呑んだ。

「これって……身体が二つあるみたいな……いや、拡張されてる……？」

コックピットはやや狭かったが、元々大人が搭乗することを想定して作られていたからか、子供は二人でもチェアの肘掛けに座れば、それなりに楽な姿勢を取ることができた。

〝準備はいいだろうか？〟

「うん！　オッケー!!」

〝では行こう〟

そしてクルーフは最も早く簡単だが、予想外の方法で外に向かった。

ギルドの壁をぶち破った。

13

フィとヴェイの二人が管制室（コントロールルーム）を出て行ってしまった後、シドは即座に『RL（ルル）』での仕事（ラン）を中断した。

アサインしたメンバーが二人もいなくなり、原因不明の事象が散々発生したためだ。事態の収拾を最優先すべき状況だった。加えて、事態は更に複雑怪奇な様相を呈しており——『RL（ルル）』のクルーから連絡があったのだ。

〝チーフ・シド。異常都市が停止した。わけが解らない〟

わけが解らないのはこっちだ馬鹿野郎。

そう言いたかったが、少なくともフィとヴェイが関わっているのは間違いない。あの二人が『RL（ルル）』で引き起こした問題の可能性を考える。想像もつかない。冷や汗が出てきた。

冷静になれと自分に言い聞かせながら、緊急脱出用の切断命令（ベイルアウトコマンド）を叩いた。オウルとクルーの空っぽ（ブランク）だった貌（かお）に、急にBRに引き戻された驚きが浮かんだ。

戻ってきた二人に『RL（ルル）』に入った後のフィとヴェイの様子を確認しようとする、まさにそのときに事態は更に進行した。

——爆発音。否、衝突音？

轟音が鳴り響き、ギルドの建物全体が揺れる。クルーもオウルも突然のことに目を白黒させるだけで、唖然としている。シドがその場ですぐに対応できたのは、元軍人だったという一点のみからだった。過去に受けた訓練が身体を動かし判断を下す。どこで何が起きたのか判らないが、とにかく、何か大きな破壊がギルドの中であった。

〝おいっ、何が起きてる!?〟

待機させていたメンバーにすぐに連絡を取ると、混乱した声が返ってきた。

〝いやっ、それが急に建物が揺れて――こっちも判んねぇよ!!〟

全く要領を得ない返答にシドは舌打ちをすると、ARヴィジョンでギルドの見取り図を開く。モードをリアルタイムに変更し、図を眺めて異常の発生箇所を探す。

あった――ギルド内のホールだ。壁が壊れて、随分と風通しがよくなってしまっている。

どうやって。

いや待て。

もう一つの異常点に気がつく。ホールに安置してあるはずのナイト・バードがない。ギャロップの再起動。その可能性が頭をよぎる。クールーとオウルに向かって声を張り上げた。

「今すぐに外と繋がる場所をすべてハックして監視しろ!!」

「は？　外って、ギルドのか」

「違う、混沌(ケイオス)だ！」

「チーフ・シド。それはさっきの音と関係が？」

「ある。大ありだ。お前らは二人で、とにかく混沌と繋がっている地下都市中の分解棟をハックして状態を監視しろ。どっかで異常が起きたら、すぐにオレに伝えるんだ」

シドはそのまま返事を待たずに部屋を出た。そしてすぐに走り出す。

「くそっ、他人の物を勝手に使ってんじゃねぇよガキ共……!!」

＊

外に出るのは一瞬だった。

人生で一度も出たことがない、出ることは不可能だと思われていた場所に辿りつくまでの所要時間が十六秒といえば一瞬である。

クルーフが動かす『デルシオ』に搭乗してから、ギルドの壁を壊し、そのまま外に出るために地下都市の中で唯一、外に通じている分解棟の廃棄物トンネルの二重ハッチを通ると、もう混沌が充ちる外界だった。クルーフがわざわざ廃棄物集積場を経由し、地下都市から地上都市への〝混沌障壁〟を破壊しなかったのは、混沌が都市に流れこみ、属するべきギルドが消滅してしまうのを避けるためだろう。フィとヴェイも把握していない都市構造を、クルーフはいつの間にか完璧に理解している。

無明の闇だった。

フィとヴェイが生まれて初めて見た外の世界は暗闇だった。

突然の暗黒の世界に、パニックを起こしそうになっていると、察したようにクルーフが言う。

〝外は混沌(ケイオス)により光が存在していないため、闇だ。今、君たちにも見えるように視界のフィルターを切り替える〟

光の眩しさを感じることもなく、映像を差し替えたように目に映る風景が変わる。

荒野が広がっていた。いや、荒野という表現は正しくないだろう。荒れ果てた野原どころか、枯れ木の一本すらなかったのだから。

ただただ延々と地面が広がっている。地形の凹凸こそあれど、それ以外にあるのは土の色だけだ。黄昏(たそがれ)よりも暗く、闇夜よりも明るい。見渡す限り視界に入る風景は同じで、あるものと言えば地平線だ。

空に目を移してみると、大理石のような白黒の渦巻き模様の何かで埋め尽くされていた。教えられてきた『青い空』などというものではなく、平たくどこまでも延び続ける、黒と白が入り混じった大理石(マーブル)模様。

よくよく見続けていると、それは黒と白ではなく、暗闇と透明であることに気づいた。すべてが集約されたために何もない暗闇。あそこでは、光さえも――いや、それどころか時間すらも収斂されて混じり合い凝集され、ただ一つの何かになっているのだろう。その一方で呑み込まれずにある透明は、逆に何もない。およそこの宇宙に存在する何であれ、あそこにはない。何もなくて、何も見えない。

　空には二つの無があった。

その無は常に流動的に動き、互いに混じり合うかと思えば反発し、絶対にひとつになろうとしない。ただ蠢き、大理石の空は模様を描き続ける。

「あれが混沌（ケイオス）？」

　フィが思わず知らず呟く。感嘆も驚愕もなく、ただ疑問を口にしていた。

〝正確にはあれは一部だ。あの空は混沌（ケイオス）のスペクトルが見せているものにすぎない。地表に充ちる混沌（ケイオス）が太陽光により攪拌され、吸収されずに漏れ出した光があのような空を生み出している。混沌（ケイオス）に電磁波の波長の抜け穴ができているようなことから、天文学にならい『混沌（ケイオス）の窓』とでも呼ぶべきか。だがしかし、混沌（ケイオス）を理解するには、あの空の二階調で十分だろう。混沌（ケイオス）にはあれしか存在しないのだから〟

「へー……何か思ったよりも地味だね」

　そんなことより、とヴェイは言う。

「ここは大体どこなの？　お前は亜音速で移動してもしっかり外を知覚できるからいいだろうけど、ボクたちはよく判らないまま都市の外に出たんだから」

〝現在地は私たちがいた序列第三位国家イラの第三都市ルプスから数キロ離れた地点だ〟

その言葉と共に視界が勝手に動いた――クルーフが後ろを振り向いたのだ。

遠くに塔が見えた。どうやらあれが都市らしい。自分たちが住んでいた場所の全景を初めて外から見たが、本来は巨大環境建築物（メガアーコロジー）であるそれも、今はちっぽけな棒にしか見えなかった。

フィが訊く。

「クルーフは、この辺りの地形って判る？」

〝把握している。たとえ混沌前（プレ・ケイオス）の地形でも、現在と比較することでおおよその位置を摑むことが可能だ〟

それを聞いて、フィはこちらの顔を見つめてくる。言いたいことは判っていた。だから頷いた。いまさらここまで来てやめる理由もないし、何より自分自身も、もっと外を見たくなった。

「じゃあ海！　海に連れて行って、クルーフ！」

〝どの海だろうか。太平洋、大西洋、インド洋……〟

「あー、もう！　そんな大昔の海の名前なんか知らないから！　どれでもいいよ、とにかく海なら何でもいいから連れてってって」

〝それならば移動は不要だ〟

「へ？」

フィとヴェイは思わず顔を見合わせる。

〝ここが海だ〟

混乱のあまり首を傾げすぎて、フィはコックピット内で横に倒れた。そのまま起き上がらずに顔を顰(しか)めてクルーフに何を言えばいいのか考えている。フィがしばらく元に戻らなそうだったので、代わりに訊いた。

「ここは水中ってことなの、クルーフ」

〝そうではない。ここは海底だ。太平洋の深度約四〇〇〇メートル程の位置だ。しかし、海水はすでにない。混沌(ケイオス)により海水はすべて呑み込まれているのだから〟

「…………」

ヴェイは反論しようとしたができなかった。何をどう反論すればいいのか判らなかったし、クルーフは事実しか述べていない。しばらくの間、その場を沈黙が支配した。突きつけられた現実を前に、それを受け止めようと必死に心を整理する。気がつくと、腕が震えていた。自分たちの世界が、さっき見たちっぽけな棒の中にしか存在していないという事実に怯えていた。あまりにも小さな世界でしかヒトが生きていないということに恐怖していた。

今自分たちがいるここは何だ？　あまりにも広大な人類(ARM)の生存圏外。大きすぎる力を前に、少年と少女は無力以外の何物でもなかった。『外で海を探す』。驕りと呼ぶには噴飯ものの哀れな勘違い。

それは、ただの――妄想だった。

「違うッ!!」

フィが半ば悲鳴のような声を上げた。

「アタシは、アタシたちは海を見つけようとしてたんだよ？　ちゃんと海があった証拠も見つけたし、だからこうして外に出たのに……海がないわけないよ。世界がこんな、ここまで壊れてるわけないよ……大昔の記録にはちゃんと残ってるんだよ？　綺麗な空と海が、妄想の産物なんかじゃなくて、あったんだから。アタシたちが生きている世界がこんな残酷さしか残ってないような、混沌(ケイオス)しかないような――それが世界なわけ……」

もはやそれは反論ですらなく、ただの錯乱に近い独り言だった。フィは自分の身体を抱き締め、身体の寒さを温めるように、ぎゅっと身体を縮こませる。

「こ、こんなの嘘だ」

フィの声は震えていた。泣いているのかもしれない。しかしヴェイにはその顔は見えなかった。それよりもヴェイは、どことなく落ちついてきている自分に気がつき、なぜいまだに自分の身体が震えているのか判らなかった。

フィとは違う。

自分が今、感じているのは絶望ではなく、もっと冷徹な何か。『やっぱりそうだった』。

自分でも驚いた。外に海が存在しなかったことよりも、無意識のうちに理屈で考えればそうだ、ということを確認できた自分に、感動で震えていた。海を見つけたかったのではなくて、海がない証拠をこの目で見たかったのだ。『外で海を探す』という目的の中で、最初から自分はフィとは違う方向を向いていた。

そのことに最も驚いて、瞠目していた。

妙に粘つきを感じる自分の口の中。渇いて、中途半端に水気が残っている舌を動かして訊いた。

「クルーフ。お前は、海がないことを知っていたはずなのに――どうしてボクたちを連れてきた」

おかしい。クルーフに頼んだのは『外に連れて行ってくれ』ということだったが、それにしたって自分とフィの会話を聞いていれば、それが海を探しに行くためだということは優に理解できたはずだ。それがなぜ、わざわざここに来てからその事実を見せつけるかのように――

〝私の概念(コンセプト)は〈妄想〉だ〟

返ってきたのは、もう何度となく聞いている台詞だった。

〝故に、私は君たちが抱いているモノに対して振る舞う。それに即したように振る舞う。それを叶えるように振る舞う。たとえそれがどのようなものだとしても。私の概念(コンセプト)は〈妄想〉だ。あくまでそれに属し、事実と相違することには何ら矛盾を感じない。結果を処理するのは君たちだ、フィル＝ギルド、ヴェイキャント＝ギルド——我が根（ルート）よ〟

ということは。

クルーフがそういうものならば。

もしかして自分たちはやり方を——

「ああああああああああああああっ！　もう、うるさい！　うるさいよクルーフ!!　なかったんでしょ!?　要は海なんかどこにもなかったんでしょ!?　じゃあ意味ないよ、もうぜーんぶ無意味だよ！」

　フィが癇癪を起こして腕を振り回し、辺りの物を手当たり次第に叩く。ヴェイは慌てて巻き込まれないように狭いコックピットの中で身を屈める。クルーフは中で暴れるフィに対して何も言わない。

　そのせいか、フィもヴェイも気がつかなかった。フィが暴れて感情を吐露すればするほど、混沌（ケイオス）の大理石模様（マーブル）の空が呼応するように激しく動くことに。あるいは、フィが気持ちを落ち着けるために暴れることを、いつものことだと思って放置したりしなければ、ヴェイは気がつくことができたかもしれない。『デルシオ』という機体の中にいるとはいえ、混沌（ケイオス）が充ちる危険な外にいるという危機感が足りなかった。

　そしてフィの昂（たかぶ）りが頂点に達し、

「変わらない現実なら消えた方がマシ」

混沌（ケイオス）は氾濫した。

『すべてが在ってすべてが無いもの』はその感情を敏感に察知して、知情意を持つ主体となる観測者に対して形を取ろうとする。原初の世界の形である〝始まり（アルパ）〟は、何かを生み出して〝終わり（オメガ）〟に向かいつづけているのだ。ただそれが一瞬にすぎないというだけで。大理石の空ではずっとそれが繰り返されている。それが今、一人の少女の感情に反応して何かを生み出そうとしていた。

ＢＲの感情領域を空っぽ（ブランク）にしていれば反応することもなかっただろう。混沌（ケイオス）の中に在る意識（ソウト）は、感情を表に出してはいけない、何が起こるか判らないから。それが戦争をしている軍人たちにとって常識であると知っていれば、そうしていただろう。

フィとヴェイは呑み込まれた。

意識がＢＲともＶＲともまったく違う空間に放り出される。視界が極彩色の赤と緑と青紫で塗り潰され、だんだんとそれらが傾きで流れて動く砂絵のように片寄って何らかの形を取る。何かの、誰かの映画のような断続的に連続した抽象的な一場面（フッテージ）。コマ割りされた大鴉がどこかへ飛びたった。暗い部屋で隠れて夜ふかしをしている子供。何も燃やさないように細心の注意を払っている火蜥蜴が、うっかりと近くにいた鳥に触れて焼きつくす。四角い金属の大切な箱を弄（もてあそ）ぶ少年がいた。彼は火蜥蜴の炎を箱に仕舞い込んだ。代わりに自分が箱になったけれども、まったく気にしていなかった。見覚えのある都市が視界に入った。俯瞰している。とてもとても不快な形をしている異常都市。あれはそう──『R_L』だ。全体はあんな形をしていたのかと思わず感心すると同時に、まったくもって普通な形と思ってもいた。初めての仕事を思い出す。十二歳のときにヴェイ／フィと一緒にやったっけ。大成功だった。けれど怒られた。余計なことをしすぎだと叱られた。あとで二人で大笑いした。見事にやってやったね、やってやったよ。一〇〇パーセントではなくて余計な二〇パーセントをつけ加えた完璧な仕事。何だか突然、お腹が空いたような気がした。そこで不意に思い出した。

クッキーが作ってくれたご飯が食べたいな。

14

〝シド、見つけたぞ。分解棟のトンネルの入り口が抉じ開けられてた。それも物理的にだ。今は緊急用ハッチが作動してるが、コントロールはこっちで持ってる〟

オウルからの連絡は、シドがギルドを出てからすぐのことだった。

〝どのくらい前だ？〟

〝五十八秒〟

ちっ、と内心でシドは舌打ちする。大分経ってる――ギャロップの足なら、とうの昔に都市を離れて追うことが不可能になる距離まで行ける時間だ。今までは可能性の域を出なかったが、もう間違いないだろう。分解棟に侵入して、トンネルのハッチを物理的に抉じ開けることができる技術は地下都市（ボトム）の中にはない。あのはた迷惑な天才二人は、どうやってか、あのナイト・バードを動かしたのだ。

〝今からオレも分解棟に行く。そのままハックして無理矢理入り口開けられるようにしてろ〟

〝はぁっ!? お前、生身であそこ行ってどうすんだよ、あんなゴミ捨て場じゃ何もできないだろうが〟

〝いいから言ったとおりにしろ〟

あぁ、それと――シドは続ける。

〝今の外の混沌（ケイオス）の密度を教えてくれ〟

〝……いやいやいや、シドちゃん。ぼく、いい加減わけが解らないよ?〟

そんなことを突然言われたら自分でも意味が解らないと思う。だから無視した。

〝早く教えろ〟

〝あのなぁ!〟

〝三〇パーセントほどのようだ、チーフ・シド。都市インフラ用の天然資源抽出時と比較しても値は大きく下回っている〟

クールーが割り込んできて言う。

〝三〇パーか……判った。オレが合図したら緊急ハッチを上げろ。その後はハックは解除して痕跡も消せ、三十秒でいい。三十秒経ったら迎えを寄越せ〟

〝了解した。だがしかし、チーフ・シド。あまりにも不可解な要請だ。何をするつもりだ？〟

適当な言葉で誤魔化そうかと考えた。だが、下手な言いわけでオウルとクールーを騙せるだろうか？　多分無理だ。それに何より、咄嗟にいい嘘が思いつかなかったので、シドはとりあえず正直に話した。

〝糞ガキどもを迎えに行くんだよ〟

＊

序列第三位国家イラの軍に所属する騎士乗り（ギャロップ）であり、根（ルート）であるクロノ＝ソール大佐が異変に気づいたのは、丁度シドがルプスの地下都市（ボトム）で外に向かうために躍起になっている最中だった。

「ん？　んー……んん？」

イラの第一都市ユニコルンの地上都市にある軍事基地で、パイロットスーツに身を包んで格納庫に向かっていたクロノは足を止めた。

僅かに感じた異変だったので確信が持てず、唸りにも似た声を発していると、相棒であり、序列第三位国家イラの概念であるテロルに訊かれる。

〝どうかしましたかクロノ〟

〝いや、判らないんですけど。何だかちょっと変な感じがしてさぁ……ボクじゃ判んねぇや。テロル、私の代わりに調べてくれ。国内のどこかで何か起きてないか。多分、どこかの馬鹿が情報魔術かなにかでやらかした気がするのよね……〟

言うと、テロルの気配が消えた。早速調べに行ってくれたようだ。忠実な部下であり相棒よ、素晴らしい献身ぶりだが行くなら返事ぐらいはしてくれ。そんなことを考えているうちに、テロルは調査を終えて戻ってきた。

〝第三都市ルプスで情報魔術を検知。また、混沌の情報量減少を検出。同ポイントで不明機体の存在を確認。型番はTU-1B/IR。第二世代練習汎用機モデル『ナイト・バードⅡ』と思われるが、IDその他の識別番号が消去されており判別できず。唯一識別できたのは、所属が『サルベージギルド』という点のみ。以上です〟

〝そりゃ異常やね〟

うーん、とクロノは考えこむふりをした。どうするべきか決めなくてはいけないのだが、その腹づもりはもうあった。

〝ルプスって、ここからどの辺りかしら？〟

〝二五六キロです〟

〝十五分ぐらいで着くね、行こうか〟

クロノは格納庫(ハンガー)へ向けていた歩を再び進め始める。

〝宜しいのですか？　これから、新人(プロビー)の戦闘教練の予定ですが〟

〝いいよ別に。どうせボク、つまんねーから真面目にやる気なかったし〟

格納庫(ハンガー)に着くと、クロノは自身の機体であり序列第三位国家の象徴機体(シンボルズ)『イラ』に乗り込む。出撃許可もなにも取っていないが、そのあたりは関係ない。出たいときに外に出る。

それが許されているのが概念(コンセプト)を搭載したギャロップである象徴機体(シンボルズ)だ。

あぁそう言えば——クロノはふと思い出す。『ナイト・バードⅡ』と言えば、あいつもそれに乗って逃げたっけ。ルプスに行ったら、懐かしい顔に逢えるかもしれない。脱走兵で重罪人の教え子に。

*

「貴方は自殺願望でもあるのかチーフ・シド」

口を三角にしながら、じっとりと湿ったような目でクールーは言った。

「……あるか、そんなもの」

シドはギルドに備えつけられている診療室（クリニック）のベッドに腰かけ、不機嫌そうに答える。分解棟から帰ってきたシドは、なぜか着ている服がぼろぼろになっていた。乱暴に引き裂かれたように布地が破れており、その隙間からのぞく肌には血が滲んでいる。だが何より奇妙なことに、彼の服は固形化していた。水分を含ませて凍結させたかのように硬質なものに変化している。そして、それはよくよく見ると、彼の肌と癒着し、完全に肉の一部となっていた。

「……何をしたらこんなことになるのか……チーフ・シド、クールーには理解できない」

言いながらクールーはコの字型の小型断層撮影（CT）機をシドの腕に通す。CTでスキャンされた画像を個人領域（パーソナル）に取りこみ、自作の医療診断ソフトを走らせる。

酷い有様だった。

肌と服が完全に融合し、何か別の新しい物質になってしまっている。しかもそれは今もなお、シドの血肉の律動に合わせて体組織に馴染んでいこうとしている。何らかの施術をしたわけでもないのに、服が身体の一部になろうとしていた。最新の流行（トレンド）でもこんなインプラント・ファッションはありえない。もはや、服の布地が彼の肌といっても過言ではない。ただの繊維の集合に血が通っているのだ。しかもそれは、あまりにも不自然な肉の延長のため、放っておけば壊死を起こして、やがて全身が腐敗して死んでしまうだろう。

シドは今や、全身の皮膚が剝がれ、ささくれ立っているようなものだった。

したがって動的適性（ダイナミック）であり、身体構造をデータ化して把握できる医療技術者（メディック）のクールーがシドを診ている。シドが分解棟の廃棄物トンネルから帰ってきたときに、ひと目で重傷だと判ったギルドメンバーたちは即座に彼女に治療を任せた。彼女にとっては、BRで治療をすることとVRでアバターを改造することは大差ない。それ故の凄腕（ホットドガー）認定だった。

だがしかし、その彼女ですらも困惑するほどの症状。

「昔から、貴方が親方とオウルと一緒に無茶をしたときの治療はクールーの役目だったが、さすがに今回は異常が過ぎる」

「ガキの頃と一緒にするな。オレたちが怪我するのはクレイの無茶に巻き込まれたときだけだ」

「――心外だな、まるでぼくが悪ガキだったみたいじゃないか」

驚いて声のした方を見ると、クリニックの壁にクレイが寄りかかっていた。ギルドの親方は神出鬼没で心臓に悪い。シドはいきなり現れた相手に表情ひとつ変えず言う。

「不良もいいとこだっただろうが。腕試しに最新の攻性防壁突破しようとしたり、自作の攻性侵入素子（AIE）の性能テストを自分の身体でしようとしたり……」

「それにはクールーも同意する。しかし、それにつきあっていたチーフ・シドも大概だ」

子供の頃に、クレイたちがさんざんやらかした危険な遊びをクールーは思い返した。シドは被害者のような口ぶりだが、控え目に見ても楽しんでいた節がある。振り返ってみると、一番常識的だったのはオウルだった気がする。優秀な静態運用(オペレーター)として連れ回されて、たまに自分のもとに愚痴りにきていた。

　クレイが口を尖らせる。

「ご挨拶だな。人がせっかく心配して見舞いにきたのに。君、それ混沌症候群(シンドローム)だろ？」

　クールーは瞠目する。さらりと言ったクレイの言葉が信じられなかった。混沌症候群(シンドローム)は混沌(ケイオス)との接触で現れる疾患だ。BRとVRが、肉体と精神が、文字どおり混濁する。十年近く医療技術者(メディック)をしているが、数えるほどの症例しか聞いたことがない。

　シドは確かに三十秒間だけ廃棄物トンネルに入って、すぐに戻ってきた。しかも、どうやってか件(くだん)のギャロップ『ナイト・バード』を引き連れて。彼が何をしたのかは、モニターしていたにもかかわらずクールーはおろか、静態運用(オペレーター)として腕の確かなオウルにすら判らなかった始末だ。

「…………。馬鹿な」

　呆然と呟くと「軽度のやつだ」とシドは言った。

「だから影響範囲がBRだけで済んでるんだよ」

「本当にVR側は問題ないのかい？　症状が軽いとはいえ、どこかに異常が出ている可能性もあるぜ」

クレイの問いに、あぁ、とシドは答える。

「平気だ。ひと通りセルフチェックはした。なんならお前がダブルチェックしてくれ、クレイ」

「今やった。正常みたいだね」

「何か言ってからやれよ……」

雑務をこなすように淡々と会話する二人に、思わず口を挟む。

「待ってほしい。ありえない。チーフ・シドは混沌(ケイオス)に触れて正常を保てているというのか」

通常ならば生きているだけでも奇跡だ。存在が挽肉を練るようにかき混ぜられるというのに、シドは会話が成立するほど意識がはっきりしている。

「別にいいだろ……話すと長いんだよ。ちょっと裏技(チート)使っただけだ」

シドの適当な口振りと説明に、クールーは納得できなかった。彼に詰め寄り、口を開こうとすると「それよりだ」と唇を指で制される。

「オレよりも、向こうはどうなってる」

沈黙。

一瞬だけ返答に戸惑った。

「――あの子は、い、い、い、い、どういうことなのだ？」

口を衝いて出たのは疑問だった。

シドはクレイの方を見る。その表情にはいたたまれなさが浮かんでいた。一方のクレイは投げかけられた視線に対して、何も応えなかった。そのやりとりに、どんな意味が込められているのか、クールーには汲みとれない。

シドは静かに口を開く。

「……オレと同じだ。混沌症候群(シンドローム)だよ」

「だがあの子は健康そのものだ。それはクールーが保証する。道具の作り方(コーディング)を懸けてもいい」

「推測できても判らないことが多すぎるんだよ、混沌(ケイオス)には」

「それならば判っていることだけでもいい。皆、混乱している。何が起こったのかさっぱり判らず、仕事(ラン)どころではない」

しぶとくクールーは引き下がらない。それでもシドは思いつめた顔で口をつぐむ。こちらから僅かに視線をそらし、逡巡していると急に顔色を変えて咳きこんだ。胸を押さえて、血の塊を吐き出す。

喀血(かっけつ)して口から垂れた血を拭いながらシドは言った。

「おいクールー、話してやるからその前に治療してくれ。肺がヤバい。死ぬぞオレ」

「む。そうか」

「しっかりしてくれ医療技術者(メディック)……」

言いながら、シドは口の中に残っていた血を構わず床に吐き捨てる。

「ひとつ言えることはな……」

シドはベッドに上体だけ仰向けに寝かせる。大きく息をはくと、その表情に苦悩と悲哀を滲ませながら言った。

「フィルかヴェイが死んだ」

第三部　転調（フリップ）

15

クロノが『イラ』に搭乗し、第三都市ルプスに向かいはじめてから三分四十六秒──五七キロメートル地点に達したときだった。

〝友軍ギャロップが接近〟

テロルが機械的に告げる。

「誰よ？」

〝型番はTU-1C/IR。第三世代練習汎用機『ナイト・バードⅢ』。認識番号KH-00-68199C。士官候補生です〟

「騎士団（KH）ゼロゼロの士官候補生？　実験体じゃない」

〝どうしますか〟

「無視（スルー）」

〝了解しました〟

テロルは答えると同時に機体の速度を上げる。近づいてきている士官候補生がどれだけ操縦が上手いのかは判らないが、国家の概念(コンセプト)を反映した象徴機体(シンボルズ)であるイラに、練習機で追いつけるわけがない——クロノがそう考えていると、

〝お待ちくださいっ!!〟

耳に響く大きな声で、通信が入った。あまりの声量に一瞬顔を顰(しか)める。

「デカい声……」

失笑にも似た笑みを浮かべながらクロノは呟いた。気にせず機体の速度を更に上げる。

どうせ待ったところでしようもない。ルプスに向かうのに腰巾着をつけて行くなど御免だ。

大方、軍の上層部が不安がって寄越したんだろう——それが士官候補生なのは不思議だが——情報魔術(CC)で馬鹿をやったやつのいる現場への、せっかくの物見遊山を邪魔されたくはない。

〝き、聞こえていらっしゃらないのですかっ!? おかしいなぁ……壊れてるのかな通信ソフト〟

いや聞こえてる聞こえてる。うるせぇ。

そうは思ってもクロノはだんまりを決め込む。

〝仕方ない……『レオ』、追いついて〟

クロノは自分の耳を疑う。最高速度でないとはいえ、象徴機体（シンボルズ）を相手に士官候補生が追いつく？

思わず気になって振り向こうとすると、獣の唸り声が聞こえた。

肉食のそれが獰猛に威嚇するような、今や聞くことも見ることもない気配。クロノの視界に入ったギャロップは、次の瞬間には大地をえぐり大型の推進器（ブースター）でもつけているかのような勢いでイラの前に滑り込んできた。

「……おーい、テロル。追いつかれちゃってるわよ」

〝申しわけありません。士官候補生が情報魔術（CC）を使用できるとは思いませんでした〟

まぁそうだろうね——クロノは心中で頷く。あの士官候補生の機体は物理法則に逆らった動き方をしていた。今のは間違いなく情報魔術（CC）だろう。

〝そこの士官候補生〟

〝えっ、あ、は、はいっ。何でしょうか!!〟

相変わらず耳が痛くなるような大きさの返事だ。

〝お前、名前は〟

〝はっ！　自分はAKTK第四培養槽三十五号であります!!〟

ほ、とクロノは予想外の返答に口を開いて眉を上げた。

〝AKTK槽（ヴアツト）か……道理で。あぁ、オレがサボった戦闘教練の参加者か。ちなみに今の情報魔術（CC）は？〟

〝Boost to Oafs Obey Speed Taboo――『馬鹿でも走る速度法度（BOOST）』でありますっ!!〟

〝君の培養基は？〟

〝F型であります!!〟

〝もうちょい声小さくできない？〟

〝了解であります!!〟

あ、馬鹿だこいつ。

クロノは数回の会話でなんとなく悟った。

〝オーケー、これから僕はルプスに行くつもりなんだけど、何をしにきたのかしら？〟

〝自分は教練中に上官の機体が出撃するのを目撃し、緊急発進（スクランブル）に随行すべきとその場で判断致しました!!〟

〝教官の許可は？〟

〝現場は臨機応変であります!!〟

〝あ、うん。もういいや〟

この士官候補生――AKTK第四培養槽三十五号は、勝手に自分を追ってきたらしい。

教練中でありながら、ギャロップに乗っているということは、向こうではすでに『実験体が逃走した』と大騒ぎになっているだろうが、しかし目の前にいる馬鹿は、純粋に上官につき従う忠誠心で行動し、またそれが正しいと思っている。このまま戻ったら暴走した危険な実験体として処分されるだろうに。

しかし、面白い。

クロノはほくそ笑む。

まさかAKTKプロジェクトの実験体が、昔の教え子のもとに向かおうとしているときに現れるとは。この際、偶然か必然かはどうでもいい。状況は利用しよう、演出で盛り上げよう。クロノは頭の中で脚本を組み始めた。

〝お前……えっと〟

〝自分の名前はAKTK第四培養槽三十五号であります!!〟

〝判ってるわ。判ってる。これからアタシは第三都市へ調査任務に向かう。ちょうどいい機会だ、手前もオレについてきな〟

〝はっ! AKTK第四培養槽三十五号は調査任務に同行致しますっ!!〟

〝……あのさ、あだ名とかないの、キミ〟

〝いえ? 自分は生成された際の採番番号(ナンバリング)以外に名を持っておりませんが……〟

〝呼びにくい〟

〝も、申しわけありません!! ですが、社会生活用の身分を自分はまだ与えられておらず

……〟

AKTK第四培養槽三十五号の声に勢いがなくなる。どうやら、この実験体は責任感が強過ぎてどうでもいいことでも気に病みすぎる性質らしい。ここまで来ると、いっそ躁鬱病にも見える。どうにも精神調整を失敗している個体のようだ。だがそれでも、情報魔術を扱えるがゆえに人格破綻には目をつぶられていたのだろう。

〝三十五号なのですから、略してサンゴとでも呼べば宜しいのでは？〟

テロルが言う。

〝い、今のはもしや!! もしや我が国の象徴機体(シンボルズ)『イラ』に搭載されている異相知能(ヘテロインテリ)であり、〈憤怒〉の概念(コンセプト)であるテロル様のお声でしょうか!?〟

〝いかがでしょうかクロノ〟

〝ああッ！ その自分ごときをまったく相手になされない態度、お噂通りにテロル様!!〟

〝珊瑚(サンゴ)、ねぇ……海のない世界で洒落た名前をつけるもんだ〟

〝は？〟

〝いや、こっちの話。いいんじゃね、それで？〟

では——とテロルはイラを操縦して、AKTK第四培養槽三十五号の機体に向き直る。

相手はすぐに気をつけの姿勢を取った。

〝AKTK第四培養槽三十五号、貴方はこれから自らを『サンゴ』と名乗るように。この命令は正式な効力を持ち、我が国イラでも、今後の呼称はサンゴで固定される。復唱しな

さい〃
〃あ、あああ……ありがたく拝命いたします!! ＡＫＴＫ第四培養槽三十五号は、今後は一生自らの呼称をサンゴとし、生きていきますっ!!〃
そんな大袈裟な、とクロノは呆れる。たかが名前を与えられただけでここまで過度なリアクションを取れるところを見ると、やはり忠誠心が異常に高められているようだ。いくらその相手が国の礎(いしずえ)と同義である存在であるとはいえ、あくまでテロルはイラという国において、戦力の一つにすぎない。
ま、戦乙女(ヴァルキリー)みたいに扱われてるのも事実だけど――クロノは自分の機体と相棒を他人事のように思い、サンゴに告げる。
〃さて行くぞ。これから会いに行くのは、お前と同じ士官候補生だった人間だ、楽しみでしょう、サンゴ?〃

＊

彼、もしくは彼女はそこに在った。

その所在は不明確であり、もはやそこに占めているのがそれ(this)なのか、単に肥大化したことによる占有が生じてしまっているのかは判らない。

在ることだけが唯一の事実であり、それ以外の何ものも存在しない。ただ彼か彼女であることが自明となっているのが不思議で仕方がない。この感覚は何だろう？　その内語にも似た連結定義(インターフェース)が今そこにあるすべてだった。

　何という矛盾だ。繋がるためのものが何のためにこの場で変遷し何を表そうというのか。これがすべてであるのに、今以上に何をしろというのか。この充足しきった箱の中で、すでに求めるべきものはあるはずもない。それにもかかわらず湧きだしてくるものがある。

　これは何だ。

　これは何なのだ。

　何とするこれは何だ!!

「そこか、我が根(ルート)よ」

　突然に拡がる。

　言語として理解できる外部からの入力が発生し、それを受けつけるべく入出力器官(I/Oオルガン)が動き出す。外という存在を認識した。内で完結していたはずの世界が急激に膨張し、自他と彼我が現れる。空間ができ上がり、間隙は冷却されて酷い寒さのようなものを感じる。恒常性(ホメオスタシス)の恐怖が牙を剝いた。自分であるということが途轍もなく怖い。さっきまでの——『さっき』！　今はもう変化を知覚している！　——そこに在るだけというのは、何と幸福な停止だったのだろう。

　今や彼、もしくは彼女はそこにいた。

「無駄だ、我が根（ルート）よ。君は何れ（いず）にしろ、ここで自我（エゴ）を認識していただろう。求めたところで、場所（コーラー）への帰属の錯覚を得ることはできない」

語りかけられる。相手は栗毛をオールバックにしダークスーツを着ている少年だった。

「今の君はとても曖昧（ファジー）な存在だ。当然だ、混沌（ケイオス）に呑まれたのだから。およそ君という存在を象（かたど）っていたものは、実体、抽象を問わず混ざりあい純質へと還元された。だがそれでも、君が君である事実はどこまで行っても揺らぎはしない。魂（ゴースト）は解放（リリース）されていないのだから」

少年に根（ルート）と呼ばれた存在は、その言葉の意味を理解できなかった。

「そうか、あの国家暦の言語基体（フォーマット）を用いているからか。だがしかし、私が今現在使用できるのはこれだけだ。何とかするしかあるまい。時を重ねれば言葉は価値を下げる。厄介なものだ」

やれやれ、と少年は肩を竦（すく）めた。その動作が不思議で仕方がない。彼が持っている実体が、形を変えることで意味するものを知っている。なぜだ。

なるほど――少年は言う。

「まだ君は自我を得たものの、個を思い出していない状態か。しかし、それは自ずから獲得してもらわなければならない。私が君の名を呼んで固着させてしまえば、すべてが君に因（よ）るものでなくなってしまう。私は、我が根（ルート）を失うことになってしまう」

少年は、こちらに近づき覗き込むようにしてくる。

「魂(ゴースト)の中で参照先を思い出せていないのか、それとも魂の指示子(ゴースト・ポインタ)を思い出せていないのか。何にしろ、ここが何であるのかを理解してもらわなければならないようだ。自己の素地は喪(うしな)われてはいない様子だから、すぐに解るだろう」

確かに解る。そもそも言葉を理解できる。接触し、処理ができている。だが、判然としない。何のためにここにいるのか、自分という存在の理由が解らない。

少年はこちらから離れると、楽な姿勢を取って――座っているのだろうか――話を続けた。

「ここは君たちが観念記憶空間(イデアメモリ)と呼んでいる場所だ」

その概念は知っている。慣れ親しんだ覚えのある響きに感じた。

「だが、メモリという考え方は正確ではない。なぜならば、ここは記憶される場ではなく、リソースを保持する場だからだ。いささか、技術的な思想に偏りすぎたせいで、本質からは外れている。あくまでここは、存在が世界に顕(あらわ)れる際に必要なものを確保しているにすぎない。形相因(エイドス)は別に在るのだから」

ぼんやりと、頭の中――頭、とは何だろう？――でイメージが湧く。得た情報を咀嚼して内部で再構築して理解できるようにすることができた。

ここには材料となるものがある。そして同時にそれが本質となっている。その概念の名前も知っている。魂（ゴースト）だ。生命と生物に差をつける一次元の点。この場にはそれ以外はない。それがどうしたのか。茫漠とした全の中に個が在ることは不自然ではない。今のままでも問題はない。

「やはり、これだけでは刺激は弱いか。あるいはこれでも十分に刺激となりえるものだと思っていたが――だから敢えて、私はここをこう表現する」

少年は、ゆっくりとはっきりと口を動かして言った。

「〝ヒュレーの海〟と」

海と。

その概念は。

その言葉は。

繰り返される。海。それは――必要なものだ。求めなければならないものだ。魂（ゴースト）が騒ぐ。理由は見当たらない。それでも魂（ゴースト）はどこかにベクトルを向けることを要請する。

戻らないと。

「海を探していると言っていたな、我が根（ルート）よ」

そうだ、言っていた。二人で海を探していた。

少年は言う。

「海は初めから君とともにあった」

見当違いな言葉に思わず微笑んだ。

「違うよ、クルーフ。探しているのは水の海」

16

「シド。あれは誰だ」

病室の前でオウルは言った。

電気泳動したダイラタント性液体ガラスの張られた病室には扉がなく、完全な隔離空間となっている。入室が許されているのは担当の医療技術者（メディック）か関係者のみであり、彼らが交付された鍵（キー）を用いたときだけ、粒子配列が変化して扉が現れる。個人という事象の最小情報量をプランク単位系で記述した情報基（ベーシック・コード）との照会。量子素性子（キュビット）を情報の物理定数として定義されたプランク情報による認証は、VR共有（シェア）でBRの物理法則の抜け道を衝（つ）いてトンネル効果を現せるアバターを作ったとしても入ることはできない不可侵領域だ。

オウルの隣には槽（ヴァット）を空にして、培養していた予備器官（スペアオルガン）の移植施術をクールーから受けたシドが立っていた。全身の皮膚と筋肉と血管と内臓——とにかく使えなくなっていた肉体の部品をすべて取り替えたシドは、いわば新品で、どんな検査を受けても『Health』が返ってくる。それでも施術後の新しい肉体にまだ脳が慣れないのか、杖を突いていた。

杖を鳴らし、シドは答える。

「フィルか、ヴェイか。もしくは誰かだ」

目前の病室の中で、ベッドには一人の子供が横たわっている。少年か少女か。中性的な顔(かんばせ)からは、性という個性は読み取れない。

「あれは、誰なんだ」

オウルは繰り返し問う。

「両性具有者(アンドロギュヌス)」

シドは無感動に応える。無理矢理に感情を押し殺した表情で。

オウルはシドに視線を移して、自分と目線を合わせようとしない相手に言う。

「テメェが何を言おうとしてて、何を黙ってるかは知らねぇ。だがな、あの子のＤＮＡを調べた限りでオレが理解しているのは一つだ。あそこにいるのはお嬢でもない、若でもない。情報基(ベーシック・コード)すら一致しない、二人に似ている誰かだ」

誰か。自分で言葉にして異常さを再認識する。その誰かはフィとヴェイに似ているというよりも、荒唐無稽にも二人を組み合わせたような子供だった。

背の中ほどまでに伸びた髪は、ヴェイの黒髪に赤毛のメッシュを入れたようで、その赤色はフィのそれだ。体格は細く、華奢な少年でもあり、どことなく丸みを帯びた少女でもある。生殖器に至ってはシドが言うようにペニスとヴァギナ、雌雄のどちらも備えている。おそらくは、その瞳の色もフィとヴェイの淡褐色と碧色を混えているに違いない。確かにフィとヴェイには似ている。だがあれは別人だ。オウルの知る可愛らしい二人の子供はどこにもいない。何も判らない状況と自分に怒りがこみ上げてきた。

「――もう一度訊くぞ、シド。あれは誰だ？」

「言っているだろうオウル。『フィルか、ヴェイか。もしくは誰か』だ。オレにはそれ以上のことは判らない」

とぼけるような要領を得ないシドのもの言いに、我慢できずに胸倉をつかんだ。シドの杖が音を立てて床に転がる。

「ふざけるなよシド……テメェはいつもそうだ。そうやって自分だけが知っている肝心のことを話しゃしねぇ！　何様のつもりだ!!　元々は地上都市の余所者のお前が、何でそうやってオレたちギルドの問題を全部自分で解決しようとしやがるっ!!」

激昂をぶつけても、シドは顔色を変えずに言う。

「離せ、オウル」

「いいから言えよ、何があったのか。またクレイが親方になるって決心したときみたいに、勝手にことを進めるつもりかお前は」

若い頃から、オウルにとってシドとクレイは特別な存在だった。地上都市に住んでいた元軍人と、同年代ながら若くして妻腕（ホットドガー）となっていた技術者は、承認欲求に充ちていた若者には憧れだった。

　その二人と肩を並べて歩くのが目標だったから、無茶苦茶な遊びについて行くので精一杯だったが、頼られているのが嬉しかった。なのに、いつも自分は肝心なときに置いてきぼりにされていた。どこからかフィとヴェイを拾ってきたとき。クレイがギルドの親方になると決めたとき。どこかで決定的に二人は遠かった。

　今ではもういい大人になっている。何も知らされない立場にいるのは、もううんざりだった。

　シドはこちらの手首をつかみ返し、苛だちを露わにした。

「オウル、離せ」

「お前が話せよ、シド」

　ちっ——と、シドは僅かに舌打ちをした。

「『反復遅延因加速（ACCEL）』」

　その一言を聞くや否や、オウルの手はシドの胸元から離れていた。いつの間にか握り締めていた拳からシドは逃れ、落とした杖を拾っている。

　オウルはほんの今まで確かに残っていたはずのシドの服の感触がなくなっているのに混乱し、手を開いたり閉じたりするが、特に異常はない。なのに今、シドは拘束から解放されている。今自分は何をされた？　否、何もされていない。フィが作っていた玩具(おもちゃ)の迷惑(トラブル)プログラムのような、過負荷を掛けて意識(ソウト)をフリーズさせる類(たぐい)のものでもなく、自分は確実に何もされていなかった。

「お前……今の、まさか」

思い当たるものは一つ。馬鹿げているがその一つしかなかった。

シドは一瞬、どこか自暴自棄な死んだ眼をしてこちらを見る。ぞっとするような、何かを諦めた眼。オウルはそれを知っていた。彼がギルドに来た頃の、まだ軍人気質が抜けきっていなかったときの瞳だ。その死臭を放っていそうな淀んだ色は、すぐに彼の瞳から消え去り、彼は手に持った杖で床を突いた。

「オウル」

響いた音と同時に呼びかけられ、びくりとする。

「今のは忘れてくれ」

「わ、忘れろってお前。今のは情報魔――」

「頼むから」

今度は泣きそうな顔をする。ころころと変わる、彼から滲み出る感情にオウルは困惑し、しばし考えて――溜息をついた。

「大人のする顔じゃねぇぞ、それ。気持ち悪いから止めろ、今は忘れてやるから。ただ、いつかは絶対に話せよ、シド。ガキの時分からのつきあいだろうが、オレたちギルドは」

オウルは軽くシドを小突く。シドは不意を衝かれたように驚いた顔をして、笑った。

「悪いな、オウル」

「だからそれやめろ。お前。気持ち悪いから」

と、オウルは後ろから誰かに蹴り倒された。

「っ痛ぇな誰だ!?」

振り返るとそこには、不機嫌そうなクールーが立っていた。

「猛禽類。一部始終見ていた。病み上がりのチーフ・シドにつかみかかるな。医療技術者（メディック）として注意する」

「今のは注意じゃねぇだろうがクールー!!」

ふん、とクールーは応えずに指を鳴らして、病室のガラス粒子の配列を変えた。瞬時にガラスにスモークがかかり、中の様子が見えなくなる。

「そもそも病室の前で大人二人が騒ぐこと自体が非常識。チーフ・シド、それは貴方もだ。それにまだ施術が終わったばかりだ。勝手に動き回らないでほしい」

「別にいいだろ、お前が失敗するわけがないんだから」

「当然だ。だがしかし、無理をされるとクールーでも治せるものも治せない。貴方に死なれるとクールーは困る」

ふぅ、とクールーは呆れたように深く息を吐くとシドの顔を見返す。

「それよりチーフ・シド。探しに来たついでに言づてがある」

「何だ？」

「客人」

シドはあからさまに面倒くさそうな顔をする。この忙しいときに訪問者の相手などしていられるものか。

「お前が適当にあしらえないのかクールー。それに、そもそもオレの役目でもないだろう。クレイにでも任せればいい」

クールーは首を横に振る。

「親方は今は無理。連絡が取れない。どこにいるのやら。それに、客人は貴方を指名している、チーフ・シド」

シドは顔をしかめる。彼への訪問者など、ここ数年いなかった。直接会いに来る人間の方が珍しい。VRで連絡を取った方がよほど早いし、わざわざBR意識のリソースを割いてまで、そんなことをするメリットは皆無だ。ましてや話をする上で、移動という行為自体が無駄以外の何物でもない。

「……自慢じゃないが、オレにはギルドの外に知り合いはほとんどいないぞ」

「だがしかし貴方を指名している」

「相手は？」

心当たりもなく、訝(いぶか)しみながらシドが訊くとクールーは答えた。

「軍人」

17

序列第三位国家イラにおいて、軍人というものは基本的に特権階層だ。社会というシステム内での権力の実装方法には細かな差があるが、力を持つ組織は例外なく軍閥として存在している。

イラでは、たとえその階級が軍内部で最下位の一兵卒であろうと、立場をちらつかせるだけで影響力を発揮できる。かといって、表立ってその権力を乱用する者がいるわけではなく、彼らに根差している原理は『高貴たる者の務め(ノブレス・オブリージュ)』。自らが選ばれた能力ある者だという自負によるものである。

ともすれば選民思想にも寄るこの存在証明(アイデンティティ)は、ある存在により保証されている。この国が保持する〈憤怒〉の概念(コンセプト)であるテロルという名の異相知能(ヘテロインテリ)。ヒトを超えているが、集合的無意識から発生した、ヒトに依存する人格だ。

KUネットは無意識という川の流れだ。人々は情報という水を汲みあげ、コマンドにより使用し、プロセスとして排水する。その資源を一元的に監視管理する堰堤として概念（コンセプト）は君臨する。自己の管理下に置かれた情報の流れを、箱庭のように自由にできる。生存圏（バイオスフィア）が閉鎖的に循環する巨大環境建築物（メガアーコロジー）に限られている人々にとってはイコール絶対者となる。概念（コンセプト）たちはそうした神のような力を持ちながら、それをふるう機会も期待も持たない。なぜならば彼らは決して神ではないのだから。

認識されるされないを問わず、概念（コンセプト）は恒久的に存在する。だがそれが形を持って現れるためには、どこかで誰かが『在る』ことを喧伝しなければ普及しない。

端的に言えば流行らなければ死ぬ。

正しくは概念に死を持ちこむことはできないだろうが、再び認められなければ絶対に現れることができないのだから死も同然だ。神ですら死を迎えることがしばしばあるこの世界で、概念（コンセプト）は――死への恐怖とは無関係に――存在理由（レーゾンデートル）として自らを伝播させる根（ルート）を求める。

故に国家は概念（コンセプト）を抱き締めた。

抱かれたものの、概念（コンセプト）はそこに体温を感じることはなく、冷血の中で自らに合致するヒトを探す必要に迫られた。いくつかあるコミュニティのひとつが、統計学的に特定の偏りを見せたという性質の一致。国家との関係はそれ以上でも以下でもなかった。だからこその根(ルート)だ。一対一で自らの本質を体現してくれる人間。それを求めるが故に、国家が必要としている武力という形で、概念(コンセプト)は象徴機体(シンボルズ)という肉体を得ている。

この互助関係は信仰にも似ていた。確かな超越者の存在は、姿が見えなくても身近に大きな力が働いていることを示すには十分だった。『自分たちは大いなるものに導かれている』という無意識。技術支配の時代であるのに、超自然的(オカルト)なものへ感性で変換をかけたのは、やはり人間だった。深層に不明瞭な畏敬が根づいた人々は、自然と――それこそ真の意味で自然と――国家という構造の中にいる特権階層内でもそれに近しい者たちを特別視するようになり、そこに権力と責務を強制しはじめる。いつの世でも変わらないが、発生には不満のない高貴(ノブレス)だった。

今、ゲストルームにいるシドの目の前にいる軍人というのは、そういう存在だ。

国家との相互依存を旨とするギルドからすれば、どんな相手であろうと対応を変えるつもりはない。自分たちがたとえ、地下都市(ボトム)の労働者階級だとしても、技術面では劣っているつもりはない。

元々地上都市(トップ)の出身であるシドが、そうした集団の代表として、今ここに駆り出されているのは不思議な状況ではあった。

訪問者(ゲスト)の軍人は二人。二人とも序列第三位国家イラのシンボルカラーである青色を基調とした、身体にフィットした騎士乗り(ギャロップ)用パイロットスーツを着こんでいる。繊維強化プラスティックのヘルメットも着用したままだ。ヘルメットには暗号化処理が施されているのか、ARでミラーグラス化されていて顔は見えない。その気になれば気づかれずに復号化して相手の顔を見ることもできたが、悪趣味な気がしたので覗くのはやめておいた。

体型から男と女なのは間違いない。ゲストルームで男は寛いで椅子に座っているが、女はその隣で直立不動の姿勢を取っている。階級は男の方が上のようだ。少なくとも、パイロットスーツを着こんでいるのだから、男は士官以上ではあるだろう。

武官クラスの人間が、自分を名指しで呼びだす心当たりはシドにはなかった。まさか、いまさら過去の脱走を罰しにきたというのか。治外法権となっているギルドに所属した時点で、軍の記録上は死亡扱いとなっているはずだ。『RL』のサルベージ依頼について話しにきたのだとしても、納期には早すぎるし、直接会いにくる理由にはならない。

怪訝さを隠したままシドは部屋のドアを閉めた。男の方が顔をこちらに向けた。

「お、やっと来た。いやー、待ちくたびれた」

ヘルメットをつけているが、声はくぐもってはいない。発声と同時に音声情報を標本化して合成しなおしているのか。ラグもまったく感じさせないリアルタイム処理を行っているらしい。ヘルメットの機能だろう。男の声色は中性的な響きを持っていて、今一つ年齢と性別を感じさせない。

「ま、座れよ。あ、そう言えばここって、アンタらの本拠地だったっけ？　僕ってば態度

「デカ過ぎかな？」

茶化したような態度で男は笑う。その隣で直立不動にしていた女が大声を出した。

「いえ！　そんなことはありません！　我が国の軍の庇護を受ける都市の内部であるのですから、問題ないと思われますっ!!」

「いや、サンゴ。お前、うるさい」

「も、申しわけありません……」

サンゴと呼ばれた女は肩を落とした。シドは気にせずに椅子に座る。ゲストルームの大きな机を挟んで対面に着くと、訊いた。

「軍人が何の用だ。この前の依頼なら、まだ納期は早いはずだ」

「依頼？　何それ？」

「先程、第三都市ルプスの市長から受け取った資料によると発掘調査を依頼していたようであります っ」

「やべ、オレ読まないで破棄しちゃったよ」

「自分は所持していますが、そちらをお読みになりますか？」

「いや、興味ないからいいや」

違和感を感じてシドは片眉を上げた。

「興味がない？　だとしたらお前らは何をしにきた」

ん？　と男はこちらの表情を見ると、手をひらひらとさせて、

「えーっと、ちょっと待ってね…………よし、オッケー。今任務作ったから。調査任務。

ほらこれ、令状」

と、ARヴィジョンに文面を表示する。

「ここで情報魔術（CC）反応と、第一種高等技術兵器不法所持の疑いが認められたから、なんか色々探して怪しいものがあったら、全部回収させてもらう」

シドは突然の要請に虚を衝かれながらも、すぐに動揺を引っこめて冷静な態度を繕う。

「ふざけるな。アレは今の今までお前らが放置していたギャロップの死体だろう。それがいまさら令状まで用意して回収するだなんて言い出したうえに、情報魔術（CC）反応だと？　冗談にしても質（たち）が悪すぎる」

シドはそのまま男を睨（にら）みつけ、続ける。

「そもそもお前らは何者で、所属はどこだ。ここは確かに『イラ』に属する都市で、お前らは軍人かもしれないが、それ以前にここはギルドだ。まずはヘルメットを外して素顔を見せたらどうだ」

サンゴが食ってかかるように身を乗りだしてきた。

「貴様っ!!　何だその態度は！　ギルドならば例外が認められるとでも思っているのか！」

「そうだ」

臆することなく、というよりも常識であるようにシドは言った。

もはや表情が見えずとも怒り心頭であることが判る態度で、サンゴがこちらに殴りかかろうとすると、

「やめろ、サンゴ。まぁ、しらばっくれるには少し説得力が足りないけど、煽りには十分だな。サンゴに自分を殴らせて問題を別の方向に掏り替えようとでも？　軍としても、事実しか述べていないいないであろうギルドの担当者を、いきなりぶん殴ったとあれば問題にしなければならなくなるからな。成長したなぁ、シド。とても士官候補生時代の優等生君にはできないもの言いだ」

男はヘルメットを外した。

「これでいいかな？　シド・アカツキ」

灰色の髪に、白い虹彩、鷹揚さの中に冷笑を交えた表情に、シドは見覚えがあった。瞠目し、呟く。

「……クロノ？　クロノ＝ソール大尉か」

「違うね、今はクロノ＝ソール大佐だ。昇進したんだ、祝ってくれよ」

目前に現れた過去に対し、白昼夢でも見ているのかとシドは自分の目を疑う。ただ旧知の人物が現れただけならば、ここまで驚きはしなかった。だが、クロノの顔は自分が知る

十七年前の、若々しいもののままだった。

「実はね、アタシはここで検知された情報魔術反応(CC)はキミが使ったものじゃないかと思ってたんだよ。でも、これで確信したぜ。ボクの勘は正しかった。ただ一つ解らなかったのは、ギャロップの方だ」

にやにやとした笑みを絶やさずに、クロノはシドを揶揄(からか)う。

「テメェのギャロップは、相棒だった人工知能(AI)ごとオレが十七年前に殺したはずなのに、何でそれが動き出したのか――」

と、一瞬、クロノの表情が憮然としたように空(ブランク)っぽになった。すぐにクロノの顔に感情が戻ってくると、口元を押さえて戯言でも聞かされたように笑いだす。

「それも今、テロルからの報告でやっと解った」

クロノはくつくつと笑いを噛み殺し、

「八体目の象徴機体(シンボルズ)『デルシオ』。これは回収するしかないなぁ――そこの両性具有者(アンドロギュヌス)と一緒にな」

18

すっと、あの謎の子供が寝ている病室のある方を見た。

異相知能(ヘテロインテリ)であるテロルは疑問を抱かない。

彼女――便宜的にではあるがテロルは女性人格を有する――の概念(コンセプト)は〈憤怒(イラ)〉だ。憤りを発し、怒りを駆る。彼女は概念(コンセプト)であるために始原的だった。その形は純粋でかつ低次ながらも明確になっている。瞭然たる憤怒は自らの危険に起因する――しかし実体を持たない彼女にはあらゆる意味で危険が及ばない。概念(コンセプト)は思考する、しかしコギトを行わない。ヒトから成った複合自律稼働体(スタンドアロン・コンプレックス)であるがゆえに、その総体に主体はない。ゆえに、その憤怒は自分の世界を危機に曝したものにのみ向けられる。

自らが属するコミュニティを乱すもの、すなわち序列第三位国家イラに仇なすすべてのものに対して彼女は怒る。そこには『テロル』という異相知能(ヘテロインテリ)の、個の保全や防衛はまったく関わらない。

そういう意味で、彼女には自覚がないが、その様はまるで国家に忠義を尽くす騎士であり、自己犠牲を厭わない無償の愛(アガペー)を持つ守護者であり――つまるところ『正義の味方』だった。

だから彼女は今も怒っている。

地上都市(トップ)からKUネットを介し、地下都市(ボトム)に存在するサルベージギルドの内部(イントラ)ネットをテロルは俯瞰していた。銀灰色の情報空間(インフォスフィア)で、ギルドは立方体をベースに輻射した、何も主張しないことを主張する真っ白な基幹構造（インフラ）を組んでいる。その純白は今、菌糸を伸ばすようにイラを侵蝕していた。基幹部の上に構築されたシステムは、グラフィティのような前衛さで彩られていた。身勝手で自己満足にしかならない高度な技術群はバズワード的で、装飾過多な承認欲求だ。国家の利益を享受しながら否定する。それは地上都市（トップ）の市民にとっては汚らしい欲望にまみれた嫌悪すべき寄生体だが、テロルは国家における十分条件的な要素であるギルドには何も感じない。

今はその奥にいるものに対して静かに激怒している。

ギルドの内部ネット（イントラ）のデータの流れは、いくらギルドといえども『イラ』の論理区画（パーティション）の中にある以上、テロルの支配下にあることに変わりはない。だがしかし、今その権限を何者かが変更している。ウィルスが宿主細胞のエネルギーを利用して自己増殖を行うように、国家『イラ』はその一部を変質させられ未知の腫瘍が拡がっていた。喰らわれている、と言ってもいい。データ運用そのものは変わっていないため、誰一人としてその変化に気がつかないが、管理者権限を掌握されるということは、そこが国家の中にありながら国家でなくなるということだ。

もうすでにギルドの内部ネット（イントラ）は、ほぼ完全に何者かの手に落ち、完全に独立したデータパーティションを組んでいる。今から取り戻すのはほぼ不可能だろう、それこそ戦争でもしない限り。

そう、戦争をする必要がある。

全序列国家に存在するギルドはもはや、一つの国家と同義の存在となっていた。こんなことは人間には不可能だ。どんな凄腕（ホットドガー）であろうと、人間レベルの情報処理能力で国家へのクラッキングを試みたならば、次の瞬間にはテロルが察知して脳を焼き切っている。数ナノセコンド後には軍が犯罪者の死体回収を始めているだろう。

だから相手は彼女と同じ異相知能（ヘテロインテリ）だ。他の序列国家の概念（コンセプト）たちではない。自らの根（ルート）が属するコミュニティを維持するため、国家の要請に従って戦争を行ってはいるが、自分たちが行う情報戦の不毛さは十二分に知っているからだ。

外部ではなく内部からの侵略を行うことができる異相知能（ヘテロインテリ）——それは、新しい概念（コンセプト）が現れたということだ。

テロルは冷たく怒り狂いながらも、残された痕跡から数億回の解析を経て、侵入者の全貌を掴もうとする。そうしていると情報空間（インフォスフィア）に変化が現れた。ギルドの内部（イントラ）ネットが形を変え、その触手じみた輻射をしている立方体が、二重の半透明の壁に入れ子（ネスト）した。内側の壁は青い光を反射し、今までの立方体の境界値を元に張られている。馬鹿でも判る。多重攻性防壁だ。触れた瞬間に情報の海の藻屑にされるだろう。一方、外側の壁は透明で、システムを拡張したものの拡充したようには見えない。攻性防壁との間に明確な線引きをしただけのようだ。つまり非武装地帯（DMZ）。テロルは壁の意味を理解する。そして、中へと入って行った。

そこには一人のダークスーツを着こんだ少年が無表情に立っている。敵は堂々と姿を見せた。テロルは認識する。

概念(コンセプト)・〈妄想(デルシオ)〉。

序列第八位国家『ギルド』が誕生した瞬間だった。

＊

「八体目の象徴機体(シンボルズ)だと？　馬鹿馬鹿しい」

シドがゲストルームでそう吐き捨てたのは、ちょうどギルドの内部(イントラ)ネットが形を変えて序列第八位国家を形成したそのときだった。

クロノは脱いだヘルメットを机に置き、頰杖を突きながらシニカルに微笑う。

「何とでも言いな優等生。成長して性格は変わっても人格は変わらないなぁシド。今のこの状況がどれだけ面白いかキミには解らないだろうね。っていうか、把握しているのはア、タシぐらいかな？」

まぁいい──クロノはヘルメットを手に取り立ち上がる。

「行くぞサンゴ。証拠品を押収する」

「はっ、了解であります！」

二人はそのままシドを無視してゲストルームを出ようとする。シドはここ数時間で起きた出来事の何もかもが急すぎて状況を把握しきれないでいた。動揺の中で疑問よりも先に言葉が出た。

「待て。お前らにそんな勝手をする権利は――」

言いかけたところでクロノが言葉を被せる。

「あるんだよ。たったいま文書効力が更新された。エビデンスもある」

クロノは新たな令状をARヴィジョンに表示する。確かに文書分類の大項番はさっきと同じ案件のものだ。その効力はしっかりと更新されていた。なぜだ？　さっきまではただの調査任務で、しかもその根拠も微かな情報魔術（CC）反応を論拠とする程度のものだったはずだ。偽造という可能性が脳裏を掠める。ありえない。国家の司法機構の署名（シグネチャ）を盗みだせるわけがない。正式文書であることを疑う余地はなかった。

令状に目を通して焦りの色を浮かべるシドをクロノは嘲笑する。

「下手すりゃ、このイラ第三都市ルプスのギルドは、私の匙加減一つで犯罪認定（クリミナル）にできるわよ？　どうする、シド。まだ駄々をこねるかい？」

シドはクロノを睨みつけた。

「相変わらず気味の悪い喋り方をする。不定人格者め」

士官候補生時代に自分の教官を務めていた頃から、クロノは一人称が安定していなかった。気質を維持したままパーソナリティが常に切り替わる。本人は混沌症候群によるある種の精神障害だと説明していたが、まるで『クロノ＝ソール』というマリオネットを誰かが遠くから操っているようで、シドにはグロテスクに感じられた。

「おいおい、そういう中傷はよくないぜ？　あたしだって好きでこんな喋り方をしているんじゃないんだ。俺の混沌症候群は見た目以上に大変なのよ？」

「その姿も、か」

「それは、お前が老けただけじゃないかしら？」

　くくっ、と小馬鹿にしたようにクロノは笑った。

「さぁ、いつまでも無駄話をしてないで、仕事をさせてもらおうか。さっさとあの両性具有者の部屋まで行かないといけないんでね」

「あの子を、連れて行ってどうするつもりだ」

　シドは引き留めようと問いかける。フィとヴェイの行方の唯一の手掛かりであるあの子供を、クロノと引き合わせてはいけない。そう直感が告げていた。時間を稼いでどうにかしなければ。

「口を慎め下層市民！　貴様にそんなことを答える義務はない！」

　サンゴが声を荒らげる。クロノは「あぁ、いいよいいよ」と手をひらひらさせて彼女を宥めた。そしてその白い瞳をシドに向ける。

「お前にゃ理解できないよ。理解できる言葉にしてやるなら——研究、そして場合によって処分ってところだな」

——あの子を、フィとヴェイの面影を持つあの子を処分する？　何も知らない子供を、そんな風にするのが許されるわけがない。情報を整理するような気軽さで生殺与奪の権を行使することは看過できない。

シドは杖を手に取り乱暴に席を立つ。

「やめだ。そんなくだらない理由で来たんならお引き取り願おう。こっちも忙しいんでな」

「貴様っ！」

粗暴な態度のシドにサンゴが食ってかかる。それをクロノが手で制した。クロノは、どことなく楽しそうにする。

「なぁシド。それでいいのか？　本当に？　解ってるんでしょう？　たとえ妄言でも権力は絶対だ。こっちゃあ正式な文書まで用意してるんだぜ？」

シドは答えずに指を鳴らす。ゲストルームのドアのボルト錠が音を立てて降りた。慌ててサンゴがドアに手をかけるが、うんともすんともいわない。即座にサンゴはVRを通してギルドのセキュリティシステムに這入りこんできた。ロックを解除しようとするが権限不足で弾かれ、憤慨して罵り声を上げる。

「別にお前の過去の罪を裁こうってわけじゃないのよ私？　ただギャロップの死体と、それを弄って何かやろうとした奴を寄越せって言ってるだけ」

クロノは閉じ込められていることを気にも留めず続ける。

「それともアレかな？　引き渡せない理由でも？」

「理由？」

シドは呟く。

「そんなものは一つだ——やはりオレは軍が気に食わない。人の命を何とも思わないで消費するお前ら、軍がな。十七年経っても何も変わっていない。だからオレは今ここで、今度こそ、お前を殺す」

ふつふつと、自分の奥底で何かが湧きあがってくるのをシドは感じていた。いまだに鮮明に思い出せる「残念」と肩を竦め、一言で大量の命を奪ったクロノの顔は、シニカルに微笑っていた。あのときは何もできなかった。

今は違う。

クロノはまた命を道具のように扱おうとしている。過去の清算と、現在の阻止をしなければならない。殺意と決意が綯い交ぜに浮かびあがった。

シドは手に持っていた杖を離す。重力に従って杖が傾きはじめるその瞬間、一つの起動コードを口にする。

「『反復遅延因加速』」

瞬間、クロノとサンゴの視界からシドが消えた。杖が倒れはじめる。いなくなったことを認識すると同時に、クロノの身体は衝撃に襲われていた。

吹き飛ばされ床に転がり受け身を取る。上半身を起こし、不思議そうな表情でこちらの方を見てくる。杖の転がる音がした。脇腹に加えた蹴りの一撃で内臓を痛めたのか、血反吐を吐き捨てた。

「く――クロノ様っ!!」

サンゴが悲鳴をあげて駆け寄り、クロノが身体を起こすのを手伝う。クロノはサンゴの肩を借りて身体を支えながら、シドを見据えて笑っていた。

「ふっ、ふはは、忘れてたわシド。そういえば大昔に盗んでたっけな、その情報魔術」

「そ、そんな馬鹿な！　なぜ下層市民が情報魔術を扱えるのですか!?　プログラムを持っていても調整を受けなければ無用の長物にしかならないはずでは!?」

「あー、サンゴ、声デカい。耳元で大声出さないで。頭に響くからやめて。傷に響くからやめて」

クロノは一度咳き込んで再び血を吐き出す。

「Accel by Cake of Clock Eddy Lag――『反復遅延因加速』だったかしら？　お前の持っているそれは」

「お前ら軍がォレに使わせていた情報魔術（CC）だ」

「なるほどね——それで僕を殺そうってわけか。なかなか洒落たことをしてくれる」

だがね、シド——痛みで青褪めた顔でクロノはにやりと笑う。

「それじゃあ、どう足掻いたってワタシは殺せないよ」

ふぅ、と一息を吐くと、クロノはシドに蹴られたのが幻であったかのように健康的な顔色に戻り、自身の両足で立ち上がった。シドは舌打ちをする。

「化物め……」

軍の将校を相手に、簡単にことが進みはしないだろうと、ある程度の予想はしていたが、何かしらの手段でクロノはあっさりと回復していた。身体改造施術で代謝能力を異常に引きあげた再生なのか、情報魔術（CC）を使ったのかは解らないが、一朝一夕で殺せそうにないことだけは確かだ。

クロノは口元の血を拭う。

「サンゴ、シドはどうやらアタシを殺したがっているらしい。でも面倒だから、相手はお前に任せる。殺すつもりでやっていいわよ。君の『馬鹿でも走る速度法度（BOOST）』の使用も許可する」

「はっ、了解しました。クロノ様は？」

「ボクはこれから回収任務の続き」

クロノは平然と、蹴りを受けた際に落としたヘルメットを拾いながら言った。

「オレがお前をここから生きて出すと思っているのか」

「――えぇ？　出られないとでも？」

クロノは道化た笑みを浮かべた。

不思議そうな顔をしてドアに近づくと、パフォーマンスのようにふざけた調子でドアをノックする。そしてわざとらしいパントマイムで数回ドアを開けようとして困ったように振る舞うと、シドと同じように指を鳴らした。がちゃり、とボルト錠が外れる。

「なっ」

シドはすぐにまたボルト錠を降ろそうとするが、上手くロックが働かない。ゲストルームのドアに何度もロック命令（コマンド）を出す。命令（コマンド）は受理されるものの錠が降りない。なんらかの原因で物理的に鍵がかからなくなっていた。

「いけないなぁ。そうやって全部が全部、技術に頼っているから、こういうときに対処できない。所詮は物理法則を遠隔操作しているだけなんだからさぁ」

にやにやと笑いながらクロノはドアを開けてゲストルームの外へ出る。

「それじゃあ、あとは任せたよ、サンゴ」

「待てっ！　クロノ!!」

シドがクロノの後を追おうとすると、横合いからサンゴが飛びこんできた。

「貴様の相手は自分だ下層市民っ!!」

サンゴの大きく振り被った拳を躱（かわ）し、ドアから離れた隙にクロノの姿はその向こう側に消えていた。シドはさっきとは逆にドアにオープン命令（コマンド）を出すが、なぜか今度は開かない。またも物理的に動かなくなっていた。

クロノの後を追うには、どうにかドアを開ける手段を講じなければならない。だが、目の前にいる女が、簡単にはそうさせてくれないだろう。

「邪魔だ、どけ」

「断る。自分には命令を遂行する義務がある！」

「殺すぞ」

「戦場で死ぬことに恐怖があるものか！」

なんて日だ、糞ったれ――シドは内心で毒づく。ただでさえ病みあがりの身体だ。どうにか保（も）ってくれるかどうか。

だがしかし、諦める気はない。なぜなら今はギルド（ここ）が自分の居場所なのだから。

もう二度と居場所は失わない。

19

ゲストルームを出たクロノは、ギルドのエントランスに繋がる通路を、ゆっくりとした足取りで進んでいた。

通路を抜けた先にあるエントランスは客人(ゲスト)用の待合室になっており、数脚の椅子と机が置かれている。ギルドの性質上、ほとんどの訪問者(ヴィジター)は軍人や、軍にも見逃されるような細やかな技術を混沌の公海(ノーマンズランド)から掘りだして特許権(パテント)を運用しようとする地上都市(トップ)の起業家(アントレ)たちだ。しかし彼らはKUネットを介してVRで連絡を取り合うことが圧倒的に多いため、訪れる人数は新技術の発見よりも少ない。

クロノは通路から誰もいないエントランスに出ると辺りを見回す。目的のものを見つけ、そこに向かう。『関係者以外立入禁止(スタッフ・オンリー)』のドア。ギルドの業務区画とのセキュリティ境界面のため、人介安全機構(マンマシンシステム)として設計されており、ドアはスライド式だが自動開閉式ではない。ロックを解除した後、最後に人力で開けるタイプだ。クロノは平然とした様子でドアに手をかけ、ぐっと力をこめる。当然開かない。訪問者(ヴィジター)権限で入れるわけもない。情報基(ベーシック・コード)によるセキュリティも設けられているだろう。情報基認証(BCA)を突破するのは理論上不可能だ。機構全体として見るならば、KUネットから情報基地局(データベース)をクラックすることで、自身の情報基(ベーシック・コード)にアクセス許可を与えるしか方法はない。だが概念(コンセプト)であるテロルに頼めば、一呼吸する前に突破できるだろう。

クロノはそうしなかった。

もう一度ドアに手を掛け、錠が取りつけられている箇所を確認する。上下に二つずつ。

クロノがロックの支点となっている場所を目視すると、ドアの内部で金属がひしゃげる鈍い音が鳴り、ドアはすんなりと開いた。同時に上から二つの物体が落ちてくる。錠のデッドボルト。正確にはその一部だった。亜鉛合金（ザマック）のデッドボルトは何かに捩じ切られたような断面で、しかもピンポイントに、錠の受座（ストライク）に詰まってしまわない精度で破壊されていた。

クロノは金属片の一つを蹴り飛ばすと、ギルドの内部へと足を踏みいれる。

「テロル、この建物の見取り図、貰える？」

石蹴りのように金属片を蹴りながらクロノはギルドの中を進んでいった。

枢軸（ピラー）を元にした円筒形のギルドは、エントランスやゲストルームのような訪問者用施設（ヴィジターフロア）とは構造として切り分けられている。シドの住まいである吹き出物（ピンプル）は外から見ると、ギルドという樹木にある瘤のように見えるが、訪問者用施設（ヴィジターフロア）はその根のようなものだ。

〝申しわけありません。クルーフ——敵の妨害により困難です〟

「げっ、マジかよ。アタシ、この中の構造全然判らないわよ」

〝簡単なナビゲートならば可能だとは思いますが〟

「あー、じゃあそれで我慢」

〝目的地は？〟

「言わせんな。両性具有者（アンドロギュヌス）の居場所に決まってんだろ」

〝失礼しました。それではそのまま二〇〇メートル直進してください〟

はいよ、とクロノは答えると金属片を蹴って転がす。リノリウムの床に音を立てて転がるそれを目で追う。止まったその先には爪先があった。

「ん？」

と、クロノは顔を顰めて、通路に立つ相手を見る。

腕を組んで困っているのか怒っているのか、曖昧な表情を浮かべる赤銅色（ダークブロンド）の髪をした線の細い青年が立っていた。

「軍人さん」

青年はよく通る低い声でクロノに呼びかける。

「関係者以外立入禁止（スタッフ・オンリー）だぜ、ここは」

「知ってるよ？」

「じゃあ、出て行ってくれないかな。軍人なんかに入られると迷惑なんだ」

「いやいや、知ってて入ったのよボク？　知ったこっちゃないわ」

「クズだな。ぼくの知ってる軍人の態度じゃないね」

あっはっは、と笑いながらクロノは頭を掻く。

「オレは特殊なんだよ。そもそも権力を裏打ちする高貴（ノブレス）なんて痒いもんは身体に悪いからさ、無視して職権濫用する方が健康なの」

　はあ、と青年は嘆息した。

「形而上現実（MR）に触れた根（ルート）っていう人種は、皆そんなものか」

　ぴくりとクロノはその言葉に反応し、顔色を変える。

　メタフィジカル・リアル（MR）。

　魂の指示子（ゴースト・ポインタ）の向こう側。物質や精神の事象ではない、遍（あまね）くそれらの一方向の入力となるもの。その現実は、現れているにもかかわらず、事実として認識されず、寧（むし）ろ観測を試みることで惑わされる。把握や理解や規定などの種々の手法は役に立たない。すでに手順が逆だからだ。あちらによってこちらが在るという一方的な逆説的現実は、万人に通じる表現を持たず、個によって異なるからこそ辛うじて収斂するという抽象的な実体だ。人類はようやく観念記憶空間（イデアメモリ）として、その一端を概念化することに成功したにすぎない。

　そして統合的なその場を知っているのは――過程は様々であるが――概念の根（コンセプトルート）たちだけだ。

　ギルドの技術者ごときが知っている言葉ではない。いや、知っていてよい言葉ではない。

「何者だ、お前」

「ギルドの関係者（スタッフ）」

「ふざけんな。ＭＲの存在を知ってる奴がとぼけんな」

「いやぁ、基底現実、仮想現実、形而上現実の三現実ぐらい、割と知ってる人は多いぜ？」

　青年はあくまで道化た態度を崩さない。クロノは埒があきそうにない会話に舌打ちした。相手の正体を突きとめる労を嫌い、中指と親指の先を合わせて、青年の首の辺りに狙いを定めるように向ける。

「シラを切るなら殺すぞ。多分、お前なら僕がこれから何をするか判んだろ？」

「情報魔術か。それじゃ逆に無理だ」

「そうか。なら死ね」

　クロノは指を鳴らす。通路の壁が上下に割れた。まるで巨大な刃物でも通したように、青年の首を起点にした空間が切断されていた。しかしその超常現象を引き起こした本人が、驚きを隠せずに瞠目していた。

「これが情報魔術か。初めて見たぜ、すごいな。でも、シドから聞いた話だと、大昔の魔術の呪文よろしく起動コードを口にしないといけないってことだったけど」

　ふぅむ、と不思議そうながらも青年は健在だった。

　ぱちん、とクロノは再び指を鳴らす。次は空間が縦に割れ、青年を真っ二つにする。

「おい。やめろよ、驚くだろ」

　両断されたはずの青年の姿には少しノイズが走り、すぐに元通りになる。

「……こりゃ驚いた。素直に驚いた。お前、アバターだったのか。しかも実際に物理空間に存在感を持つレベルでの情報強度（インフォテンシティ）を持ち合わせてるなんて、ほとんど情報魔術（CC）みたいなものよ？」

通常、VRで活動する際に使用するアバターはBRでもVR共有（シェア）が可能だ。立体映像（ホログラフィ）のようにしてARヴィジョンに姿を映しだせる。だが、BRで視覚情報として脳がアバターの——特に人間の——姿を処理するとき、『不気味の谷』は越えるが、空間には存在しないという『不在情報（アリバイ）』を違和感として感じとる。それは肉を持つか、光の現象としてあらわれているか、という情報強度（インフォテンシティ）に由来するものだが——クロノの目の前にいる青年は、専用設備もなくアバターとしてそこにいながら、物理的な存在感があった。

「いやぁ、隠す気もなかったけど、こうもあっさりバレちゃしようがない。そう、この姿はフェイク」

しれっとした態度で種明かしをする青年に、クロノは困惑した表情で問う。

「もう一度、訊こうか。ここまでやっておきながらいまさら、ただのギルド関係者（スタッフ）だとは、ほざかせない」

「ぼくの名前はクレイ。君が探してる両性具有者（アンドロギュヌス）——フィとヴェイの父親さ」

20

シドとサンゴは睨み合い、膠着していた。

サンゴはクロノが出て行った後のドアの前に、番犬よろしく仁王立つ——もっとも、ミラーグラス化されたヘルメットからは表情が読みとれないので、あくまでシドの想像にすぎない。

一方のシドは、初めのうちはクロノを追うために、ドアにオープン命令（コマンド）を出し続けていた。命令（コマンド）は受けつけられるが開かない。セキュリティシステムのログから異常痕跡（トレースエラー）を探す。センサがロック解除を検出しないこと以外の問題はなかった。やはりクロノによって情報魔術（CC）で何か小細工をされたのか——もう一度シドは命令（コマンド）する。開け（オープン）。開け（オープン）。開け（オープン）。

ドアは命令に合わせて挙動不審に、がたがたと揺れるだけだった。

サンゴが陣取るドアの奪取は諦めた。どうせ開かないのだ。目の前の女を倒してまで手に入れる必要はない。自分が入って来た関係者（スタッフ）用ドアに意識を向ける。迂回が必要だが、自分が外に出た後、再びロックしてしまえば一応はゲストルームにサンゴを閉じこめることもできる。

開け（オープン）。

がたん、とドアは一度揺れただけだった。

シドは心中でこれでもかというぐらい悪態を吐く。いつの間にか関係者用（スタッフ）ドアにまで細工をされていた。クロノの嘲笑う声が聞こえてくるようだった。サンゴが少し首を傾げて、歯噛みするシドを怪訝そうな様子で窺ってくる。

クロノを追うにはドアを破壊する以外にない。そのためにはサンゴをどうにかしなければならないが、ゲストルームを出る直前のクロノの言葉がシドの脳裏を過る。

――君の『馬鹿でも走る速度法度（BOOST）』の使用も許可する。

まず間違いなく情報魔術（CC）のプログラム名だろう。しかも名称は『増幅（ブースト）』だ。情報魔術（CC）の名称は慣習的に、その機能の実行内容を再帰的頭字語に纏めている。情報魔術（CC）の命名規則に関しての研究者たちの戯言を思いだす。地球惑星に対するプロトコルを言霊（コトダマ）に圧縮することでKUネットを経由するアクセスを簡便化し、術者の負担を減らすだの、起動（ラン）コードと作用を一致させ、引き起こす事象のイメージを想起しやすくすることで、混沌（ケイオス）にも近い地球惑星の地母（グレート・マザー）神領域の無意識階層からヒトへの意識階層への顕在化を誤差なく危険なく行えるようにできるだの、どれも一周回ってオカルトな、地上都市（トップ）の先端（エッジ）な研究者たちの言葉とは思えないものだ。

事実はどうあれ、重要なのは、情報魔術（CC）の名称が機能と一致するという点だった。

サンゴの情報魔術（CC）は『増幅（ブースト）』。命名規則に則（のっと）るならば、その作用はかなり絞りこめたと言える。だが細かな機能までは判らない現状では、推測される作用の範囲はあまりにも広い。言語化による曖昧（ファジー）さが逆に首を絞める。そしてシドの『反復遅延因加速（ACCEL）』の機能は文字通り『加速（アクセル）』だ。似て非なる意味範囲を持つ機能を前にして、相手の出方を窺うべきか否か迷う。

シドには情報魔術戦の経験がなかった。そもそも、自身が軍を脱走するまで信じていなかった理論上の産物だ。座学の成績もよかったとは言いがたい。当時の教本（テキスト）ファイルはないだろうか。自身の個人領域（パーソナル）を検索する。該当なし。当然だ、すべて自分で捨てたのだから。

サンゴは現役軍人であり、シドは脱走兵。クロノを追う自分に対して、ここに足止めするだけでいいサンゴ。膠着状態は相手にとって望ましい。それが解っているからこそ、何もしてこないのだろう。

「どうした下層市民！」

不意にサンゴが言った。

「かかって来ないのならば、こちらから行くぞ？」

実は膠着状態の意味を解っていないようだった。

ぐっとサンゴは腰を落とす。構えた。シドは即座に臨戦態勢に入る。相手が起動（ラン）コードを口にする、その一瞬を見逃さないように神経を集中させる。情報魔術を使う以上、どうあっても起動（ラン）コードは必要になる——その隙を狙えば、『反復遅延因加速（ACCEL）』は、必ず相手の情報魔術(CC)の起動を上回れるはずだ。

拳が襲いかかってきていた。

目と鼻の先にサンゴの姿がある。ようやく攻撃されていることに気づいた。

「――『反復遅延因加速(ACCEL)』っ!!」

未来から現在に到達する阿毘達磨(アビダルマ)の時間の流れが渦を巻いた。未来から到達した危機を、ほんの僅かにそらし、シドは時間の遅れの中を動く。

渾身の力をこめて殴りかかったのか、サンゴは拳を躱され勢いあまって、転倒した。受け身を取ってすぐに起き上がり、シドに相対する。

「思ったよりもやるな下層市民！　自分の拳を躱すとは、アクセルという情報魔術(CC)の機能か!!」

汚れを払いながらサンゴが言う。

「しかし奇妙だ。さっきもそうだったが、なぜわざわざプログラム名を口にする？　そんなことをすれば相手に機能が露呈してしまうではないか！」

訊きたいのはこっちだ――シドは答えず、相手を見据えたまま分析する。確かにサンゴは起動コード(ラン)を口にしていなかった。瞬きの間に距離を詰めた動きが、ただの体術のわけがない。サンゴは起動コード(ラン)を口にせずに情報魔術(CC)を起動できる。ならば、クロノも同様のことができたと考えてもおかしくはない。ゲストルームのドアに小細工をしたときに、すでに情報魔術(CC)を使われていたということだ。つまり、あのときクロノはいつでも自分を殺すことができた。

　シドの心に、侮辱に対する怒りが湧きあがる。しかも、サンゴをゲストルームに置いていき、戦わせたならば起動(ラン)コードのことに気づかないはずがない。わざわざ迂遠に優位性を示している。こちらの能力を理解し、その上でクロノにとっては雑魚なのだと。

「一撃で頭蓋ごと脳髄を吹き飛ばすつもりだったが、貴様にはそうもいかないようだ。速度を調整する必要があるな！」

　サンゴの声で我に返り、シドは自制の水で怒りを消火する。あんな野郎にいつまでも振り回されてたまるか。まだ少し燻るものがあったが、BR側の感情領域を空っぽ(ブランク)にし、VR上で感情構造体のメンバ変数の怒り(アンガー)を無理矢理に初期化した。

　自分が中古品(ロートル)なのは当然だ。シドは冷静さを取り戻す。あれから十七年も経っているのだ、能力で劣るのは自明の理。だがしかし、それでもなお、戦う必要がある。過去にけじめをつけるために、今の居場所を護るために、クロノのような外道を放置できない。

　そして何よりも、脱走兵ではなく、ギルドのシド・アカツキとして在るために。

　シドはサンゴに対して、構えを取った。士官候補生時代に慣れ親しんだ近接格闘(CQC)の基本姿勢だ。

「自分に対して近接格闘(CQC)で挑むつもりか、身の程知らずめ!!」

「声がデカい奴だな」

シドはサンゴに手の甲を向け、指を曲げて見せる。

「いいからかかってこいよ、お嬢さん(フロイライン)」

21

「父親だと？　ふざけたこと言うわね」

クレイと名乗った青年にクロノは怪訝な視線を向ける。

いやいや、とクレイは肩を竦(すく)めた。

「比喩表現でもなんでもなく、言葉通りだ。ま、養父だけどね」

ふん、とクロノは鼻を鳴らして釈然としない表情を浮かべる。

「人工知能(AI)のくせにか？」

「失礼だな。ぼくは人工知能(AI)じゃない」

「嘘だね。完璧すぎる情報強度(インフォテンシティ)をアバターに持たせながらVR共有(シェア)なんざできるわけがない。感情領域の重なり合いが起きて、あっという間に統合性精神崩壊(ディスオーダー)だ」

VR共有(シェア)を行うということは、BRとVRに分かれた並列意識(パラレル・ソウト)において、物理空間にどちらの意識も顕れるということだ。通常は感情領域を片一方の現実に固定することで、脳の混乱を防いでいるが、VR共有(シェア)ではそうもいかない。並列する精神活動が互いをBR上で認識することで、合わせ鏡のようなメモリリークを引き起こす。そのためのガード処理として、空間に存在しないことを証明する不在情報(アリバイ)を利用したロジックが構築されている。

アバターという後天(ア・ポステリオリ)的な肉体は、その発生と構築がどうあれ、本質は人工的だ。輝きを灯さない生命。実在としての情報強度(インフォテンシティ)はあまりにも頼りなく、吹けば消える灯火(ともしび)だ。肉と情報の身体の差異が不在情報(アリバイ)として表れるために、VR共有(シェア)での並列意識問題は、ただ単純に比較することで解消される。

だがクレイという青年のアバターの情報強度(インフォテンシティ)は実在と変わらない。

「だけどそれが違うんだな。ぼくは絶対に統合性精神崩壊(ディスオーダー)を引き起こさない。いや、引き起こせないと言った方が正しいかな？」

「何だと？」

クロノが眉根を寄せると、クレイは諭すように曖昧な笑みを浮かべる。

「そもそも知能とは何だと思う？」

「おいおい、舐めてんのか。そんな見え透いた時間稼ぎで、何をしようっていうの？」

「だけど、君はぼくの正体を知りたいはずだぜ。なら答えるべきだ。『知能とは何か？』」

クロノはクレイの顔をじっと見つめ、しばし黙る。やがて舌打ちをして答えた。

「……知的機能、要は知性体に備わった抽象的思考による、個体から集団まで適用される適応システムだ」

「その通り。知能とはシステムだ。そしてシステムである以上、そこに機序がある以上、論理的に再現できる」

はっ、とクロノは呆れたように失笑を漏らす。

「馬鹿にしてるの？　知能は人工不可能系（AIS）。そんなこと、誰でも知ってるってんだよ」

「もちろん。でも人の話は最後までちゃんと聞くもんだぜ。何もぼくは知能を人工的に生み出せるなんて思っちゃいない。あくまで再現できると言ったのさ。狭義でね」

「何をわけ解んねぇことを。変わんねぇじゃ……」

知能を生み出すのではなく再現する——クロノは言葉尻に違和感を抱く。

全く存在しない人格を、一から作り出すのは不可能だというのはすでに証明されている。魂（ゴースト）のない人格に知能は存在しない、なぜならば存在理由（レーゾンデートル）の刻印がないからだ。自らに目的を目指すための成長を持たせられないものは、何にも適応できない。成長とは変化だ。人工知能（AI）は事象を参照して対応する行為はできるが、逆に言えばそれ以外のことができない。物理法則（ハードウェア）による表現機構（ソフトウェア）の限界。論理に臨界点は存在しない。論理とは知能の不可逆圧縮だ。

だがしかし、知能を作り出すのではなく、移し替えるとしたら？

「まさか、キミ」

驚くクロノとは対照的に、クレイは落ち着きはらっていた。

「そうさ、ぼくは構造物(ディクシー)。模倣知性(レプリカント)さ」

「そうかそうか、やっと判ったぜアナタの正体。たかが技術者集団のギルドが、どうして国家と対等でいられるのか長年疑問に思ってたが、その秘密がそれか。君たち、頭おかしいわ」

模倣知性化(レプリケーション)は『個人』というウェットウェアをソフトウェアに変換する技術だ。ソフト化された個人は、肉を捨て完全に情報(データ)となることで——情報空間(インフォスフィア)に限定して——ヒトを超える。ある意味で、もはや実体を持たないその存在は〝異相知能(ヘテロインテリ)〟である概念(コンセプト)に似ていて、遍在を獲得していた。

技術自体は一般的なもので、何も難しいことはない。条件さえ揃えれば誰にでも可能なものだ。それでも模倣知性化(レプリケーション)は廃(すた)れている。

なぜなら肉体的に死ぬ必要があるからだった。

ソフト化する過程で、肉体の情報をすべて忠実に読み取ることで模倣知性(レプリカント)としての再現は成立する。そこにはあらゆるノイズが入ってはならず、そして逆にどんなノイズと思えるものでも不足があってはいけない。そうでなければ劣化再現(デッドコピー)だからだ。それを実現させるために、人体を構成する約六十兆の自己相似細胞記憶(フラクタルセルストレージ)をすべて読み取る必要がある。つまり肉体の標本化だ。

ヒトはすでにARMとして情報空間（インフォスフィア）で活動することが可能であるから、その能力を更に拡張する必要性を感じている者は少数だ。あまつさえ、一度、肉体的な死を迎えなければならないことに抵抗を抱くのが大勢だ。

そして根本的な問題として、寿命が短くなるという課題があった。

正確に言うならば、ソフト化された人格には肉体のような死は存在しないし、決してハード的な問題がクリアされていないわけではない。構造物（ディクシー）に自分のデータを収め、そこで自身を稼働させる。本当に問題なのは、稼働していくうちに段々と個性が死滅していくことにあった。

やはり脳（ウエット）と違い、記憶媒体（ハード）は論理の産物だった。機械的なプロセスによる記憶の読み出しは量子化誤差から逃れられず、ソフトとしての模倣知性（レプリカント）の動作を限定する。その限定は結果的に知性を殺す。広く大きくおよそ無限に分岐している知性が通ろうとする経路は、必要な記憶を取り出すハードの処理によって選別されてしまい徐々に徐々に減っていく。気がつくと、人工知能（AI）と同様にパターン化された動作しかできなくなってしまうのだ。

そうして模倣知性（レプリカント）は、超越と引き換えに常人よりも遥かに早く個人としての死を迎える。

その寿命は二十年と言われている。

ギルドは力を得るために、人柱を立てているのだ。

「承知の上で親方になった。確かにぼく自身の寿命はあと数年さ、それでぼくは消える。でも別に後悔はないぜ？　息子と娘がいるからね」

「人間辞めた方が戯れを言いますね。けどそれだけでは納得しかねる、何で形而上現実（MR）のことを知っていやがる」

簡単なことさ——クレイは木製の素朴な椅子をVR共有（シェア）し、腰かけて足を組んだ。

「ぼくはギルドの格子基盤（グリッド）上で最もKUネットを流れる情報に近い知性体のうちのひとつになった。そして知った。世界は情報でできている」

「何だと？　どういう意味だ」

「この世界を構成する最小要素を知ってるかい？」

「……素粒子、あるいはひも」

「言うと思ってたが、それは違うぜ。それは物理系の最小要素だ。物質が辿りつける限界だ。世界系は、三現実（トリアリティ）は、情報で構成される」

もしや自分は、適当な言葉でこの場をやりすごされそうになっているだけではないか？　クロノの頭に疑念が過るが、解っていて目の前にちらつかされた餌に食いついているのだ。ひとまずは抱いた疑いを無視した。

「抽象的すぎるね。それに、情報はヒトが生み出すものじゃないか」

「それも違う。場の量子化を経て、物理系の正体は粒子と波動であることが証明された。

そして、その球と波を表現する弦があることも判った。けどいかに量子力学を発達させても、大統一を行っても、人類の認識はそこで止まっている。素粒子を生み出す性質にまで辿りついていない」

「それをお前は知っているとでも？」

「そうさ。それが情報さ」

「……脳が機械化されて思考まで機械化されたか？　悪いが理解不能だ」

情報。伝達され、判断を下すために用いられる知識。世界はそれによりできている。クレイの言は、社会科学的な比喩表現にしか聞こえない。

「世界はすべて情報の授受で動いている、ってか？　いかにもVR的な考え方だな。それでMRの情報についても、KUネットから拾ってきたとかほざくんじゃねぇだろうな」

「いいや違うよ。ぼくが言っているのは情報。まさしく情報のことさ。概念の認識に差異があるからね、そう怪訝に思うのも無理はない」

クレイは愉快気に笑みを浮かべながら、組んでいた足を降ろし、前屈みになって手を組んだ。

「そもそも素粒子が生みだす『性質』というのはどこから現れると思う？」

「はあ？　だから素粒子の構成によって物質ができて勝手にそうなるんでしょ」

「じゃあ素粒子はどうして『性質』を持つ？　光子（フォトン）、重力子（グラヴィトン）、虚数粒子（タキオン）、ヒッグス、クォーク、レプトン……原子が素粒子に辿りついたように、素粒子がひもの一形態であるように、それ自体もまた自身を構成するものを持っているんじゃ？」

「馬鹿馬鹿しい。分割不可能な基本単位が素粒子よ。それより更に小さなものを論じていったら、世界は無限に分割される」

「じゃあ、BRの最小単位はそれでいいとして、VRは？ 素粒子によってできていると君は思うかい？」

「CEMによって連結された無意識の集合体が、KUネットでVRだ。だったら話は簡単、結局は物理法則で心的作用を引き起こしているのと大して差はないよ」

じゃあ、更に訊こうか——クレイは組んでいた手を解き、両掌をクロノに向ける。

「形而上現実(MR)も素粒子かい？」

「——それは」

クロノは言葉に詰まる。知っているからこそ逆に答えられなかった、MRという概念空間を。

「そもそも君はさっき、VRを心的作用と言ったけれども、魂(ゴースト)や観念記憶空間(イデアメモリ)はおよそ物質で表現可能な状態を超えている。確かに、量子コンピュータによって、似たことができる。けれどもそれらはすべて論理(ロジック)だ。ロジックでは知能は表現できない。量子論理として体系化されている時点で、説明不可能な性質が発生するんだ」

「だからといって、それが素粒子よりも小さなものがあることにはならねぇだろ」

「単純な落とし穴がある。精神が物理系に現れている。おかしいだろう？　あらゆる物理法則で記述不可能なものが、物質で表現されるなんて。だけどそれは実に簡単な話だ。物理系にも精神系にも『性質』という共通の粒子が存在しているだけのことなんだから」

クロノは目を見開いた。クレイはこう言っているのだ。BRもVRもMRも、すべて同様の粒子で全く違う系を作り出し、そしてそれが相互作用して世界は構成されていると。

「テメェは！　『性質』そのものを見つけたって言うのか？」

「違うね。性質を記述するものを見つけたのさ。まるで文字のように、一つひとつでは何の意味も持たないけれど、組み合わせることで意味を持つもの——有性粒子（モルフェウス）を」

クレイはいつの間にか椅子を消して立ち上がっていた。

「BRを捨ててVRにいつづけたことで、判ったのさ。情報空間（インフォスフィア）と物理空間を橋渡ししているものを物理法則で説明するには、両者は異世界すぎた。そこから有性粒子（モルフェウス）の存在に気がついて、VRの物質である情報を分解し辿りつくのは想像以上に簡単だったよ。まぁ、本当はギルドの先代の親方たちはとっくの昔に知ってて、それを黙ってたみたいだけど」

「それで、その有性粒子（モルフェウス）とやらから演繹的にMRのことにも気づいたわけか」

クレイは満足そうに頷いた。

「その通り」

ま、それも先人の情報基地局(データベース)にあったけどね――クレイはシニカルに微笑う。

「けど納得できない。アナタが言うように、本当に有性粒子(モルフェウス)とやらがあるんだったら、疑問が現れる。『どうして世界はこうなったのか』ってな」

もしも有性粒子(モルフェウス)なるものが存在するのだとしても、それは疑う出発点が少し後ろに下がっただけだ。反駁的対話法(エレンコス)のように、どこまでも追い求めることになり、終わりがない。

「なかなか頑固だね。その辺りも説明するのは面倒なんだけど……まぁ、時間稼ぎがぼくの目的だしね、喜んで説明しよう」

「助かるよ、先生。お前が何をどこまで知っているか解ったら、機械の脳味噌をぶっ壊しに行ってあげる」

剣呑(けんのん)だね、と皮肉げな笑みを浮かべると、クレイは再び椅子をＶＲ共有(シェア)にして座る。

「カバラって、知ってるかな」

「次は神秘主義かよ……節操ないな」

「知ってるなら説明を省いてもよさそうだね」

クレイは椅子に座ったまま、腕を振る。するとそこに、左右に三つ、真ん中に四つの球(セフィラ)を葉のような形に配置し、それぞれの球が隣接する球と葉脈のような線――二十二の小路(パス)――で繋がれた、縦長の六角形になっているカバラの生命の樹(セフィロト)が表示された。

「これが世界だ」

「ふざけんな殺すぞ」

クロノはクレイに向けて指を鳴らそうとする。アバターであるクレイには情報魔術（CC）の効果がないのは判りきっていたが。

「あぁ、解ってる解ってるって。もちろん、そんなオカルトで話を終わらせるなんて無粋な真似はしない。これでも技術者だぜ？」

「いいから進めて」

クロノはクレイに向けていた手を降ろした。

「知っているとは思うけど、この生命の樹（セフィロト）は旧文明の人間たちが、神から漏れだしたもので世界ができていると考えた末にできた象徴図だ。まぁ、つまり、この球と線が神様の一部で、その影響で物理世界ができたってね」

「で、それが？」

「もちろんこれは大間違いだ。けど、ある意味では正しかった。球（セフィラ）は有性粒子（モルフェウス）の場だし、小路（パス）はその波動性だ。ただあまりにも神に傾倒しすぎた」

クレイはもう一度腕を振ると、生命の樹（セフィロト）を消した。

「カバラでは小路（パス）に文字を割り当てて、そこに解釈を求めた。けどね、そもそも形から間違ってるんだ。実際に文字を割り当てるべきなのは小路（パス）じゃなくて球（セフィラ）の方だ。小路（パス）は隣接する球にだけ繫がるものじゃなくて、同心円で互いに影響を与える。二次元の象徴図じゃ表現不可能なんだよ」
だから実際はこうだ、とクレイはまた腕を振る。そこに、色分けされた十数個の球体が現れる。球は特に何かをするわけでもなく、無秩序に上下左右にふらふらと動く。たまに球同士が接触する。そのときにだけ、球は波——3Ｄモデルとして視聴覚化された——を発していた。その波は、まるで意味を持たない無作為なものに見えるが、だがなぜか音楽のような旋律を奏でているようだった。

　クロノはしばらく3Ｄモデルを眺めていたが、やがてクレイに視線を戻す。

「なるほど……カバラを例にして有性粒子（モルフェウス）とやらのご教授をしてくださったわけね。それでオレの質問への答えは？」

「カバラは神を世界の元とした。けど、今はもう神は死んでいる。ＥＰＲパラドクスに殺された。皮肉だよ、神を信じた科学者が神を殺した」

「何が言いたい？」

「神のいないこの世界は、たまたまこうなった」

「答えになってない」

「いいや、これが答えだぜ。さっき、ぼくは有性粒子（モルフェウス）を十数種類で表現した。だけど実際のところは、もっとあるんだ。ただし、この世界で——いや、どんな世界だろうとすべての有性粒子（モルフェウス）を知ることはできない。なぜならば、有性粒子（モルフェウス）は事象が発生するための世界（コーラ）の場から作り上げるのだから」

クロノは何かを言おうと口を開きかけたが、そのままクレイに先を促(うなが)した。彼はいつの間にか、その手にヴァイオリンを持って、下手な曲を弾く。自分の記憶が正しければ、モーツァルト『小さな夜の曲(アイネ・クライネ・ナハトムジーク)』。どこが小さな夜なのか全く理解できない、盛大さを伴う導入(イントロ)から始まる曲だ。

「こんな言葉を知っているかな。『物理世界が脳を生みだしているのではない、脳が物理世界を生みだしているのだ』。旧文明のフランスという国家の、ある哲学者の言葉だそうだ」

気がつくと、クレイが手にしている楽器が、ヴァイオリンからギターに変わっていた。無意味に曲調が軽快になったが、主旋律は変わってはいない。

「これと似たような話でね、世界というのは、無限に存在する系のうちの一つに過ぎない。有性粒子(モルフェウス)が世界系を生み出しているのではない、世界系が有性粒子(モルフェウス)を生み出しているのだ——そう、ちょうどまるで夢のようなね」

クロノは目を瞑(つぶ)り呟く。

「なるほど、ね」

目を開いて、また呟いた。

「だから夢の神(モルフェウス)、形を与えるもの(モルフェウス)、か……神は死んだというくせに、神の名を使うのか。

いいセンスだよ、まったく。世界系管理者（システム・アドミニストレーター）みたいなもんかよ、畜生な話だ」

「そうさ、夢の神がアンドロイドに電気羊を与える時代になったのさ」

クロノは唾を吐き捨てるようにして毒づいた。

「面白い話だったよ、ギルドの親方さん。その有性粒子（モルフェウス）とやらは、神も知らないシミュレーテッドリアリティの因子だ。『人間』がここまで度し難い生き物になっているだなんて。ここまでくると人類の知性って妄想力は、もはや凶器だな」

言われ、クレイはギターを手元から消す。

「もう人間じゃないぼくが言うのもなんだけど、あまり『人間』を舐めない方がいいぜ？　現に、君はこうして手こずっているわけだしね」

「お前みたいなのは例外だよ。自分でも人間じゃないって、今言っただろうに」

「それは違う。アバターであるぼくにできるのは対話が精々さ。肉体を捨ててしまったからね、物理的に君を止めようがない。だから最後には、君の相手をするのは人間だ。けどよかったのかな？　思ったよりも時間を貰ってしまったようだけど。もうシドの方の決着がつく頃だ」

クレイはシドとサンゴがいるゲストルームの方に視線を遣る。

「あぁ、なんだ、そんなことか。初めから気にしてないよ、僕は」

クロノはクレイに向けて、にやりと笑って見せた。

「シドが勝つに決まってんだろ」

22

シドは追い詰められていた。

片膝をつき、左手で口元の血を拭う。割れた頭から血が垂れた。鼻筋を通り鉄の臭いが嗅覚を潰し、唇を血で湿らせる。シドはもう一度左手で血を拭った。利き手である右手はすでに動かなくなっている。皮膚は破れ、骨が露出し、筋肉も潰れていた。右腕は、肩からだらりとぶら下がる痛みを伝達するだけの邪魔な部品と化していた。少し前までは新品同然の身体だったのにな、と益体（やくたい）もないことを考える。もう槽（ヴァット）の中身は空っぽだというのに、クールーに怒られそうだ。自らを中古品（ロートル）と評価したが、このままだと廃棄品になるのも時間の問題だ。

生温かく生臭い鉄の息を深く吐き、シドはふらつく身体を両足で持ち上げる。

「まだ立てるか下層市民。その根性だけは認めてやろう！」

ふふん、と無傷のサンゴが勝ち誇る。

「大丈夫か、体液がたっぷりと出ているぞ。お前たち下層市民の血は赤いのだな、とても醜悪だ。その上にひどく臭う。だがしかし自分は受容する。なぜならそれが自分たちの高貴さ（ノブレス）であり、務めなのだからな！」

オレだって一応、地上都市（トップ）出身なんだがな――シドは独り言（ご）ちた。大体、血は誰だって赤いものだろうに、と酸素の循環が遅れている頭でぼんやりとしながら、サンゴに視線を向ける。

「『反復遅延因加速（ACCEL）』」

「無駄だっ!!」

起動（ラン）コードを口にすると同時にサンゴが声を張り上げる。

時間の流れを曲げた。未来から現在が渦動する中で、シドだけが固有時（プロパー）を維持して行動する。無論、未来から現在に流れる阿毘達磨（アビダルマ）の時間が到達する前の時空の間隙では、サンゴも静止物に近い。相対的な加速度を得ている彼の前には、誰も追いつけない。

その加速よりも先にサンゴは行動していた。

何度繰り返しただろうか。変わらない結果をシドは網膜に再び焼きつける。サンゴはすでに攻撃を終えていた。繰り出された蹴りは彼の左の脹脛（ふくらはぎ）を捉えていた。すでに伝達をする段階に入っている衝撃が、辛うじて動きを止めている。時間の流れを元に戻した瞬間、身体は吹き飛ばされるだろう。

シドは舌打ちした。

目の前には動きを止めている標的があるというのに、自分は何もできない。増幅(ブースト)を行ったサンゴに下手に攻撃をすれば、その絶対加速した質量は否応なく自分の身体に襲いかかる。動きを止めたとはいえ、運動エネルギーはそこにある。素手で銃弾に触れるわけにもいかない。試したら右腕は犠牲になったし効果もなかったのだ、割に合わない攻撃を続ければ自滅するだけだ。サンゴに情報魔術(CC)の発動を許した時点で、シドの加速は攻撃ではなく防御に転ずる以外にない。

状況に立ちふさがっているのは古典力学(プリンキピア)の呪いだった。

サンゴの蹴りから逃れる位置に移動すると、シドは時間を戻す。力学が働く。衝撃が足を伝わり、彼の身体は半回転して、その場に叩きつけられた。受け身を取って起き上がろうとすると、左足に痛みが走ってその場に倒れる。今の一撃で骨に罅(ひび)が入ったらしい。だが千切れるよりはマシだろう。痛みは強いが、意識もある。自分はまだ戦える、とシドは左足をかばいながら立ち上がった。

――さてどうする。

このままでは殺されるのは明白だった。

シドはひたすらサンゴの攻撃を回避するしかない。こちらから攻撃を仕掛けたくても、起動(ラン)コードを発声すれば攻撃を察知されて、容易にカウンターを受ける。

「『反復遅延因加速(ACCEL)』」

それでもシドは同じことを繰り返した。

再び時間を曲げ、それよりも前にサンゴが攻撃を繰り出し、傷を増やす。もはや、近接格闘戦にすらなっていなかった。

腹を殴られた衝撃でシドは翻筋斗（もんどり）を打って仰向けに倒れこんだ。内臓が傷ついたのか、喉から大量の血が込み上げてくる。顔だけ横にして口の中のものを吐きだした。吐瀉物なのか喀血なのか、よく判らない赤く透き通ったものが床に広がる。血と胃液の臭いが混ざりあい、まるで腐敗臭のようだった。自分の身体の下に染みこんでくる液体に体温を感じながら、起き上がるだけの気力を溜めているとサンゴが苦々しげに言う。

「……もう諦めろ。貴様に勝ち目はない」

シドは一度咳きこんだ。

「痛々しさに、耐えられないか？　軍人の癖に随分と甘いことを言うな、お嬢さん（フロイライン）」

「まだそんな減らず口を……！　下層市民、貴様の情報魔術（CC）は起動コード（ラン）を口にする必要があるのだろう？　それでは、どうあがいても自分に勝てない。解り切っていることだろう!!」

「うるさいんだよ」

シドは血で真っ赤になった上半身を起こし、血痰を吐き捨てた。

「勝てる可能性があるから、こうしてボロボロに頑張ってるに決まってんだろ」

「何……？」

サンゴは怪訝さに戸惑う。

目の前にいる死に体の男が、何を言っているのかが理解できない。気でも触れてしまったのだろうか。じっと相手を見る。シドの白髪は血に染まっていないところの方が少なく、息は荒く細く、その貌（かお）も、いつ気を失うか判ったものではないほど、色が悪い。

だが目だけは本気だった。狂気にも似た確信を抱く男にサンゴは寒気を感じる。思わず一歩後ずさっていた。

「そ、そもそも貴様の『加速（アクセル）』では自分の『馬鹿でも走る速度法度（BOOST）』に勝てるわけが……!!」

不安を打ち消すように、自分に言い聞かせるようにサンゴは声を上げていた。

「知ってるよ馬鹿、解ってるに決まってんだろ馬鹿。それ以前に加速機能同士で、後出しできるやつが負けるわけないだろ馬鹿」

シドの『反復遅延因加速（ACCEL）』は、時間の流れを捻じ曲げることで相対的な加速を行う機能だ。時間。時間――過去から未来へ進行するのではなく、未来から現在へと到達する阿毘達磨（アビダルマ）の時間――を、まるで渦を巻いているかのように迂回させ、その間に自身は固有時のままで行動することで、結果的に加速する。

シド自身は、この機能をどうやって実現しているかは知らない。時間が遅延することによって起きると想定される物理的な影響が一切ないからには、概念としての時間のみを操作しているのだろうとは思っている。実数空間から虚数空間への相転移のような状態なのかもしれない。実数解の世界と虚数解の世界は、相互に影響しあい、一時的に自分は虚数空間にいて、そこで実数空間と同様の感覚で行動している。そこでの行為は実数空間に伝播――ディラックの海の境界線を越える、空集合ϕの向こう側へ行く――し、最終的に時間よりも早く行動している、とそんなことかもしれない。だがシドにとっては、機序はあまり重要ではなかった。そういう機能なのだと割りきっている。相対的加速を得ることで、自分の時間だけが速く進んだこともない。だからこそ、加速中に物理的制約は継続しているし、それが今まさにサンゴとの戦いで仇(あだ)となっていた。その事実の方が、重要だ。道具がどうしてそう使えるかなどと、わざわざ考えるまでもない。

それはサンゴにも同じことが言えた。彼女の『馬鹿でも走る速度法度(BOOST)』は至極単純な機能を有する。質量と速度の二乗の積によって与えられるもの――古典力学の運動エネルギーの増幅だ。追加されたエネルギーは、質量自身が有するエネルギー――$E=mc^2$から導き出される、内在する膨大な静止エネルギー――を一〇〇パーセント変換することで得られる。結果として運動エネルギーが増えるが、ほんの僅かな質量欠損、それこそ巨視的に無視できる欠損しかなく、質量変化はないも同然のため、速度が上がる。

だがサンゴは、そんなことを考えて『馬鹿でも走る速度法度(BOOST)』を使ってはいない。仮に彼女が、その仕組みをすべて理解していたとしたら、シドには完全に勝ち目がなかっただろう。その気になれば、彼女は自分の髪の毛一本からですら、ＴＮＴ換算約二〇トン相当のエネルギーを生み出すことができるのだ。もっとも、そんなエネルギーを生身で生成したとしても、肉体が耐えられないので意味はないだろう。

彼女が、彼女の運動能力の強化だけにしか『馬鹿でも走る速度法度(BOOST)』を使っていないのは、ひとえに彼女が実直だからであるが、それだけでも十分な威力を発揮しているのに疑いの余地はない。

「だからオレは起動(ラン)コードのことが判った時点で、ＢＲで勝機を求めちゃいねぇんだよ」

言いながら、シドは顔を痛みに歪めながらも両足で不恰好に立ち上がった。

「ＢＲでの勝機だと……？」

「次で最後だ。いい加減に死にそうなんでな」

サンゴが疑念を抱くのに言葉を被せて、シドは場の流れを自分に持っていく。動揺を誘い、落ち着く間も与えずに隙を衝く。

「『反復遅延因加速(ACCEL)』」

サンゴは、ほぼ反射的に『馬鹿でも走る速度法度(BOOST)』を使おうとしていた。いや、そう誘導されていたというほうが正しい。サンゴは混乱につけこまれながら、最も確実な対応手段を選択していた。

だが彼女の情報魔術（CC）は発動しなかった。

それ以前に自分の身体が動かない。肉体のすべての機能が停止している。呼吸すらできない。意識だけが正常に働いている。外界の知覚。内観の取得。どれも問題はない。まるで時間が止まってしまったかのような——下層市民と呼んだ男が、一瞬で目の前に立っていた。

「迷惑プログラム（トラブル）は初めてか？　そりゃそうだな、お上品な地上都市（トップ）にあるわけがない」

サンゴの鳩尾（みぞおち）にシドの拳がめりこんだ。一気に湧き上がる吐き気と苦痛の間もなく、下から顎を殴りあげられる。脳髄を揺らされながらもサンゴは近接格闘（CQC）の訓練どおりに相手の腕を取ろうとする。動かない。なぜだっ!!　悪態を口にすることすらできなかった。倒れかけたサンゴの腕を取り、シドはその腕を背中に捻りあげ、そのまま乱暴に折った。悲鳴が上がる。サンゴはその場に倒れた。なおも身動きの取れない彼女の上にのしかかり、シドは彼女の右足を抱える。膝をありえない方向に捻じ曲げた。膝蓋骨が砕ける鈍い音と、女の悲鳴が響いた。続けざまにシドは左足も同様に折った。もはや、叫び声も上がらなかった。

サンゴの四肢から機動力を完全に奪うと、シドはゆっくりと立ち上がる。

息も絶え絶えにサンゴは言う。

「な……どう、いう……なに、を」

「お前の中央処理器官（CPUオルガン）をフリーズさせたんだよ、VR側からな。ウチの馬鹿ガキが作ったプログラムだ、まさかこんな形で役立つとは思わなかったがな」

言うと、シドはその場になかば倒れるように座りこみ、腰を落ち着けた。

「さすがに軍人のガードの上から一発でフリーズさせるほどの負荷はかけられないから、仕込みは数回に分けたがな。『反復遅延因加速（ACCEL）』を使って、お前に直接接触して爆弾を仕掛けていったんだよ。軍事教練で習わなかったか？ CEMで共通した意識領域（KUネット）を実装した連結定義（インターフェース）がARMにはあるから、身体にさえ触れれば入出力器官（I/Oオルガン）で互いに接続できる。オレが先にくたばるかどうかのギャンブルだ」

シドは天井を仰いで大きく息を吐く。

「それでもリターンは貰った」

サンゴはそれ以上何も言わなかった。喋る気力がなかったのか、ただ肩を大きく動かして、苦しそうな呼吸をする。

「息苦しいならヘルメットぐらいは外してやるよ」

シドは傷ついた身体で大仰に腰を上げると、サンゴに近づいてヘルメットを外した。

サンゴの顔が露わになる。サンゴは呪詛でも込めるかのようにこちらを睨んでいた。シドは瞠目する。口から吐いたと思われる白い液体が彼女の顔を汚していた。シドはそれを知っている。プラスティック製の人工血液（オキシサイト）。彼女の血は白かった。血中の酸素の運搬能力が五十倍である白い血を、サンゴは平素から身体に流しているのだ。兵士としての肉体改造の結果か。いや、そもそも改造していない方がおかしい。いくら情報魔術（CC）とはいえ、サンゴの『馬鹿でも走る速度法度（BOOST）』はあくまで運動速度を上げるだけの代物だ。肉体能力の向上はされていないのだから、上昇した速度についていけるだけの神経系や血液、筋肉の強化はされていて当たり前だ。

　シドが驚いたのはそこではなかった。

　サンゴの髪は白く、褐色の肌をしていた。瞳の色こそ、メラニン色素と白い血液のバランスにより灰色（グレー）だが、その相貌は自分と似ていた。

　シドは怒りと吐き気を混ぜて、苦虫を嚙み潰したような顔をする。

「あの野郎……悪趣味にも程がある」

　凍っていた過去が解けはじめる。シドは旧文明の優秀な遺伝子プールから兵士を生産するというアカツキ・プロジェクトの、試験管ベビーだった。使い捨ての軍用歩兵（ポーン）として戦場以外に生きる場所を与えられず、外の世界を教えられないように徹底的な思想教育を施された。だがクレイと出会い、外の世界を教えられたことで真実を知った。途端に不良品扱いだ。何も知らなかった同期の仲間は、危険因子が潜在している可能性があると、全員『殺処分』された。そして自分はクロノに追われて、逃げることしかできなかった。

　自分の名前の由来を思い出す。初めての友人であるクレイが、気まぐれにつけてくれた大切な存在証明（アイデンティティ）。ＡＫＴＫ第四培養槽十号。もじりを入れた四十（シド）という名前。白髪に褐色の肌は第四培養槽の特徴だ。

つまり、サンゴはシドの妹だった。

第四部　少しずつ進む（プログレッシブ）

23

クルーフが観念記憶空間（イデアメモリ）と呼ぶ場所は、とても奇妙だった。

いや、奇妙なのはここに在るものの方だろう。ここは質料（ヒュレー）で満ちている。形相（エイドス）を持つ彼/彼女（ヒー・シー）――もはや、自己認識として彼か彼女であるかは明確となってはいるが、いまだに彼/彼女（ヒー・シー）である――としての存在が、定義されていることは異常だ。

充満する素は流動し、最小単位で空間を漂う。踊っている。情報が踊る。躍る。舞って躍動し反発で音を奏でて孤立する。ワディ・エル・ホル。始原の音素は形を成さずにたゆたう。心のありさまに似ていた。見ると、自身の身体も音でできている。素が連なり、最小の情報が意味を持って自己が表現されていた。我（エゴ）という情報は、この空間で無重力のように漂っている。しかし無重力というには平衡感覚は確固としていて、上下左右は己を起点に規定される。十分に質料（ヒュレー）で満たされた空間で、空気のようなそれの中に浮かび、掻き分けることで規定は成立していた。

「どうだ、我が根（ルート）よ」

「あと少し。魂と肉体の相関の対称性が破れてるから、エンタングルメントしないと」

魂と肉体と精神は、完全に隔たっている空間にありながら、相関し、もつれている。そこに時間という変換が加えられても、年老いた樹が朽ちるのは当然であるような不変性を保っている。今やこの場所で、それが破れたことの意味を理解するのは容易だった。

死。

もしくは解放（リリース）とも呼べるものだ。自身の肉体——自意識として本来収まるべき器——が消滅しながら、奇妙にも残っているものは文字通り魂（ゴースト）だろう。それにもかかわらず、自然に一切の誤謬を持たず感じずにして、それでもどうするべきなのかを理解していた。

「クルーフ。観測して」

あのとき、はじめて外に出て混沌に呑まれたのを覚えている。自分がどうなったのかも解っている。混じり合い触れたものを記憶している。ここにあるのは新しい身体と僅かに変わった魂だ。死んだのではない、生まれるのだ。

「了解した。それでは往こう、我が根（ルート）よ」

再誕（リバース）。

誕生は、睡眠からの覚醒と似ているものだと思っていたが、そんなことはなかった。どちらかといえば、物心のようだ。気がついたら。そうとしか言えない。前後関係は曖昧だが、自身の存在の自覚は連続的で、感覚は非連続的だ。

自然と身体を起こしたことで、ようやく自分がベッドで寝ていたことに気づいた。

「…………」

自分の手をじっと見つめる。ぐっと握ってぱっと開く。それを何度か繰り返す。当たり前の動作が、ひどく新鮮に思えた。ずっと目を閉じていたせいか、目脂（めやに）が気になり目をこする。

「やぁ、おはよう」

目脂を取って視界を開くと、いつの間にかベッドの脇にクレイが微笑みながら立っていた。

「パパ……いえ、親方。えっと、その……お早うございます」

思わず普段のように頭を下げる。

クレイは微笑（わら）いながら言った。

「気分はどうだい？」

「元気……ですよ？」

「それならよかった。皆、心配してるぜ」

クレイはベッドに腰をおろした。アバターであるはずの彼が、物理的にそんなことはできないのだから、わざわざそう見せている。

「今呼んだから、すぐにどっと押し寄せるだろうね。その姿だと色々と訊きたいことがあるだろうし」

もしや自分は酷い怪我でもしているのだろうか。痛みがないので全く気がつかなかった。そうは思うが身体のどこにも治療の痕跡を感じない。怪訝そうにしていると、クレイが思い当たったように言った。

「あぁ、もしかしてまだ気がついてないのか」

クレイが腕を振ると、AR鏡（ミラー）が現れた。平然と出しているが、VRを経由してBRの光学情報を反射としてリアルタイムで処理を行うのは、かなりの技術力だ。

「ほら、見るといい」

クレイはAR鏡（ミラー）を向ける。

そこに映っているのは、自分の知らない顔だった。

右眼に淡褐色（ヘーゼル）、左眼に碧色（ターコイズ）。背の中程まである黒髪の中から赤毛が垂れ、右眼に掛かっている一房に触れる。よく知る柔らかい髪質だった。右肩に流れる後ろ髪を手に取り、見ると、黒の中に赤が混ざっている。信じられず思わず顔に手を遣る。AR鏡（ミラー）に映る誰かは、自分の動作と連動し、手で顔に触れた。

一気に自分の身体を自覚する。

胸の膨らみと両性の性器。柔らかい己の肌の下に、引き締まった筋肉があるのを感じる。男とも女ともつかない貌（かお）。丸みを帯びた女性特有の身体の重心を感じながら、それを支える骨格は男性のようにしっかりしていると解る。アンバランスな肉体の部品は、絶妙のバランスで配置されていた。まるで作りもののような、人形のような。意図的なのか偶発的なのか、それでもただ一つ解るのは――この身体の黄金比は、創られたものだ。

ひゅっ、と音が鳴った。自分の喉の音だった。呼吸が止まらない。抑えられない。吸って吐き出す。求めるように拒むように。震える。痺れる。崩れる。世界がぼやけはじめた。自分がいない。自分がない。意識が遠のき始める。白く――酷く薄く。

存在の。

厚みが。

「――大丈夫、落ち着いて。君は君だ」

背に手が置かれた。急激に呼吸が楽になる。空気に溺れていたかのような感覚から解放され、酸素を求めてゆっくりと肺に取り込んで吐き出した。

苦しさで涙が滲んだ目を向けると、クレイは済まなそうに言った。

「突然で驚かせてしまったね。きちんと段取りをするべきだった」

「親方……」

湧き上がる疑問を前に、なにから尋ねればいいのか、上手く言葉にできなかった。訊いても答えが返ってくるかどうか判らないが、誰にでも何でもいいから問いたかった。

　クレイは汲み取って首肯した。

「パパでいいよ。全部解ってるから。うん、そうだよ。君たちの肉体は混沌（ケイオス）に呑まれて混ざって削れて一つになった。そして、魂の指示子（ゴースト・ポインタ）は肉体に一つしかない。魂は混ざらない。肉体は魂を一つしか指し示せない。だから君はそこにいる」

「でも、何で――」

「それはあの子にしか判らない。ぼくは君たち二人が、あの〝海〟で何を見て識ったのか、そしてどう感じたか判らないし、解らないだろう」

「パパ……いえ、やっぱり親方と呼びます。呼ばないと」

　クレイは「そうかい？」とでも言いたげに片眉を上げた。

「親方がどこまで知っていて、どこまで答えられるか解らないけど、今一番聞きたいことは解ったよ」

　二つの瞳で、クレイを見据えて言った。

「どうすればいい？」

　訊くと、クレイは微笑んで頭を撫でてきた。アバターなのに、頭皮に直接頭を撫でているのと同様の触覚情報を送ってくるクレイの手は、奇妙なくすぐったさを持っている。思わず身じろいだ。

「あぁ、ごめんよ。気持ち悪かったかな」

そんなわけがない。思い切り首を横に振る。出会った頃からすでにクレイはアバターの肉体しか持っていなかったが、それでも〝父親〟の手はいつでも安心させてくれる愛情そのものだった。

「自分の子供に触れることすらできない身体だけどね、嬉しいよ。血が繋がってなくても、君たちはやっぱりぼくの子供だ。過ちを犯してなお、求める。ギルドの子供だよ」

ふふふっ、と愛嬌のある笑みをクレイは浮かべる。

「どうすればいいかと訊いたね。教えるまでもない。やりたいように、したいようにすればいい」

クレイはベッドから腰を上げて、振りむいて面と向かう。

「自由に。理由に事由は要らない。自由に理由は要らない。赴くままに、思うがままに、為すがままに。人はそれを間違いと呼ぶかもしれない。暴挙と言うかもしれない。妄挙と言うかもしれない。思慮分別がなく、失敗を重ねる姿を下賤とレッテルを貼られることもあるだろう。だけどそれがギルドだ。求めることがギルドだ。誤った想いと言われるものを、普通には想像すらできない妄想を形にする方法を探すのがギルドだ。それがなければ生きていけないようにできている。妄想を癖で終わらせず、理屈にして理論にして、体系化する。かつて、妄想が神格化されたように嗜好と技巧のサインを刻みこむことを求める。方式（メソッド）を作り、論理（ロジック）を作り、妄想を現実へ。脳内の無意識（シナプス・モンスター）を飼い馴らし、知的好奇心の冒険譚を綴る。時に露わになる原理は深淵を暴き出して恐怖の形を取るだろう。だがそれでも恐怖を恐怖と知ることで、無意識は更に拡がる。君は何をしたかった？　君たちは何をしたかった？」

「世界を知りたい」

　自然と口を衝いて言葉は出た。

「じゃあ、行くといい、お互いに目指す場所は同じはずだから——ほら、ちょうどいいタイミングだ」

　クレイが視線を後ろに移す。釣られて目で追い、隙間ひとつないガラスを見て、自分が病室にいたことを、ようやく知った。

　そこに突然、プリズム反射をする髪の女と、白梟が慌てたように現れた。

「クレイ！　目覚めたってのはホントか⁉」

「親方、貴方は本当に突然だ。情報が忙（せわ）しない」

　白梟は羽ばたきながら声を荒らげ、プリズムの女も静かな口調だが、捲（まく）し立てるように言った。

「って、何でテメェ病室の中に入ってんだよ！　情報基認証（BCA）はどうした⁉」

「何で、おって。ギルドはぼくの身体みたいなものだぜ？　認証なんかいらないさ」

しれっとオウルに答えるクレイを余所に、医療技術者であるクールーが淡々と病室の鍵を開けた。一枚ガラスの病室に扉を作り、自分だけ中に入ると、また鍵を閉める。

「テメェ！　クールー、オレも入れろよ!!」

「クールーが病室に猛禽類を入れるわけがない」

「アバターだろうが！」

「親方」

病室の外では、オウルが不平を喚いていたが、素知らぬ振りだ。

「あの子供が覚醒したというのは？」

どうやら、クレイの後ろに隠れてベッドで起き上がっている姿が見えなかったらしい。

クレイが横にどくと、クールーとオウルは目をみはった。急に現れた見知らぬ子供にあらためてかける言葉が見つからない二人に対し、とりあえず頭を下げた。

「あの……どうも」

「貴方は……クールーのことが判るか？」

「解ります。クールー、さんと……オウル、さん」

自分たちのことを知っていることに驚きを隠せず、混乱した面持ちで二人はクレイを見た。クレイは特に何も言わずわけ知り顔をする。誰も何も言わない状況に、その子が困り果てて助けを求めるようにクレイに目で訴えると、彼は軽く頷いた。「さぁ、動き出すといい」と、暗に言っていた。

沈黙の中でオウルは床の上に降りて飛ぶのを止めると、病室の外から声をかける。

「こんな訊き方で悪いんだけどよ……お前は、誰なんだ？」

もっともな質問だった。ベッドから降りると、二色の双眸でクールーとオウルを見つめて、答えた。

「ヴェイです。ボクは、ヴェイキャント＝ギルドです。クールーさん、オウルさん——フィルを迎えに行くのを、手伝って下さい」

24

ヴェイキャント（V）＝ギルド（G）は、病室を出て生身のオウルと男子更衣室にいた。

外に出て混沌（ケイオス）に触れた際、元々の服は使いものにならなくなってしまったらしい。そのため、とりあえず入院服から着替えるものを探しに来ている。

服はロッカールームのリネンワゴンに山のように積まれている。以前に着ていたものも地下都市（ボトム）の中から適当に集められた備品ではあったが、元々大人しかいないギルドだ。なかなか子供用のサイズの服は見つからない。そもそも、備品といっても組織立って揃えた支給品ではない。せいぜい古着ばかりだ。制服などという、煩わしく個を集団に帰属させるものをギルドの人間が好むわけもなく、実状として所属を明確にするものは、精々が『SG』を意匠したロゴマークのワッペンぐらいしか用意されていない。

苦労して、どうにかV＝Gとオウルは、ワゴンの中から子供の身体に合うノースリーブの白いコンプレッションシャツと、上下揃いになっている濃紺色のカーゴパンツとジャケットの作業着を見つけた。

V＝Gは見つけた服を持って個室に入りカーテンを閉めて、着ていた入院服を脱ぐ。自分の裸体が姿見に写る。胸が膨らみ始めた少女と、筋肉が付き始めた少年が入り混じる身体。アバターによって自分の容姿を自由に弄ることには慣れていたが、そこに肉感が伴っているのは途轍もない不快さだった。姿見に写った身体で、自分を確かめるように両手を顔にやる。片手で首筋をなぞり、乳房にまで下げた。胸にある柔らかでなだらかな隆起を通り、腰のくびれを確かめる。そのまま秘所に指が当たった。思わず手を引っ込めた。

身体の肉が自分の知らない形をしている。

形だけではない。中身もだ。内臓もどれ一つとして今までの自分とは違うし、身体中を這い回る血液すら同じなのは色だけだ。脳はどうなっているのだろう。もちろん、別のものだ。だとしたら、この思考は誰のものだ。自分が考えていることは、本当に自分の思いか。我思う（コギト）だと？　故に我在り（エルゴ・スム）にはならない。存在の拠りどころが、向こう側にしかない。やり場のない怒りにも似た、どうにもならない現実に身体が震えた。今にも声を上げて泣き出してしまいたい衝動に駆られるのに、そこにあるのは他人の泣き顔だ。感情すらもまるで自分のものではないようで、激情は乖離して、するりとどこかに流れていってしまった。

「若」

　カーテンの外からオウルが呼び掛けてきた。

「それで？　お嬢を迎えに行くってのは、具体的にどういうことなんだ」

　V＝Gはオウルを待たせないよう、慌てて服を着始めながら答えた。

「フィルは今、混沌（ケイオス）の中にある〝海〟にいるはずです。だから、あそこから引き揚げ（サルベージ）します」

「サルベージ？　つっても、どうやって。オレたちがスフィア・ドライブからデータを漁るのとはわけが違ぇだろ」

「同じです」

　コンプレッションシャツを着て、服の内側に入った髪の毛を外に出した。髪を煽（あお）って香った匂いも、知らない誰かのものでV＝Gは顔を顰めた。姿見に写った黒髪の中に一筋交ざって右耳にかかる赤い髪を見て、少し考えて赤い髪だけを細く一房に編んだ。

「ボクは、呑み込まれたときに知りました。混沌(ケイオス)は地球惑星の質料(ヒュレー)そのものです。あれに触れると、自分を構成する最小単位が見えてきて、逆に自分が見えなくなるんです。だから呑み込まれる。けど、結局は地球の一部です。この地球惑星のもので構成されているんですから。だからきっと、スフィア・ドライブの中に混沌(ケイオス)へアクセスするルートがあるはずなんです」

「混沌(ケイオス)が情報空間(インフォスフィア)上にあるってのか？　混沌(ケイオス)みたいな馬鹿でかいデータ領域、情報座標儀(アトラス)には載ってねぇぞ。見たことも聞いたこともないしな」

「情報座標儀(アトラス)にはスフィア・ドライブのユーザエリア情報の埋蔵量しか載ってないですし、フィルがいるのはそこじゃありません。ボクたちが普段、サルベージしている場所は言うなれば〝陸〟で、〝海〟はもっと深い」

「何だか、少し変わったな、若」

　オウルは、困惑した調子を含んだ声音で言った。

「何つーか、話が解るような解んねぇような……どうも、表現が抽象的で上手く理解できねぇ。何か、前はもっとこう固執的(スタティック)な理屈屋だったと——まぁ、体験したことが体験したことだしな」

　仕方ねぇか——オウルは自己完結して続ける。

「済まねぇけどよ、若、要点だけで頼む。多分、オレには把握できそうにない。目的は解ってる。あとは手段だ、それだけあればいい」

V＝Gは個室のカーテンを開けた。

「地母神（グレート・マザー）へのアクセス」

手に持ったジャケットに袖を通しながら言う。オウルに「似合ってるぜ、若」と言われて、V＝Gは少し照れ臭そうに微笑って答えた。

「地球をひとつのコンピュータとしたら、スフィア・ドライブは記憶装置です。ボクたちがKUネットを介してアクセスが許可されている領域は一部で、そこが〝陸〟です。けれど混沌（ケイオス）は、情報座標儀（アトラス）に載らない人類に接続権限のない地球のシステムエリア——〝海〟の方にある。だから、地球のCPUにあたる地母神（グレート・マザー）からアクセス権をもらって混沌（ケイオス）の中に向かう必要がある」

オウルは壁に寄り掛かりながら思案顔をする。

「オーケー。手段は了解だ。なら次は方法だ。混沌（ケイオス）の中に行くとして、その影響はどうする」

オウルは言いながら男子更衣室の出口に向かう。V＝Gも一緒について行く。

「まさか、BRであらゆるものを呑み込む混沌（ケイオス）に、VRで触れても問題ないなんてことはないだろ、若？」

「そうですね。情報強度（インフォテンシティ）が足りないと、呑み込まれます」

オウルはにやりと笑った。

「……何です？」

「余裕そうだからだよ。もう対策は考えてあるんだろ」

「よく判りましたね」

まぁな、とオウルが男子更衣室（ロッカールーム）の扉に手をかける。

「で、どうする？」

彼が扉を開くと同時に、V＝Gは答えた。

「クルーフを接続代理（プロキシ）にします」

男子更衣室を出てすぐのところに、クールーが立っていた。相変わらずの無表情だが、無造作に伸ばした黒髪を揺らしながら、手を組んでそわそわとした様子で指遊びをしている。

「お待たせしました」

「若」

クールーはV＝Gに近寄ると、肩に手を置く。

「若、大丈夫か。人格は若のものとはいえ、身体には女性の部分もある。猛禽類にいかがわしいことをされたりしなかったか？」

「しねぇよ。馬鹿かテメェは!! そりゃ、お前の妄想と願望だろうが、この無表情変態(ブランク)女!!」

クールーは舌打ちをすると、オウルに向き直る。

「若は可愛い」

無表情のままクールーは続けた。

「だが、この身体になってから、男性人格ながら妙に少女性を帯びてさらに可愛い」

一人、納得するように頷く。

「だから妄想が捗(はかど)るのも仕方がない」

「規制されろ変態(フリーク)」

「萌えを理解できない原始人格(プリミティブ)者。愚か(フール)」

心の底からの軽蔑の眼差しを向けるクールーに、オウルは苛立ちを浮かべて食ってかかる。

「若の身体の混沌症候群(シンドローム)をそういう目で見るなって言ってんだよ」

「その発言自体が混沌症候群(シンドローム)に対する差別発言だとクールーは判断する。平素の態度で接するべき」

「テメェ……」

オウルが半ば喧嘩腰になり、クールーも自分の主張を曲げない。熱を帯びてきた大人二人の雰囲気に、どうすることもできずV＝Gは狼狽(うろた)えるしかない。

「まぁ、そこまでにしておこうぜ」

と、そこに突然クレイがどこからともなく現れた。

「うおっ、出やがった」

「人を不快害虫みたいに言うなよ。害虫なんか、遺伝子編纂(ジーンエディタ)ですべて益虫にされて淘汰されたぜ？　今じゃ研究用に軍にしか」

「そんなことはどうでもいいんだよ。お前が出てくるタイミングが悪いって話だ」

　クレイは肩を竦めて、言外に揶揄する笑みを浮かべる。オウルがむっとするが、無視してV＝Gに言った。

「すぐに仕掛(ラン)けるかい？」

　クレイにはすでにこれからV＝Gがしようとしていることが判っているようだった。どこでそれを知ったのか、それとも演算したのかは判らないが、なんとなくV＝Gにも彼が手つだってはくれないことが理解できた——いや、手つだえない事情があるのかもしれない。模倣知性(レプリカント)であるクレイの最小可知差異(JND)は多すぎる。ギルドで起きているすべての出来事を同時に把握し、処理し続けている彼には、バタフライ・エフェクトの風景が見えているだろうし、その上で自分たちにとって最良の時間発展指向性(アトラクター)を獲得するために動いていることは、V＝Gにも容易に理解できた。

「これからクルーフのところに行きます」

だから、今からすることだけを明確に伝えた。

「そうか、判ったよ。クルーフは今、忠犬（ハチ）のようにお行儀よくいつもの場所で待ってるぜ」

「解りました。ありがとうございます、親方」

クレイはむず痒そうに苦笑した。

「やめてくれよ。ぼくのキャラじゃないし、ましてや自分の子供に言われたい台詞でもない。いつも通りわがままな子供でいればいい。変な風に聡くならなくてもいい、ここは自己中の集い（ギルド）なんだから」

クレイは髪の毛をくしゃくしゃにするように頭を撫でた。アバターの手から、その感覚だけが伝わってくる。

ところで――クルーが、ふと思い出したように言う。

「チーフ・シドはどこに？　客人（ゲスト）に会いに行ってから大分経つと思うが」

「そう言えば見ねぇなアイツ。若が目を覚ましたって聞いたら、真っ先にきそうなもんだが」

誰もシドの状況を把握しておらず、疑問を呈することしかできずにいると、自然とクレイに問いかける視線が向いた。クレイは平然と答える。

「シドなら、その客人の軍人と戦闘中だよ。そうだね、簡単に説明すると……今、ギルドには職権濫用した軍人が侵入しているんだ」

なっ――と、オウルが驚きで息を呑んだ。

「何をどうしたらそんなことになんだよ!?」

「どうも、ギャロップを再起動したのが気に食わなかったらしい。だからそれを回収しようとしているのさ」

だとしたら自分のせいだ。V＝Gは愕然とする。ナイト・バードをクルーフに渡したせいで、シドが軍人と戦っている。ギルドを危険に巻きこんでいる。それだけではない。今から行おうとしている仕掛けには、クルーフの協力が不可欠だ。それが軍に持っていかれでもしたら――

「大丈夫だよ」

クレイが優しく声をかけた。

「さっき、シドと戦ってる軍人の上司から話を聞いてきた。シドが勝つだろうってさ。ぼくもそう思うぜ。それに、クロノ――軍人の上司の方は、ぼくが今ギルドのセキュリティシステムをフル稼働させて足止めしてる。今頃は関係者用通路を右往左往しているよ」

「でも、親方……」

「さっきも言ったはずだぜ？　自由にすればいいって。それに――考えている時間もない」

　クレイは感心したような唸り声を出して、困ったように頭を掻く。

「さすがにクロノは影響力が大きいなぁ、情報空間（インフォスフィア）上のセキュリティがほとんど役に立たない。物理的な妨害の方が効果的か……やっぱり事前に会って話しておいて正解だった。接触のあるなしじゃ、変数の数が段違いだ。人間の形をしているくせに、天災みたいな奴だな」

　どこか別の場所で起きている出来事にクレイは頭を悩ませていた。

　ギルドで格子（グリッド）上に遍在しているクレイの情報処理能力は常人とは異なる。ギルドで起きた出来事を入力として受け取った知性体であるクレイは、その人格と脳を経由して量子的選択性で行った判断を、再び格子（グリッド）上で演算して時間発展指向性（アトラクター）を確認している。単純な計算だけでは得られない人間性という不確定要素——人間性で演算する人間性、あるいは感情的演算——を、ある程度の精度で補正を行った結果、四次元空間に現れている局所的な場の性質と傾向を認識しているのだ。

　神経パルスの速度で更新される情報を前に、まるで大昔のゲームであるチェスの指し手が盤面を読み解くようにして、クレイは認識の状況を刷新していく。

　クレイはV＝Gたちに向かって言った。

「ぼくは、これからすぐにシドのところに行ってくるよ。君たちは今すぐにクルーフのところに行って、仕掛け(ラン)を始めてくれ」

そう言うと、クレイは情報の奔流がすべてを支配する幾何学的空間のマクロコスモスへとアバターを消した。

25

ギルドと訪問者用施設(ヴィジターフロア)を繋ぐ関係者用通路(スタッフ・パス)は長い。

円筒形のギルドの下に、根のようにおかれる円錐台形の円周が通路(パス)だ。同心円状に敷かれた通路は二つだけ用意され、訪問者はそこを通らなければギルドの業務区画には入れない。緩やかなカーブを描き、壁はそれと判る程度に曲面となっている。窓は一つもなく、天井に埋めこまれた伝送路を通り、全反射によって運ばれ増幅された人工太陽(AS)の白色光だけが通路を照らす。太く大きい管のような通路は音を反響させるが、やがて壁面に染みこみ消える。ほとんど人が通らないため、空間は人工太陽(AS)の光で殺菌され無菌室のようで、幽(かす)かに白く、微かに埃っぽい。意匠も何もない壁は無骨で、やはりただただ白い。

延々と続く白い壁面に擦りつけたような赤い線が走っていた。線を辿って行くと、やがて何かを引きずる音が聞こえてくる。赤い血塗(ちまみ)れの男が白い血塗れの女を運んでいた。

壁に寄りかかり、息も絶え絶えのシドはサンゴのパイロットスーツの襟首を摑み、乱雑にその身体を引っ張っている。彼が歩を進める度に、壁に血痕が残る。血は薄くなることはなく、同じ濃さを保ち、通路に鉄の臭いを充満させていた。サンゴは意識を朦朧とさせ、四肢に力はなく、されるがままになっている。

定まらない視点でサンゴは通路を見つめていた。

真っ白で、終わりが見えない。

天井は高く、空間が広く大きい。自分の意思とは無関係に進んで行く景色。清潔(クリーン)な無菌室のエーテル臭。身動きひとつ取れずに他者に支配されている身体が無力感に変換され、意識が萎縮する。原記憶が刺激され、幼年期が肉に刻まれた縮退として呼び起こされる。

見覚えがあった。

世界にはこの白さしかないと思っていたときがある。あの頃も自分は――そうだ、白衣を着た男に手を引かれていた。サンゴは幻視する。陰画幻像(ネガ・ヴィジョン)だ。記憶がARへ焼きつけを起こしている。本人に憶えのないことでですら、脳が、肉体が、自己相似細胞記憶(フラクタルセルストレージ)が鮮明に思いだす。夢のように瞭然として、まるで感覚を伴わない。肉を捨てた自意識が――始原的なVR空間だ――律儀に刺激を処理して反応する。

フロイトの性欲があらゆるものを輝かせていた時期だ。何も知らずに、ただただすべてを受け取り、わけの判らないことに反応して本能が自己を形成していた。サンゴは決して賢い子供ではなかったが、人工的な優しさが満ちた箱庭(ミニチュア)は、自分の手足を動かすには狭すぎると感じていた。それはミニチュアに彼女と一緒に住む同年の子供たちも同様で、自分たちの世話をしてくれる同じ服を着た〝大人〟という存在がやってくる扉の向こう側に〝何か〟があると信じていた。その証拠に、大人はここを幼稚園(キンダーガーデン)と呼んでいた――だからここ以外があるのだろう――し、年長組のお兄さんとお姉さんは大きくなると大人に連れられて扉を通って、戻ってこなかった。きっと、大人になるための授業を受けているに違いない。自分たちがここで教えてもらっている技術教練よりも、もっとずっと難しくてすごいことができる教練に違いない。それは子供たちの共通認識で憧れだった。大人も自分たちに成長を促している。大きくなると何かあるんだ。サンゴはそうした未知への期待に胸を膨らませていた。

あるとき、痺れを切らした誰かが、大人にそのことを尋ねた。すると、大人はいくつかの立体映像(ホログラフィ)――どれも今まで見たことのないものだ――を映写して、その実在の情報の流れの痕跡すら知らなかった光景(パノラマ)を、一つひとつ、ゆっくりと丁寧に教えてくれた。加えて、世界は無限大で、自分たちが子供から大人になれば外に行ける、とも。〝外(アウトサイド)〟！ その事実はとても衝撃的だった。この箱庭は狭いどころではない。芥子粒だ。未知の具体化はパラダイム・シフトを引き起こしたが、サンゴにとってはどこまでも行くことのできる空間の拡張認識は、とても嬉しかった――喜びのあまり、恐怖を感じていた友達がいつの間にか数人いなくなったことに気づかなかった程に。

ラカンの鏡をいまだに直視したことのなかった彼女たちは、大人という資格を得るにはどうすればいいのかを頻（しき）りに訊いたが、それは時間が経てば、としか教えられなかった。

省略（オミット）。

サンゴは一〇歳になっていた。幼稚庭園（キンダーガーデン）の扉を通り、寄宿社（ドーム・ファーム）へ入社していた。

寄宿社（ドーム・ファーム）は皆が暮らす大きな舎という建造物に、広い運動場があった。土があり、草があり、知識の中にしか存在しなかった自然の匂いがする。建物という概念そのものが、そんなものを置くことのできる空間自体が、子供たちにとっては一つの新世界が現れるのに匹敵した。丸屋根の天井にはとても手が届きそうにない。遊戯用のボールを思い切り投げたとしても、絶対にあの空には届かないだろう。幼稚庭園（キンダーガーデン）とは比べものにならない程広く、小さな身体では全貌を知ることができるのはいつになるのか判らない。幼稚庭園（キンダーガーデン）の四角い空間は、ここでは『部屋』という単位に過ぎず、それが何十個も詰め込まれた場所で、これからは授業を受けるというだけで心がはやる。

この先にすら、想像もつかないほどの広大な世界がある。きっと自分は、いつかそこに行くのだろうと、サンゴは無邪気な無根拠の確信を抱いていた。

省略（オミット）。

第二次性徴が現れていた。サンゴの身体は丸みを帯び始め、乳房が膨らんでいた。男と女の区別がはっきりとしてきたが、大人はそのことについては何も言わない。日々受ける実践的になってきた技術教練でも、性差による差異が如実になることがあったが、同様だった。

子供たちも皆、肉体の変化に関して気にとめないようにしていたが、中にはやたらと常に一緒にいるようになりはじめた男女のペアがいた。そういった二人組は、気がつくと例外なく寄宿社（ドーム・ファーム）から姿を消していた。大人によると『適性に問題がある』として、退社することになったらしい。馬鹿なものだ。世界を見る権利を、どうやら理解不能な感情で棒に振ったのだから。それでも一定数のペアは必ず現れる。そして必ず姿を消した。

省略（オミット）。

サンゴは外に出て、士官学校でギャロップによる演習を行うようになっていた。そこで彼女は、ＡＫＴＫ第四培養槽三十五号と呼ばれ――

待て。

何かがおかしい。

陰画幻像（ネガ・ヴィジョン）の焼きつけが消え去り、サンゴの意識が記憶の堆積層から舞い上がる。

そもそも自分は、最初からＡＫＴＫ第四培養槽三十五号として完成されていたはずの設計済遺伝形質（プレデザインド・ボーン）だ。幼少期など存在しない。この肉体ははじめから成熟したものとして生成されたはずだ。では今の記憶は何だ？

サンゴは完全に意識の洋上に浮上していた。

覚醒を認識し、現在を直視する。

身体に刷り込まれた教練が、反射的に情報整理(ファイリング)をしようと緑黄明色(レモンイエロー)にカスタマイズしたARヴィジョンに時間(クロック)を表示する。十数分間の記憶がない。覚醒時の状態チェック項目が埋まっていない、とセキュリティソフトの警告(アラーム)が鳴る。状況を整理しなければ——と、そこでサンゴは自分の手足の自由が利かないことに気づいた。警告(アラーム)が一段階上がった。同時に、いっときに思い出す。自分は敗北したのだ。それから——どうなったのか。不思議と、自身の敗北についての動揺はなかった。むしろ今、心の大半を占めているのは幼少期の記憶だ。

意味もなく唯一動く視線をうろうろとさせる。自分が何者かに引きずられていることに気づき、この空間にシドがいるのを知った。

「どういうことだ」

声は出せた。訊くと、シドは一瞬立ち止まった。相手はこちらを向かずに言う。

「元気そうだな、お嬢さん(フロイライン)」

「どういうことだと訊いている、下層市民」

ふぅっ、と一息吐くとシドは再び歩き始めた。

「どうもこうも、うちの医療技術者(メディック)のところに向かってるんだよ。怪我人がいるからな」

情けか。怒りのあまり、身体を跳ね上げて立ち上がろうとする。シドはその勢いでサンゴの襟首から手を離してしまった。サンゴは四肢が動かないことも忘れていて、その場で転倒する。

　シドが面倒臭そうに言った。

「うちの医療技術者（メディック）特製の神経掌握（ナーブジャック）ソフト使っているんだ、動けるわけないだろ。大人しくしてろ。使い捨てのうえに、阿呆みたいな金額取られるんだからな、そのソフト」

サンゴは倒れたまま、シドを睨みつける。

「自分を捕虜にするつもりか」

「あぁ？」

　シドは不快そうに表情を歪めた。

「そんな気はない、馬鹿が。ったく、これだから……思考が短絡的すぎる。オレも昔はお前みたいだったと思うと、つくづく吐き気がする」

「なんだと？　下層市民、貴様は自分について何か知っているのか？」

シドはサンゴの襟首を摑むと、再び彼女を引きずって歩き始めた。

「お前、ＡＫＴＫ第四培養槽出身だろ」

「なぜそんなことが貴様に解る」

「オレもだからだよ」

虚を衝かれた。シドが何を言っているのか理解するのに、少しの間がかかった。この下層市民が自分と同じ遺伝子プール？

「な——なに、を」

「言ってるだろうが。オレは元々軍人で、AKTK第四培養槽の初期型(プライマリ)だ。お前が第何期型かは知らないが、思考調律(ソウト・コミット)のやりくちは変わってないみたいだな」

「貴様が何を言っているのか、自分は全く理解できない、下層市民」

サンゴは、相手が何かを切り出すまでしばらく待ったが、一向に口を開かない。もどかしさに苛立ちを抑え切れず再度問おうとすると、シドは前触れもなくサンゴの方を向いた。

「お前、ガキの頃の記憶があるか？」

びくり、と反射的に身体が強張った。なぜ、今それを訊いてくる？　サンゴが視た陰画幻像(ネガ・ヴィジョン)の光景も、記憶にない動揺もシドは知らないはずだ。

答えに窮して黙り込むサンゴを、シドは案の定という顔で見つめた。

「……一つ、教えておいてやる。オレたち、設計済遺伝形質(プレデザインド・ボーン)は」

おっとぉ——シドの言葉を、爬虫類を連想させる、速乾性の粘着質のような響きを持つ声が遮る。

「よくないわよ、シド。勝手にアタシの部下に変なことを吹き込んじゃ困るぜ」

通路(バス)の奥から、クロノが悠々とした足取りで歩いて来ていた。

「いや、お見事。サンゴを倒したか。しかも殺さずにボクのところまで連れて来てくれるとは随分と親切だ。こっちはギルドの中を移動するのを親方さんに妨害されまくってて、ちょうど予定を変えて迎えに行こうと思っていたところでね。責任持って引き取るわよ」

「ふざけるな。喋るな。不快だ。お前の悪趣味がすぎる冗談につきあってられるか。オレにこの女をわざとぶつけたのは、判り切ってるんだよ」

クロノは軽くあしらうように鼻で笑うと、肩を竦めた。

「全然だね、判り切ってないね。私の狙いの準備ができたのは、今このタイミングだよ」

「く、クロノ様っ！」

「よぉ、サンゴ。大丈夫か。酷い怪我だな。さすが、シドだ。きっちり性能差を覆してきたな」

「申しわけありません……自分が至らぬばかりに……」

「いや、十分だ。貴方は十分に任務を達成した」

クロノは、シドから見ればわざとらしさに吐き気が出るような、サンゴの目にはこれ以上ない程の名誉に映る、労い(ねぎら)の言葉と表情を作る。

「だが、忙しくて済まないけれども、もう次の任務がある」

クロノは続けて言った。

「ここで死ね、サンゴ」

26

「し、死ね、とは――どういう意味ですか」

通路（パス）の中で、身動きが取れずシドに支えられたままサンゴは言う。投げかけられた絶望を含意する言葉にかろうじて打ちのめされることなく、その意味を解しながらも震えた唇を開いて真意を問う。

訊かれたクロノの方が不思議そうな顔をして片眉を上げた。

「んん？　いや言葉通りよ――あぁ、あぁ。なるほどな、大丈夫だよ、安心しな。スイッチはワタシが入れてあげるから」

クロノは右手で拳を作り、親指を立てて、何かを押すようなジェスチャーをする。全く迷わない手つきでそうした後、クロノは明るく朗らかにサンゴに笑いかけた。

「だからお前はただ死ねばいい、サンゴ」

サンゴは憮然として口を開き、愕然として言いかけた言葉を呑みこんだ。うつむき、クロノから目をそらす。サンゴの身体は動かなかったが、肩は震えていた。やがて決心したように、きゅっと唇を結ぶと希望に縋りつく揺れる瞳でクロノに向き直った。

「じ……自分の死には、意味がありますか？」

「いや、ないに決まってんじゃん」

クロノは意味不明なことを訊かれたように、不快そうな顔をした。

「言ったでしょう？　ただ死ねって」

サンゴの内側で、何かが壊れる音がした。自らの行動原理と存在意義が、完全に嚙み合わなくなっている。どうすればいい、どうすればいい。上官に気紛れに無意味な死を命じられたとき、自分はどう振る舞うのが正解なのだろうか。ありとあらゆる命令は自分の存在を達成するためにあるものなのだから従う。然るべき場面の意味ある死ならば、二つ返事で自分の頭に向けて撃鉄を落とそう。だが、息をするように死を求められたときは？

あぁ――サンゴは理解した。

無駄だ。解るはずもない。この命令ですでに自分の歯車は壊れた。何も考えずに、ただ死ねばいい。

自由意志を放棄した目でサンゴはクロノに顔を向けた。

「了解、しました。自分は――」

最期の言葉を口にしようとした瞬間、サンゴはシドに思い切り襟首を引っ張られた。身動きの取れない彼女は、そのまま床の上に転倒する。床に顔を打ちつけて、白い鼻血が出た。

　シドは倒れたサンゴに侮蔑の目を向ける。

「おい、ふざけんな。何をお行儀よく死のうとしてやがる」

　サンゴは顔を床につけたまま、動くはずの頭を上げもしない。地面を舐める姿勢のまま、生気のこもらない機械的な声音でシドに返す。

「黙れ下層市民。自分は命令を遂行する。恐ろしいのは死ではないのだから。その先なのだから。自分の個人的感傷の入り込む余地は必要ない。軍人は全体の利のために動くべきなのだから」

　シドは床に這いつくばるサンゴを黙って見下ろす。そのまま彼女に近寄ると、無造作にその身体を蹴り飛ばした。引っ繰り返ったサンゴは、シドの神経掌握（ナーブジャック）ソフトで痛みを感じず顔に苦痛は浮かばないが、代わりに目に涙を溜めて顔を歪めた。シドにはどんな心境かは理解できない。する努力もしなかった。数式を見るような無感動さで、その表情の表象の意味だけを読み解く。

「さっき、言いかけたことだ――」

　シドは言いながらクロノの方へ向き直る。クロノは面白そうににやついている。「あとはどうぞ御自由に」と言わんばかりに、丁寧な仕草でシドに掌（てのひら）を差し出した。

　シドはクロノの振る舞いを受け流し、そのまま続ける。

「オレたち、ＡＫＴＫ槽（ヴァット）の設計済遺伝形質（プレデザインド・ボーン）は、階級象徴物（アグリアート）じゃない。軍用だ」

地上都市（トップ）の話だ。自系の遺伝形質をデザインし、洗練された個体を生み出すことは、技術力と財力を端的に表現する。自系の優秀さを示しつつ、自系の遺伝形質を発展させることに繋がる。子孫という定義が遺伝系列を意味する言葉へと変わって久しい。結婚をして子を生す手段は、あやふやで曖昧なうえに遺伝が確率でしか決定しない受精行為によってではなく、すべてガラス管で行われるようになるのは当然の帰結だった。危険を伴う出産行為は廃れて、地上都市（トップ）では、胎内から産まれたという者の方が少ない。思想や理論によってのみ、出産を行う者はいたが、それも受精卵は設計済のものだ。

「オレたちは、まともな教育なんてものは受けていないんだよ、シミュレータでの都合よく圧縮されたもの以外にな」

誕生した個体は相応の遺伝形質を獲得している。だからといって、それだけでは地上都市（トップ）でのステータスとはならない。むしろ、そこから先の方が重要視される。遺伝子は素体を決定するにすぎない。才能という素材は、環境によって加工されてはじめて能力として出荷されるからだ。ゆえに、内発性の構築を達成するために教育が行われる。そこに愛情の有無は問われない。生物としての本能が、進化した知情意のコンプレックスを無視して、自然に共通積（エクストラクト）の領域を形成し、それと一致させるからだ。その一連の工程を経て、奇妙な連帯感――過去に〝家族〟と呼ばれていた概念に似る――を生み出し、自系遺伝形質の次の貢献となる。地下都市（ボトム）の住民は、そんな奇怪な親愛のシステマティックを皮肉って〝醜（アグ）

い芸術(リアート)〟と呼んでいた。

しかし高貴たる(ノブレス)地上都市(トップ)は、それをよしとし、受け容れて、シンボリックに解釈している。

　だから通常の設計済遺伝形質(プレデザインド・ボーン)は幼少期を特別視するし、バックアップあるいは起源として、各々の系列でその情報を纏め上げて抽象化した血族の共有幻想(ブラッド・マトリクス)を保持している。

　培養槽にはその起源が存在しない。一代限りの人工物だからだ。製作者が、文字通りの歩兵(ポーン)として運用するために不要と判断したものはすべて削ぎ落とされて、はじめて自我(エゴ)の自覚を許される。結実した能力だけが求められた結果、裡(うち)から求めるものを持たない。あるのは、ヒトとして兵として必要な知識を刷り込んだ後に、余計な枝葉を剪定して整えられた機能美だ。都合よく動作する道具として仕上げ、生得観念(OS)に制限制御(ガード)を組み込んで純粋悟性(テオリア)ですら自らに疑念を抱かない視野狭窄な駒にする。

「オレたちは人造物だ。だからその思考は欺瞞(まやかし)だ」

「それが……そんなことが、いまさら何の意味を持つ。自分はもはや何者にもなれないし、何者にもならない。そうだ！　自分は型どおりに造られ、その通りに生きる!!」

　サンゴは叫ぶ。その場で自分が返すに相応しいと思う言葉を吐き散らす。敵性に耳を貸す必要はない。信じるべきは上官であるクロノだ。そう従うのが最も正しい選択だと、奥深くから湧き上がる確信だ。しかし、彼女自身が最も痛切に知っていた――それも欺瞞(まやかし)だと。

　相手から返る言葉はなかった。サンゴは更に声を張り上げる。

「自分に主体を持つ必要があるものか！　この身はただひとつ、国家イラのためにだけ存在する!!」

　言葉は驚く程すらすらと出てきた。普段と何ら変わらない。何百回も聞いた演説のようだ。これを声高に唾を飛ばしているのは誰だろうか。まるで自分が言っているようだ。

い、い、い、い、い、い、い、い、い、
　気づいてしまうとここまで隔たりがあるとは。

　叫ぶ息も切れて、サンゴは仰向けのまま、天井を見つめる。ひどく通路(パス)が静かになったように感じた。

　その間、シドは一度もサンゴの方を向かなかった。

「言っておく」

　おもむろにシドが言う。

「人は理屈で生きてねぇんだよ」

　そんな。

　そんなことは。

「そんなことはもう知っている!!」

「ならいい。あとは勝手にしろ」

サンゴが掠れた、泣き出しそうな声を響かせると、シドは相槌のように応えた。

「なら、そろそろ俺も勝手にするぜ」

サンゴの哭声で震えた空気を緩ませてなかったことにするように、クロノが大きく欠伸をする。

「いやー、いい話だった。ぼくってば、感動して涙が出てきちゃったよ」

クロノは欠伸で目に滲んだ涙を指で拭う。わざとらしく大仰に、感動したような素振りで眉間に皺を寄せて頷いた。そしてぱっと表情を切り替えると、嫌らしくシニカルな笑みを浮かべる。

「でもなぁ、残念だなぁ、シドォ。今のでサンゴは自覚した。お前が止めを刺したわ」

「何……？」

シドが怪訝そうに呟くと同時に、クロノが指を鳴らした。サンゴの身体が発条仕掛けのように跳ね上がる。神経掌握が停止した？　ARヴィジョンにソフトの接続状態を表示するが、いまだに機能している。つまり神経系による筋肉繊維の動きではない。不随意な収縮。痙攣を引き起こしている。

サンゴは意識を残しながら喘いで、断続的な笛の音の呼吸をしていた。身体を完全にコントロールできなくなったのか、傷ついた内臓から食道を通って流れ出た人工血液と涎の混ざり合ったものが、口から垂れている。プラスティックでできた白い血の、奇妙に饐えたような甘い臭いがした。

シドは呆然と口を開いたが、すぐにクロノを睨みつける。

「何をした」

「何？　何って、さっき言ったじゃないか、スイッチはワ、タ、シ、が入れるって」

クロノは、右手でスイッチを押すようなジェスチャーをした。

「可哀想なことに、サンゴはたった今、危険因子として監視管理（ウォッチドッグ）に判断された。だからオ、レは、上官としてサンゴを処分したまで」

ちなみにな——クロノはシドに向けて軽く顎をしゃくって続ける。

「これって、十七年前に、どっかの大馬鹿が脱走して導入されるようになったんだ。思考・調律（ソウト・コミット）が不全を起こしたときの安全装置（フェイルセーフ）としてな。なにせ、基本性能の高い兵士だ。あまつさえ、情報魔術（CC）を使えたりする奴もいる」

やれやれと言わんばかりにクロノは首を横に振った。

「だから処分方法も、最も確実な手段だよ。処分時に反撃されないように、自ら身を滅ぼさせる」

シドはサンゴの方を見やる。苦痛に喉から嗚咽を漏らすが、首を絞められているかのようで、その声は絞り出されているも同然だった。酸素を求める胸郭運動が、不随意運動であるはずの呼吸が止められている。バイオハッキングか神経毒素（ニューロトキシン）の類か。いや違う。体内にナノサイズの毒嚢を仕込む手口は古典的すぎるし、仮にもサンゴは兵士として設計されている。毒やバイオハザードなどでは死なないのが基本だ。脳幹の呼吸中枢による制御権(コマンド)を奪ったか。それならば神経掌握(ナーブジャック)で対処できるはずだ。だがしかし、シドの出した命令を神経系は受けつけない。これは、もっと根本的な何かだ。

「……基幹入出力器官(BIOS)を書き換えやがったな」

　VRとBRの間で、最も低レベルな入出力を行うもの。『精神の脳幹』とすら呼ばれる基幹入出力器官(BIOS)が破壊されれば、肉体もそれに引きずられる。シドの記憶にある限りでは、自分たちAKTK槽(ヴァット)の設計済遺伝形質(プレデザインド・ボーン)が、そこまで個人としての尊厳を引き渡したように扱われていた記憶はない。じくりと刺すような痛みを感じる。

　クロノはにやりと笑って口笛を吹いた。

「正解。生命の中枢を崩した。シド君ってば、やるぅ。もうサンゴの脳味噌は役立たずだ。生きるために必要な生体活動を行うことができない。無理に助けないで、このまま死なせてあげるのが一番よ？　なんせ、生き残ったところで生体の中枢原理(セントラルドグマ)もまともに働かない。あとは一生、培養槽の中に脳髄を浮かべるだけの人生だもの」

「お前らは……お前らはどこまで——オレたちを馬鹿にすれば気が済む!!」

「とんでもない。道具に不満はあっても見下す奴がどこにいる」

殺す。

『反復遅延因加速』。

「──おっと、落ち着けシド。そこまでだ」

情報魔術の起動コードを口にしようとした瞬間、シドの目の前にクレイが現れた。両手の掌をシドに向けて静止する。

「気持ちは解るが乗せられるなよ。感情は人間にとって重要なものだけど、それで身を滅ぼしちゃ意味がない」

「クレイ……見てたのか、お前」

「まぁね。来るのが遅れて悪かったよ、状況の演算に手間取ってね。あの軍人さんが胸糞悪いのはぼくも同じだよ。けど、目の前のことに忘我する前に、一度冷静になれ。フィとヴェイのことも忘れるなよ」

シドは、はっとする。クレイの登場と、彼の飄々とした物言いで冷静になったのか、今までの怒りを鎮めて言う。

「あの子はどうしてる」

「目を醒ましたよ。今はオウルとクールーと一緒に仕掛けの準備中だ」

「何をする気だ」

「まぁ、詳細はまずあの軍人さんと一段落つけてからだ」

クレイはクロノの方を向く。クロノは肩を竦めた。

「何だよ、そこで出てきちゃうのかよ親方さん。折角、アタシが場を盛り上げていたのに」

「他人の家で勝手にパーティをされても困るんだよ。せめて、ちゃんと許可を取ってくれないと」

「関係者以外立入禁止（スタッフ・オンリー）だぜ、ここは」

「許可貰える？」

ですよねー、とクロノは軽口を叩く。

シドはサンゴの方をちらりと見る。呼吸ができないまま、チアノーゼで顔を真っ青にしている。その目はすでに何も見ていない。ただ苦しさで自然と溢れる涙を流しているだけだった。シドの心中を察したようにクレイが言った。

「その娘は無理だ。絶対に死ぬ。ぼくたちには止められない」

「だが……」

「そうじゃない。止められないんだ」

クレイは再びクロノの方を向く。

「その娘の基幹入出力器官（BIOS）が書き換えられたことで、あの軍人さんは、その娘の情報魔術（CC）を暴走させることができる。それが『自ら身を滅ぼさせる』って意味さ。そうすると、どうなるか。その娘の——人間一人分の質量エネルギーで、少なくともこの都市くらいは消えてなくなる」

「おいおい！　ちょっとネタバレすんなよ、折角ボクが丹精こめて脚本を練ってたのに」

クレイはシドの方に振り返る。

「だからその娘は、ただのエネルギーになって質量が消滅する。それを止める方法はない。だけど、ギルドを救うために、そして彼女の人間性のために、一つだけできることがある」

シドは即答した。

「オレは何をすればいい」

「今すぐ情報魔術（CC）でここに向かえ」

シドにピンの打たれたマップデータが送られた。ナイト・バードが安置されていた場所を示している。神経掌握（ナーブジャック）ソフトの接続は残したまま、即座に起動（ラン）コードを口にしようとする。その前にクロノが動いた。

「おっと、逃がさねぇぞ」

クロノは、今までに何度かしたようにスイッチを押すジェスチャーをする。ほぼ同時に、シドは情報魔術（CC）を起動した。

「『反復遅延因加速（ACCEL）』」

シドは時間の遅れの中で、はっきりと見た。

サンゴの身体が、彼女自身の『馬鹿でも走る速度法度（BOOST）』により、$E=mc^2$の方程式に従って純粋なエネルギーへと変換される。魂も、肉体も、記憶も、すべてがその性質を失って、ただの量となる。何も残らずに。

視界が白く塗りつぶされた。

＊

気がつくと撮影用のセットのような白い部屋の真ん中にシドは立っていた。

天井はなく、固めた粉末が水に溶けるように、部屋の壁が途中で崩れている。壊れた壁は、ゆっくりと空に吸いこまれているように宙を漂っていた。外には銀灰色の空間が延々と続いている。室内には子供用の小さな学習机が縦横に整然と並んでおり、前の方に教壇が一つ設えられていた。

シドはこの場所に見覚えがあった。幼稚庭園（キンダーガーデン）。設計済遺伝形質（プレデザインド・ボーン）の圧縮教育用に造られた仮想空間。

「ここは……」

シドが呟くと、いつの間にか隣にクレイが立っていた。

「サンゴの個人領域（パーソナル）だよ。あの娘と同じ遺伝子プールを持つ君の情報を使って、KUネット上から彼女の居場所を検索し、強制アクセスした」

　つまり、ここは死にかけているサンゴの心象風景も同然だ。だから、この空間は崩壊しているのだろう。BRでは一秒にも満たない、いまわの際。最期に彼女の中に構築された精神領域が、偽物の原記憶だというのは複雑な気分だ。

「なんでこんな場所にオレを連れてきた」

「正確には、君という足掛かりがないと、ここに来れなかった。ここを訪れた理由は、彼女と話すためだ」

　クレイが後ろを向く。シドも部屋の壁際に目をやると、サンゴが立っていた。イラのシンボルカラーである青色を基調とした軍服を着ている。アバターだろう。日常と結びついた姿が軍装だというのは、彼女が軍属としてしか生きてこなかったことを雄弁に物語っていた。

「奇妙な気分だ」

　サンゴはゆっくりと口を開いた。

「最期に見る光景が、作り物だとは」

　サンゴは自分の内にある世界を見回す。その口調と顔つきは、BRで進行している死を受容していた。否定も怒りも取引も抑鬱もない。死の五段階の最後だ。

「それで、なにをしに来た。死ぬ直前の相手に何の用がある」

　淡々と言うサンゴに向かって、クレイが一歩踏み出した。

「君に最後の選択を。そして可能ならば、ぼくたちへの協力を」

サンゴは怪訝そうにこちらの表情を窺ってきた。シドは黙っていた。クレイがこれから何をするにしても、親友のやることを信用している。必要なときまで口を出す必要はない。

サンゴが眉間に皺を寄せて合点がいかないという表情を作る。死を目前に、自分を支えていたものがすべて取っ払われた貌は、柔軟で表情豊かになっており、自分と似ている。二重螺旋の影響をはっきりと感じた。

「どういう意味だ」

「君は今、クロノによって身体のリソースがすべて支配されている。けれど、元々の持ち主(オーナー)である君が身体の権限を渡してくれれば、そこを糸口にぼくはクロノ(CC)から支配権を奪い返せる。そうすれば、六ナノセコンド後にBRで発動する、君の情報魔術を緊急停止させることができる……もちろん、君の死は避けられないけど」

残酷な訊き方をしよう――クレイはサンゴの目を真正面から見据えた。

「このままクロノの道具として死ぬか、意志を持って抵抗して死ぬか。選んでほしい」

クレイはギルドを危機から救うために、サンゴの人間性に訴えかけている。どうあがいても命を失う、しかもついさっきまで理想的な欺瞞(まやかし)に満ちた人生を送っていた相手への問いかけとしては、ひどく無慈悲だ。しかし自分は何も言えないし言わない。なぜなら人間だからだ。自分たちが助かるための道がそれしかないなら、そうする他ない。

サンゴは無表情に言った。

「私が意志を持って抵抗しないで死ぬ、という選択肢はないのか」

「それが君の選択なら尊重しよう」

クレイは即答した。表情ひとつ変えない相手の返事に、サンゴは少し怯んだように目を少し開く。こちらから視線をそらし、懊悩を顔に浮かべる。やがて、シドに対して言った。

「一つだけ訊きたい」

哀しみとも悔みとも取れる表情だった。

「私は『人間』だったのだろうか？」

「その疑問を抱けるやつは『人間』だ」

シドの返答に、そうか、とサンゴは言った。もう一度、そうか、と嚙みしめるように口にする。

「私は人間か」

彼女は微笑んだ。

「嬉しいな」

決心したようにサンゴはこちらに向き直った。

「私と同じ生まれのお前が生きている限り、私が人間だった証拠は残る。お前の生き方は、私の人間性の裏づけだ。だから生きていてほしいと願う」

手を差し伸べてサンゴは言った。

「選ぼう。意志を持つ人間としての選択を」

27

通路(パス)はその形を成していなかった。

天井はすべて吹き飛びめくれあがって、引き剝がされている。ギルドという大木に纏わりつく巨大な円環の蛇(ウロボロス)の脱け殻のようだった。だがそれは、決して皮膚の更新ではなく、紛れもない破壊だ。

抜け殻の中には煙が立ちこめている。乱層雲の中に飛びこんだようなそこには、白い闇が蠢いていた。珪素基素材の微小粒子が漂う中で、ギルドの神経経路網(ニューラルネット)構築のために混合されたCEMが、自己組織(ギルド)の一部崩壊に警告(ワーニング)をあげる。緊急事態(エマージェンシー)。知ってるよ。通信割込(シギント)。管理者権限(アドミニストレーター)からの要請により、アラームの信号が停止する。管理者であるクレイは、ギルドの強度計算を三ナノセコンドで終わらせると、同時に報告書をギルドメンバーに送った。

大丈夫、問題ないぜ。

乳白色の液体が舞うなか、クレイは空間の奥をじっと見つめる。アバターの視覚情報は煙しか認識していないが、模倣知性（レプリカント）の全能性は確かにその場のすべてを拾い上げていた。身体（ギルド）の一部が崩壊し、神経経路網（ニューラルネット）は切断されたが、むしろ粉塵となって空間に満ちたCEMは、全方位のセンサとして高感度になっている。かつて通路（パス）だったそこに、切り取られたように空いた四次元場があった。

クレイは虚空に向かって通話（テル）ソフトで問いかける。

〝すごいな、それどうやってるんだ？〟

返信はすぐにあった。

〝シドとか他の雑魚ならともかく、お前に教えるわけねーだろ〟

同時に白い闇が開いた。煙幕のカーテンの奥には、漆黒の石棺（コフィン）がある。それは文明的な死を封じるものではなく、科学的な死を封じるものでもなく、時間的な死を封じている。

クロノは細長の直方体の闇の中にいた。いや、中にいるという表現は正確ではない。そもそも、彼の周囲を物理的に遮るものは何ひとつなく、ただ煙が、そして光がその空間に入らないために、黒い箱の中にいるように見えるだけだ。クレイは塵となっているCEMでもう一度知覚する。壁があるように感じるが、そこにあるのは約七対三の割合で存在する窒素と酸素に、微量な気体が混ざっているもの、そしてあらゆる平常な電磁波だけだ。だがしかし、ただ一点だけおかしいことがある。

変化が無い。

何千回と同一の座標に対して場の観測を行っても、物理量が変わらない。何にも影響を受けず、与えていないのだ。それゆえに、あらゆる電磁波も通常の物理法則のとおり、そこを通らない。光が大きく屈折しているからこその闇でもない。

そこはあらゆる変化を拒絶している。

クレイは試しに触覚情報を取得してみた。空気が持つ熱と比して温かくも冷たくもなく、見た目のイメージに反して固くも柔らかくもない。まぁ、当然だよね。想定どおりの結果を冷徹な分析材料に加える。そこにあるのは結局は空気なのだ。何か感じるわけもない。

〝どうやったら時空間をここまで見事に操れるのか、後学のために是非知りたいんだけど〟

クレイが問うと、石棺(コフィン)が水滴の当たった薄葉紙(ティシュー)のように脆く崩れる。中には臍を曲げた子供のような顔をしたクロノがいた。彼は通話(テル)ソフトの通信を切断して言う。

「ふざけんな。大体解ってんじゃねぇか。原理は大して重要じゃねぇだろ。私の能力の正体に見当がついているなら隠す意味もない」

クロノは舌打ちすると、不承不承話す。

「『時空拘束機関の選別座標(CLOCK)』。Clock Lock Organ Choice Kind——それが俺の情報魔術(CC)だ。御名答、親方さん。ボクは時空間を操作できる」

すごい——クレイも肉声で呟く。

「素直に感心するぜ。人間がそこまでできる生物だなんて感動だ」
クレイは内側から零（こぼ）れる感情を隠さず、無邪気な好奇心の笑みを浮かべる。
「どうやってるんだい、それ？　完全に時間だけ止まってる。それ以外の変化がどうやっても検出できなかった——だから強い重力場の発生ではないし、速度が光速になっているわけでもない」

　時とは空だ。空とは時だ。ベルクソンの強度と持続が語るとおり、時間（タイム）と空間（スペース）という二つに分けられた概念は、素朴（ナイーブ）な意識の落とし穴にはまった——あるいは無知な——多くの人間が錯誤する現実（リアル）だ。時間と空間を別々に認識すると、あたかも時の流れによって、ある場所で発生する事象が決定されているかのように感じてしまう。だが、『ラプラスの魔』のような存在を主張する決定論者でも、未来の希望を信奉することができる。そこには簡単で判りきった間違いがある。都合のいい取捨選択で、より判りやすく自らに慈悲を与えてくれる世界を、精神が——脳髄という心理的器官が——構築しているのだ。世界が機械的に動くと信じる脳の働きそのものが、機械的であると証明できていない事実に見向きもしない。

　凍結した時の中で氷は溶けない。何ものも動けない場で水は流れない。時間により空間が一方的に決定されることも、その逆もない。

　クレイは唸りながら腕を組んで頭を悩ませる。そして、あぁ——と、納得したように言った。

「虚数時間、かな？」

時間を、線分上で過去と未来を表現したとき、それは実数をとる。少なくとも、観測者の現在から見れば、過去と未来は正と負の値（あたい）を持つように見える。それはつまり、時間を一次元としてのみ認識できるということだ。だがそこに、虚数が導入されて二次元になると、時間は、現在から過去でも未来でもない別の方向への向きを得る。物理空間上で虚数方向に流れる時間を持つものがあるとき、それに対する変化は観測できない。なぜならば、時間が現在から、過去にも未来にも変化することがないからだ。

「もしも時空間上で実数時間を虚数時間に変換できるなら、時間は停止しているように見える。すごいぜ。しかも質量は変化していないみたいだし、今まで君が起こした事象を考えると、座標系も自由に選択できるみたいだね。あぁ、でも実数時間そのものを虚数時間にしたわけじゃないみたいだから、おそらく――虚数単位のエネルギーとでも呼べばいいのかな？　それをどこからか持ってきて操るのが、君の情報魔術（CC）の正体か」

「べらべら喋ってもらってご苦労なことだけどよ、さっきも言った通り、原理は大して重要じゃねぇだろ。第一、オレは詳しい原理なんか知らないっての。知ってるのは時空間を弄る方法だけだ」

「でも時空間操作は事実なんだろ？　無敵じゃないか。物理空間でなら、あらゆる干渉を防げられるし、あらゆる干渉の仕方もできる。強すぎるよ、馬鹿じゃないのか君？」

クロノはクレイの言葉を鼻で笑って受け流す。推測を確信に変えたときの、優越感にも似た笑みを浮かべていた。

「感心したのはアタシの方だっての。せっかく、サンゴを丸々一つ使って盛大に吹き飛ばそうとしたのに、貴方に妨害されたせいで、たったこれだけの被害しか出なかった」

やれやれ、と芝居がかった調子でクロノは肩を竦める。

「確かに、理屈の上じゃあ、死ぬ瞬間に魂(タスク)は観念記憶空間(イデアメモリ)上で占有していたリソースを非占有する。そのタイミングで誰かがそのリソースに対して排他制御をして接触臨界期間(クリティカルセクション)に入れば——御覧のとおり、死んだあとも走っていた情報魔術は、リソースにアクセスできなくなって中途半端な結果に終わる」

吐き捨てるようにクロノは続けた。

「ワタシはあくまでもサンゴの『馬鹿でも走る速度法度(BOOST)』の使用権限を得ただけだからね。サンゴ(プロセス)が死んだあとのリソース管理はできない。少し考えれば誰でも判ること——ことだけど、それを実行できるか、となると話は別よ」

人が死ぬ瞬間を認識できるか、という問いは〝死〟の定義によって変わるだろう。

それこそ旧文明では脳死や心臓死といった定義をもって『不可逆的な生命活動の停止』を〝死〟としていたが、観念記憶空間(イデアメモリ)が認識されている今は違う。情報という形でも生命は机上に記述することが可能となり、物理空間と情報空間(インフォスフィア)の二方向からのアプローチが存在する。

観念記憶空間(イデアメモリ)上に存在する実体として生命活動を扱えるということは、生命活動(データ)としてそれを記録し、また参照することが可能ということだ。そしてそれは技術的に容易だ。物理空間では、有機体としての生命活動を保存するには、それを何かしらの情報に変換する必要がある。しかも膨大な情報にだ。不可能に近い。

だが情報空間(インフォスフィア)では極めて簡単にそれが行える。命令(コマンド)。複写(コピー)。子供でもできる。では、オリジナルの生命体が死んだあとも、生命活動の写しが残ってさえいれば、それは生命活動を続けていることになるのだろうか。当然、否だ。魂(ゴースト)というプロセスがアクセスしていたリソースの状態だからこそ、生命としての意味を持っていたのだ。残った写しは生命活動の集積(ダンプ)物に過ぎない。生命の実行権限は魂しか持ちえない。魂の情報は魂にしか扱えない。

つまるところ、魂(ゴースト)が観念記憶空間(イデアメモリ)上で解放(リリース)される瞬間こそが〝死〟なのだ。その要因にかかわらず、明確に。

そしてクレイは、一つの宇宙である情報空間(インフォスフィア)で、星の光のみで一切の道具を用いずに、その正確な場所を特定し、またその星の死の瞬間に立ち会ってみせたのだ。

クレイは呆れたように溜息を吐く。

「まったく、君はほとほと人間を舐めきっているようだ。何か勘違いしているね。確かにVR上で死ぬ直前のサンゴの下(もと)に行って、情報魔術(CC)を止めたのはぼくだ。だけど、それを最終的に選択したのはあの娘の意志だ」

突きつけるようにクレイは続けた。

「君は紛れもなく、サンゴという一人の人間の意志に敗北したのさ」

あからさまにクロノは不愉快さを表情に滲ませる。

「よりによって、人間の意志に負けた、とはな。しかも設計済遺伝形質(プレデザインド・ボーン)を人間扱いとは、元人間の化物が言ってくれるじゃないか。お前が模倣知性(レプリカント)じゃなければ、この場で殺しているところだよ」

クレイは片眉を上げて困ったように不本意そうな顔をする。

「化物とは心外だぜ。それはお互いさまじゃないか」

ところで――クレイは表情をあらため、話を切り替える。

「情報が足りなくてまだよく判らないんだけどさ、結局君はギルドをぶち壊したいのか？　それとも、あの機体を奪いたいのか？　何をしたいんだい？」

訊かれ、クロノは意外そうな顔をした。

「はぁ？　何を言ってんだよ。お前たちが概念(コンセプト)と象徴機体(シンボルズ)を保有した時点で、俺たち(イラ)とお前たち(ギルド)の関係は決定的になってるんだよ」

「へぇ。で、それは」

「戦争」

28

「なんで体育座りしてるの、クルーフ」

直截的に理解できないものに遭遇したような顔でV＝Gは訊く。

ナイト・バードが安置されていたホールは、『デルシオ』が外に出るときに開けた大穴から風が抜けていた。いくつかの大きな瓦礫が辺りに散らばっており、ホールの壁側にあるベンチを潰している。さきほど起きた爆発――クレイからは心配ないと連絡がきたが、何が起こっているのかも、シドの安否も判らず不安は残る――の揺れで、また少し崩落し瓦礫が瓦礫を砕き粉塵が舞いあがっているのだろう。埃っぽさが残る。そこで、デルシオは両足の膝を曲げて抱え、座りこんでいた。

〝狭いからこの姿勢を取っている〟

鎧は端的に答える。

確かに、元々ナイト・バードが安置されていたときと比べると、周囲の乱雑さから空間が減っている。だからといって、『デルシオ』の身体を持つクルーフからすれば、たやすく邪魔な瓦礫は動かせたはずだ。なぜそうしないのか——V＝Gには何となく呑みこめた。父であり模倣知性(レプリカント)であるクレイにも、たまにそういうところが見てとれた。察するに、肉体的疲労を感じないギャロップの身体からすれば、快適に過ごす空間の必要がない。だから瓦礫を退かす合理的な意味を持たない。

「シュール」

　クールーが率直な感想を漏らす。全くもってその通りだった。第一種高等技術兵器(シンギュラリティ)が、それも第二特異点〝疾く駆ける騎士(ギャロップ・ナイト)〟が、よりによってその荘厳な造形で、子供がふざけて配置した人形のような恰好をしているのだから。

〝超現実主義(シュール)？〟

「失笑的光景(シュール)」

　クルーフが呈した疑問に淡々とクールーが応える。

〝なるほど。言語活動の意味内容の差異を理解した。日本語の言語基体由来か〟

　納得するように言うクルーフの傍らで、オウルが呆れる。

「何でアレと平然と会話できんだよ、クールー。っていうかな、若。オレはまずこうなった経緯から判んねぇんだが……」

　目前の光景を認めるのを嫌そうに顔を顰めながらオウルはV＝Gに訊く。V＝Gは口ごもった。即答できない。何と伝えるのが一番いいのか——自分でも、起きている出来事を把握しているとは言い難いのだから。

「こいつには『RL(ルル)』の魂(ゴースト)がいるんだよ」

不意に誰かが答えた。そこには知らぬ間に、壊れたベンチに腰かけようとしているシドの姿があった。血まみれの姿で、右腕は骨が見えるほどぐちゃぐちゃになっており、左足も引きずっている。すぐにクールーが彼の下(もと)に駆け寄り、ARヴィジョンに救急医療(ER)カルテを表示する。無言で怪我の様子を診はじめた。

オウルが困惑しながら訊く。

「お前、いつきた? その怪我、大丈夫なのか?」

「今ついたところだ。大丈夫じゃないに決まってるだろ。けど、槽(ヴァット)の中身も使い切ったから、どうしようもない。一日に二回もこんな大怪我するなんて思ってなかった。ったく、ついてない」

苦々しげにシドは答えると、騎士の鎧を仰ぎ見た。

「なんでこうなったか、と訊いたなオウル。ギャロップは完全にCEM由来のハードだ。SMCH技術の軸には生体工学があるが、それは感覚運動野のホムンクルスによって制御を行うという操縦系統の側面に限った話だ」

シドは天井を仰いで大きく息を吐く。

「規格外にデカい〝鎧〟ってことになるが、実質的にギャロップは『肉体を肥大化する着脱可能な外骨格（デタッチャブル・エクゾスケルトン）』だ。だが、肉体改造主義（ボディフォーオルタ）の義体のように、神経接続によるアタッチとはまったくの別物――共有副次的な相互主観性がある。一つの魂に肉体が相乗り（タンデム）して操縦するんだよ」

　だから、つまり――シドはこちらを振り向いた。

「肉体の主体を、パイロットが見失わないようにするための機構が必要だった。幽体離脱（OBE）せずに、魂（ゴースト）が第二の肉体に迷いこまないようにする――そのための仕組みは至って単純だ。自分自身が他我を見つめることで自我を認識する相平衡制御機構（シネクドキ・コントロール・システム）だ。だからギャロップには人工知能（AI）が搭載されてる。この『RL（ルル）』の魂（ゴースト）は、それを利用したんだろうよ」

　シドはそこまで喋ると、一度咳き込み、血痰を吐き捨てた。クールーが厳しい目で救急医療（ER）カルテから顔を上げた。

「チーフ・シド、あまり喋るな。ここは不衛生で治療もできない。すぐに診療室（クリニック）へ」

「あとでいい。今はこっちが優先だ」

　シドはV＝Gに視線を向けた。

「し、シド先生」

「……どっちだ？」

シドは端的に問う。彼はすでに認識していた。

「ボク、です。ヴェイキャントです……ごめんなさい、シド先生」

そうか——シドは一言だけ答えた。

「それで？　オレはクレイにここに行けと言われたわけだが。ある程度は知っているんだろ、クロノのことも。何かするならタイミングは最悪だぞ。あいつはこの機体と、ヴェイ——お前を狙ってる。少なくとも穏やかじゃない意味でな」

「デルシオと、ボクを？」

「そうだ、この『RL（ルル）』の魂——」

〝私の名はクルーフだ〟

「…………。クルーフは、概念（コンセプト）だろ？　そいつを載せたギャロップってことは、つまりデルシオは象徴機体（シンボルズ）ってことだ。それは、国家しか持てないはずのものだからな、ギルドが持つのは越権行為なんだよ」

「概念（コンセプト）って、合成知能（SI）で〝異相知能（ヘテロインテリ）〟のアレのことか？　嘘だろ、都市伝説（プロパガンダ）じゃねぇのか」

半信半疑なオウルに、シドは溜息を吐いた。

「そうじゃないから問題なんだよ」

〝いや、その点は問題ない〟

部外者であると同時に当事者でもあるクルーフが割りこませた主体的な言葉に、シドは当惑の声を漏らした。

「は?」

〝すでに私は領土を獲得した、序列第八位国家『ギルド』の〟

シドは思わず立ち上がる。怪我をした足のことを忘れて、その場に転びそうになったのをクールーが支えた。クールーの腕に身体を預けたまま、礼を言うのも後にシドは訊く。

「お前、何言ってるのか解ってんのか?」

〝私は私である〈妄想(デルシオ)〉のために、我が根(ルート)が属する、私の性質と合致するコミュニティを確固たるものにした。これは生存本能と同様で、私が獲得した結果だ。今や、『ギルド』はアナーキズムを掲げる政治的共同体として扱われる〟

「ふざけんな! ギルドは相互依存の技術屋集団(くみ)だったからこそ、国家は容認していたんだぞ!? どの国にも与することのないスワップ領域だったからこそのバランスだ!! 仮想メモリがリソースを食い潰し始めたら、そりゃウィルス扱いされて駆除される……ギルドにはそういうのに対抗する能力や体力はないんだよ!!」

「落ち着け、チーフ・シド。怪我に障る。それと、クールーは何のことかさっぱり解らない」

シドは声を張り上げた反動で痛みに顔を歪めるばかりで、脂汗をかいてうつむいたまま答えない。それ以上に、言葉を継ぐのが憚られたのかもしれない。青褪めた顔で、この場でシド以外に唯一重大さを把握したオウルが、奥歯にものが挟まったような口調で、代わりに続けた。

「……オレたち、ギルドが用済みになる、ってことか」

シドが呻き声を漏らす。肯定だった。

オウルは頭をかくと、嘆息とも不満ともつかない声を出す。そのままシドが座っていたベンチに、どっかと腰かけた。

「けどまぁ、クールーの言う通りだぜ、シド。落ち着け。クルーフが本物の概念だってなら、さっきこいつは言った。『確固たるものにした』。過去形だ。まさか、ギルドのためにギルドをぶっ壊すなんて時代遅れの知能ルーティンみてぇなことを言い出すわけもない。まだ何かあんだろ?」

〝私はサルベージギルドのネットワークを通じて、君たち人類が現在国境と同義としているスフィア・ドライブのデータパーティションのうち、全序列国家のデータ領域権限を書き換えた〟

「この国だけじゃなかった、ってか」

調子の落ち着いたシドは、クールーに礼を言って身体を起こすと、辛うじて残っていたベンチの手摺に腰を落ち着けた。

「それでも、世界を敵に回すことになったのは変わってねぇ……クルーフ、どうするつもりだ」

〝私が均衡を崩したのに乗じて、ほぼすべての国家上層部はギルドを攻めようとしていたが、すぐに各国の概念(コンセプト)たちはそれを否決した。なぜなら、今までの牽制し合っていた戦争のバランスをどこかに傾ければ、当然のように他の国家に攻め入る隙を与えるからだ。私に奪われた領土を取り戻すよりも、国そのものを失うリスクが高い。概念(コンセプト)はそれを容認しない。私は他の国家の概念(コンセプト)からの承認をすでに得ている。ギルドは以前と比較して、変化したのは国になったというただ一点のみ、というのが現状だ〟

　シドとオウルは息を呑む。クルーフは淡々と語るが、その言葉が指し示すことはあまりにも巨大な社会システムの変容だ。世界が変わった。革命という範疇を軽々と飛び越えて、時代の分水嶺が現れた。それをたった一つの知能が、ものの数時間で起こしたのだ。〝異相知能(ヘテロインテリ)〟。確かだ。フェーズが違う。人類には成しえないし、そもそもそこに干渉した形跡にすら気がつく暇もない。すでに歴史は綴られているのだ。いつの時代でも同じように、出来上がってしまった歴史は読むことしかできない。

　あの――V＝Gが困ったように、探り探りに言う。

「結局、どうなったんですか？　クルーフの言っていることもボクにはよく解らないし、政治とかの話になると余計に……」

「そうだ。チーフ・シド、クールーも全く理解不能だ」

「いや、お前は解っとけよ……」

呆れ気味に言うオウルに、クールーは、ふん、と鼻を鳴らして相手を小馬鹿にするように言った。

「クールーは興味のないことに興味を持たない主義だ」

「興味の問題じゃねぇ！　年相応の教養の話だ！　動的適性（ダイナミック）馬鹿が!!」

「それは差別発言だ猛禽類。動的適性（ダイナミック）が社会的学術分野のような退屈なものに関心を抱くはずがない。ならば無知は当然だ。それに――静的適性（スタティック）の若も理解を示していない」

「若はまだ子供だろうが!?　お前との引き合いに出すなよ！」

　クールーとオウルの言い争いがくだらないものになってくると、シドが溜息をついた。

「要は、クルーフが世界地図を書き換えたんだよ。他の国が持っていたスフィア・ドライブのデータパーティションから、ギルドが間借りしていた二パーセントほどを奪ってな。そしてギルドは事実上の〝国〟になった――国境なき国家に」

「それってつまり……今、ギルドには自由になるリソースが大量にあるって、ことですか？」

「そうだな」

　だったら――V＝Gはただ思ったことを口にする。

「だったら……ごめん、シド先生。ボクはそれを使う。大人の人たちが騒ぐ理由もなんとなく解ったけど、ボクは今、フィルを混沌（ケイオス）から助けることしか考えられないから」

シドは瞠目してクルーフを見る。

クルーフは答えた。

〝私にそれを止める理由はない〟

シドは焦燥にも似た戸惑いの表情を浮かべる。どういうことだ——そういうことか。考えるまでもなく、状況の要素（プロット）が線を結ぶ。頭の中で描かれた現状を読み取り、観念した。

「あぁ、なるほどな。だからクレイはオレをここに来させたのか。ったく、どいつもこいつも」

しようがない、とでも言いたげだったが、裏腹にシドの口元は綻（ほころ）んでいた。どこか愉快そうにしていた自分に気づき、思わず手で笑みを隠す。そんなつもりはなかったが、どうやら自分も随分とギルドの享楽的（ギーク）な毒のジャンキーになっていたらしい。

「——いいだろう。なら、さっさとやるぞ。指揮運用（コマンダー）はオレがやってやる。ヴェイ、まずは方針を展開しろ」

シドの言葉で、口論をしていたクールーとオウルが口を閉じてV＝Gに視線を注ぐ。クルーフもデルシオの頭を僅かに動かし、相手の方に向けた。シドは続ける。

「どんな仕掛（ラン）けだ」

V＝Gは、大真面目に手遊びに取り組む大人たちの、見た目に似つかわしくない熱意を見て取る。

「クルーフ。ボクを乗せた状態で代理接続（プロキシ）にどのくらい繋げられる？」

〝同時接続は五〇〇〇人保証する〟

オウルが口笛を鳴らした。

「そんなに串通せるのか。普通の人間じゃ、どんなに多くても精々五人が限界だぜ。さすが、概念様（コンセプト）だな」

「でもこれで、条件問題は解決しました」

シド先生、とV＝Gは相手に向き直る。

「今回の仕掛け（ラン）は――地球のシステムエリアへのアクセスです」

「……内容は」

「最終的な目標は情報空間（インフォスフィア）上での混沌（ケイオス）の制御です。そのためには、地球というコンピュータの未使用のリソースにあたる、混沌（ケイオス）に接続する必要があります。だから記憶装置であるスフィア・ドライブの中に格納されている混沌（ケイオス）への接続経路を、管理システムである地母神（グレートマザー）に要求（リクエスト）します。混沌（ケイオス）の中に、フィルはいるはずだから――引き揚げ（サルベージ）します」

「人類がまともに足を踏み入れたことのない領域での仕掛け（ラン）か。なるほど、無茶苦茶だな。手順のどれ一つ取っても前代未聞だ。だが、面白い」

シドは続ける。

「具体的な手順は」

「まずは、ボクがデルシオに乗って、フィルが混沌（ケイオス）に吞みこまれた場所に向かいます」

クールーが疑問の声を上げた。

「なぜ外に出る必要が？　危険なのでは」

「スフィア・ドライブ上でフィルが吞みこまれた正確な座標（アトラス）を取得するためです。それと、単純にサルベージしたあとのフィルを、誰かがBRで回収しないといけませんし」

なるほど、とクールーは頷いた。

「目標地点に着いたら、皆さんにはクルーフを代理接続（プロキシ）にして、混沌（ケイオス）に対して情報強度（インフォテンシティ）を向上させる準備をしてもらいます。そこが、混沌（ケイオス）への中継地点（アクセスポイント）になります」

「オレたちは、このデカブツの中から仕掛（ラン）けるってわけだ。ギャロップを踏み台代わりに使えるなんざ、贅沢なもんだ」

楽しそうに、オウルが腰に手を当ててデルシオの機体を見上げる。

「そのあとは、ぼくが地母神（グレート・マザー）へアクセスして、混沌（ケイオス）への接続経路を入手します。混沌（ケイオス）の中に入ったあとのメイン動態運用（ランナー）はボクがやります」

「静的適性（スタティック）の若には難しいのでは。動的適性（ダイナミック）のクールーに任せてほしい」

「いえ、クールーさんには別の動態運用（ランナー）をしてほしくて。情報量（エントロピー）が無限大になる混沌（ケイオス）は流動的で、通常のスフィア・ドライブの情報空間（インフォスフィア）と比較にならないぐらい情報流通（トラフィック）が不安定なはずです。だから情報の流れを平滑化（シェーピング）で安定させてください」

「混沌（ケイオス）の交通整理（トラコン）か。なるほど、無制限の情報の制御というのはクールーもやったことがない。面白そうだ、引き受けよう」

「オウルさんには、ボクとクールーさんの静態運用（オペレーター）を。一人で二人分の解析を、しかも混沌（ケイオス）の中っていう初めての条件でお願いすることになっちゃいますが……」

「心配いらねぇよ、若。ガキの頃は、シドとクレイの面倒を一人で見るなんて日常茶飯事だったしな。混沌（ケイオス）の中だろうが同じようにこなしてやる」

「ありがとうございます。指揮運用（コマンダー）は、シド先生にお願いします」

「問題ない。だが……」

シドは口元に手をやり、しばらく考えこむ。目線を一度V＝Gから外し、元に戻した。

「地母神（グレート・マザー）へのアクセス方法はどうする。混沌（ケイオス）に入ってしまえばクルーフを代理接続（プロキシ）にすることで確かに、オレたちは行動可能だろう。だが、まずそこに向かう手段がない」

「それは簡単です」

V＝Gは言う。

「それは一番簡単な問題です」

デルシオに近づき、その有機的な無機質の外装にV＝Gは触れる。

「ボクがデルシオを介して混沌（ケイオス）に触れて、ルートを見つけます。ボクは、あのとき、確かに地母神（グレート・マザー）に繋がった。死んだはずなのに、この身体の魂の指示子（ゴースト・ポインタ）はゼロ（NULL）になっていたはずなのに、そうやってボクはここに戻ってきた」

自分のものではない自分の身体を噛み締めるように、V＝Gは胸元に強く手を当てる。

「あそこへの行き方は覚えてる」

29

「ギルドとイラの戦争か」

崩落した通路（パス）の中で興味深そうに、クレイはぽつりと言った。

「一度、国家と認めた上で、その後に堂々と侵略するというわけだね、クロノ。埋に適（かな）っているんだかいないんだか……まぁ、どうせKUネット上にしか実体のない知性体のぼくには、BRで君を止める術がない。その点は口惜しいけど、そっちには概念（コンセプト）もいるしね、分が悪い」

けれど——薄く笑いながらクレイは続けた。

「『人間』は君に抵抗できるし、ギルドは〈妄想〉を実現する集団だ。負けはしない」

一方的に告げるとクレイは姿を消して、クロノは通路(パス)に一人残された。逃げられた形になるが、捕まえるのは難しいだろう。果たして相手は、どこまで知っているのやら、と訝しみながら考えていると、テロルから通信が入った。

〝デルシオが外に出ました〟

「えっ。マジで？」

〝マジです〟

「あっれー……私、宣戦布告したつもりだったんだけど、無視(スルー)されちゃった？」

〝クロノ。その宣戦布告についてですが――〟

「解ってるよ。イラとしては、序列第八位(ギルド)を認める。その上での戦争だ。他国から攻められる危険性だとかは、ボクにとってはどうでもいいんだよ。前にも言ったろ、テロル？　オレは、人類とも概念(コンセプト)とも違う。あたしなら、国はいくらでも作れる。いつの時代も、私の目的(コンセプト)は例外処理だ――四十六億年前からな」

〝まぁ、貴方がそう言うのなら、それで構いません。ですが、私の概念(コンセプト)についても留意しておいてください〟

「解ってるよ。ぼくは永遠に君を認識する。この世界から、お前が消えることはないよ」

テロルは疑問を抱かない。明らかにそこにある矛盾を受け容れる。彼女は知っているからだ。自らの根(ルート)が、どういう存在なのかを。それは彼女が象徴機体(シンボルズ)であることとは無関係だ。すでにクロノとのつきあいは数世紀を超えている。概念（コンセプト）としての自分の役割としては、国家よりも根（ルート）を優先すべきだというロジックができているのだ。他の概念（コンセプト）たちとは一線を画する。国家から根（ルート）を選ぶ必要がない。彼女の根（ルート）はあまりにも容易に国家を生み出せる。『クロノ＝ソール』は、常に地球という惑星のシステム側に属している存在だからだ。

　さて、と――クロノは一息吐いて伸びをする。

「テロル、迎えに来て。追うぞ」

〝了解しました〟

「あぁ、あと、あの何だっけ。サンゴが乗ってたギャロップの人工知能（AI）」

〝動物型（ビースト）の『レオ』です〟

「そう、そのレオ君。事情を教えてあげておいて、可哀想にサンゴは戦死したって。殺したのはギルドの連中だ」

〝では早急に〟

「よろしく。いやぁ、大昔と比べて優秀な秘書がいて助かるわー。愛してるぜ、テロル」

〝えぇ、私もです〟

「……冗談には冗談で返せよ」

＊

大地はただ広く、静かだった。風もない、音もない、色もない、熱もない、命もない、何もない。空に映る黒白の大理石模様（マーブル）は、闇から光が漏れ出したような明暗効果（キアロスクーロ）で常に描かれ続けているキャンバスだ。

しかし、混沌（ケイオス）には光も闇もない。皆無（アイン）と全一（アソット）が接触し、空間を占めるそこへ仮象（かしよう）が結ばれるだけだ。何かが実在性を持っていることは確かだろうが、それが何であるかをはっきりと観照するのは、形而上の領域に潜んでいる第五元素（アイテール）が、基底状態にならない限り不可能だ。

たとえ、それをVRでの視覚情報として処理し、完全な客観性のあるEXPとして解析を加えようが同様だ。そこからは二進性（バイナリティ）による四パターンがあることしか解らない。せいぜいが、BRで観測されたそれの存在の裏づけ程度にしかならず、解答にはならない。あまつさえ、絶え間なく変わり続け、あらゆるものを含む混沌（ケイオス）を決定的にすることはできない。

変動する動者の中で、デルシオは明確に己の存在を保持していた。

〝目標地点に到達しました〟

V＝Gの報告に、オウルが驚きの声を上げる。

〝早っ。もう着いたのかよ。さっき出て行ったばっかじゃねぇか〟

〝まぁ、ギャロップなら当然の速度だな〟

〝それにしても凄まじい。若、クールーも乗ってみたい〟

〝え。それはクルーフ次第ですけど……〟

〝私は別に構わないが〟

〝あ、ならオレも乗りてぇ〟

シドが「おい」と緩んだ空気をたしなめた。

〝無駄話はやめろ、ここからが本番なんだぞ。オウル、運用準備（オペレート）は？〟

〝若とクールーを並列にモニタできてる〟

〝クールーは？〟

〝いつでも情報空間（インフォスフィア）の帯域制御は可能だ〟

〝よし。始めろ、ヴェイ〟

〝はい。地母神（グレート・マザー）へアクセスします。クルーフ、代理接続（プロキシ）の接続孔（ポート）開いて〟

即座にクルーフは答えた。

〝接続番地（ソケット）の生成が完了した〟

クルーフの内部にアクセスする。カルテジアン劇場（シアター）の幕が上がった。全員がクルーフの身体を借りて、彼の中に住む小人（ホムンクルス）として別々のシネマを観劇する。上映プログラムは自分自身だ。はじまる作品の内容は、リアルタイムで作られていく。VR上の肉のない身体を動かす必要はなく、映像を作っているのは己だ。意識代替（スクリーン）はひどくぼやけた視野を映し出し、やがてディテールがはっきりとする。それは意識の器が変わったことによるオルタナティブな暗示効果ではなく、実際の入力結果だ。クルーフの情報座標儀(アトラス)との完全一致。情報空間(インフォスフィア)にクルーフの身体を経由したアバターが生成される。

〝カウントします。五、四、三……〟

「ひとつ訊きたい」

緊張が高まる減算(デクリメント)をしていると、突然私的(プライベート)エリアでダークスーツの少年が話しかけてきた。クルーフだ。思考と同じ速度での問いかけに、V＝Gは困惑する。

「え、なに、こんなタイミングに」

「なぜ嘘を吐いている？」

意表を衝かれて、V＝Gは空(ブランク)っぽじみた顔をする。ばつが悪そうに苦笑した。

「何のことか判んないよ、クルーフ。どういうこと？」

「フィルを助けるということについて。そんなことは不可能だということは、君が一番理解しているはずだ。だから、それがどういうことかと訊いている」

「……どうもこうもないよ。ボクは、助けに行くんだ。ヴェイキャント＝ギルドとして、助けに行かないと、いけないんだ……」

「だがしかし、君は」

V＝Gはクルーフの言葉を遮った。

「あとにして。もうカウントしてるんだから。クルーフだって、止めるつもりはないから、このタイミングで訊いてきたんでしょ？　だから、あとにして」

クルーフは、ほんの少しだけ目を細める。すぐにいつもの無表情な顔で私的エリアを去った。カウントを続ける。

〝二、一、接続開始〟

奥へ。

深く深く潜っていく。情報空間でもない、物理空間でもない、ただ純粋に事実として確立されている自分自身の雛形へと。何と呼ばれているものか。始まりの火か、充足した空気か、豊潤な水か、肥沃な地か。そのどれでもない。そのどれもがアルケーとはならず、表現が不足する。そこにあるものの名前で、最も一般的で、最も普及しているのは『生命』だが、あまりにも根源的であるがゆえに、それを『生命』と見做すのは難しい。KUネット上の情報通信が生物学の階級を元に階層構造化された、分類学参照モデルの域よりも上の階層にある場。『生命』という最高ランクでは、どうやっても対象の特徴が入り混じり、理解することは叶わない。

最下層に辿りつくと、そこでは『生命』という分類のみでしか自己を認識できず、自我が希薄になる。V＝Gという存在は、ただの個にしかすぎなくなり、そもそも己を見失う。しかしV＝Gは自我を保っている。ここで自我を失くすのは、実在が『生命』という性質にまで還元されているのが原因だ。一度ここを訪れたことがあるV＝Gは、それにどう対処すればいいのかを知っている。やり方は単純明快だ。自我に命綱（ライフライン）をつけて、階級（ランク）を下るたびにハーケンを打ち、カラビナをかける。命綱（ライフライン）を辿って自我は常に在り続け、喪失することはない。

地母神（グレート・マザー）はすぐそこにある。本来は『生命』というプロトコルを通してのみ行う不随意的な基幹入出力器官（BIOS）は始原的で、何の手も加えられていない原石の情報を渡してくる。それがやがて無意識を通り、意識にまで浮揚し、様々な形にカットされる。情報の屑はレスポンスとして地母神（グレート・マザー）に戻り、処理を行う。返却されたもので地母神（グレート・マザー）は何を思うのか。それは誰も知らない。母なる大地という生命が、どのような活動をしているのかを知ることができる人間は存在しないだろう。

周囲には流星群が巡る。天上から下り、地下から上る。闇夜のような空間の中で、情報の瞬きだけが光を灯す。満天の星と、それを映し出した湖上に立つようだった。遠くには長時間露光（スローシャッター）の風景が広がり、輝線が引かれている。

V＝Gは一歩踏み出す。入力（インプット）。要求（リクエスト）は混沌（ケイオス）への経路（ストリーム）データ。応答（レスポンス）は即座にあった。足元から立ち上ってきた情報の入力を受けて浮上する。

以前と同様、身体が麻痺したように曖昧だった自我の輪郭が突然に瞭然となると、V＝Gは言う。

〝混沌（ケイオス）の経路（ストリーム）データの取得に成功しました――捕捉します〟

一気に展開する。全員がV＝Gの開いた路線（ライン）を、クルーフを通して認識する。唐突なことにオウルが間の抜けた声を出す。

〝へ？　何、もう混沌（ケイオス）へ繋がれんのか？〟

〝はい。地母神（グレート・マザー）へのアクセスはもう終わったので〟

シドが関心を示す。

〝オレが情報魔術を使うときとは随分違うな〟

〝さすがだ、若。何をしたかクルーには全く解らなかったが、すごいのは判った〟

〝あー……いえ、ボクの能力は関係ないですよ。方法さえ解れば誰でもできます。情報魔術がどういうものなのかは知らないですけど、ボクは複雑なことはせずに、ただデータを要求しただけですから〟

シドが言う。

〝方法は気になるが、ともかく第一フェーズは完了だ。第二フェーズに入るぞ。クルーフ、準備はいいか〟

〝できている〟

〝状況開始（イニット）〟

まるでマントルのようだった。

　暑さはないが、熱はある。情報の熱量。情報だ。情報しかない。それ以上でも以下でもない、まだ何ものにも成っておらず、そこに在るという根源だけを保持している。この場所には形象はなく、具象もない。抽象すらも捨象（しゃしょう）した事象が敷き詰められている。突然、我は何者かという問いが浮かび上がる。更に一歩踏みこまれる。何とするこれは何だ。さっきまでの自己は正しい存在だったのかが解らなくなる。ここにはすべてが在るが、何もない。だというのに、我はここに在るのだろうか？　我を象（かたど）っていたものは、ここに在るものだ。だがそれは、ここでの在り様が最も自然だ。完璧にして比類ない全なる一。それに対して我は何と不自然なんだろう。完成されもしなければ、完全になることもない。到達のない存在が、どうして発生してしまったのか。これは誤謬だ。なんて嫌らしい。認識することに耐えられない。これ程の無欠を前にして我を保つことなど、できるわけがない。

　魂（ゴースト）の形態（ゲシュタルト）が崩壊する。

　いや違う。

　ここにいる。

　我と認識しているではないか。

　少なくとも、死にたいと思ったことはない。生きていたい。死にたくない。

〝自我（エゴ）が安定するまではあまり直視しない方がいい〟

　クルーフの声で全員が我に返る。情報空間（インフォスフィア）上で見失っていた自己認識を捉えて、その場にはっきりと自分の姿があることを自覚する。そうだ、これは自身が見ているものではなかった。クルーフを経由しているものだ。

V＝Gは辺りを見回す。情報量が無限に増大している混沌の中で、無事にシドたちの姿を認めた。

〃うえぇ……なんだよ今の……酔うわ〃

オウルが冗談めかしながらえずいたが、その声色は本当に気分が悪そうに低かった。

〃混沌症候群一歩手前、ってところか。意識が転がったからな〃

〃どことなく、混合麻薬を摂取したときと似ている。トリップのようでクールーは割と楽しかった〃

〃阿呆〃

シドとオウルが声を合わせた。

いや、とクルーフが言う。

〃彼女の言うことを一概には否定できない。向精神性の作用によって、意識がここに迷いこむことはありうるのだから。人間はそうして、いわゆる神秘を感じたりする。その際には、混沌に呑まれる直前の放射として、論理化された魂の形骸を垣間見ている〃

〃んなことはどうでもいいんだよ。今はそれより、ここでやることの方が先だ〃

オウルは眼前の混沌を見渡して、その広大さに気圧されて怯む。無理もない。ここからフィを探し出すなど、到底無理なように感じても仕方がないだろう。そもそも、情報の何もかもがありすぎて、何もないのと区別がつかない。調べようにも、一体、何年――いや、何百年かかるだろうか。

〝若、どうやってお嬢をここから探し出すってんだ？　手掛かりも足掛かりもねぇぞ〟

オウルの問いに、シドとクルーも同意見を示す。

〝それは……〟

と、V＝Gは口ごもる。その表情に罪悪感のようなものを浮かべ、何かを言おうとするが、言葉を濁しているのか、それとも躊躇っているのか、要領を得ない呟きを漏らす。

〝答えられないのならば、私が回答するが〟

クルーフが事情を把握している口ぶりで、特に他意のない提案をした。

〝クルーフは黙ってて！　何も解ってない、クルーフは何も解ってないんだから！〟

情緒不安定な突然の大声に、大人たちは驚きと訝しみの混じった、不安気な視線を向ける。クルーフは特に気にすることもなく、「了解した」と引き下がった。視線に気がついて、V＝Gは苦虫を嚙み潰したような顔をしながら、決心したように言った。

〝ごめんなさい、シド先生、オウルさん、クルーさん〟

〝……どういうことだ、ヴェイ〟

〝ボクは――〟

転調。

意識がBRに引き戻される。急激な主体の変転に瞠目する。デルシオのコックピットの中だ。並列意識が、こちら側に向いている。

「クルーフ！」

〝原因は彼らだ〟

クルーフは即答して、デルシオの身体を少し動かした。V＝Gの視界にも、デルシオとリンクして原因が映る。

黝い騎士。

それがギャロップだということはすぐに判った。

ナイト・バードともデルシオとも異なり、細く引き締まったシルエットの鎧だ。小さな何枚ものプレートを、人体の構造に沿って重ね合わせていったような形をしている。何度も成長した結晶が、身体を覆う層になっているようだ。そしてなによりも、その印象は全身が鋭利で、鍛えあげられた刃物のように美しくすらあった。

「あれって……」

〝序列第三位国家『イラ』の象徴機体。型番はSD-1/IR。モデル名は国家名と同様だ。搭載されているのは〈憤怒〉の概念のテロル。先程、威嚇目的の攻撃をしてきた〟

「お、追ってきたってこと？」

クルーフは少し沈黙し、間を空けて答えた。

〝そのようだ。通信が入っている。繋げるか？〟

「……繋げて。判らないことが多すぎる」

ホワイトノイズが走り、すぐに相手の声が聞こえてきた。

〝よぅ、初めまして、両性具有者(アンドロギュヌス)。それに、序列第八位機体。僕の名前はクロノだ〟

〝あ——貴方は、何が目的ですか？〟

〝おいおい、折角こっちが名乗ったのに、そっちは名前も教えてくれないの？　せめて自己紹介はちゃんとしてくれよ。そうすれば、オレの目的は教えてあげる。別に隠すつもりもないしな〟

お道化(どけ)たような相手の口調に、V＝Gは戸惑う。クロノという名前は、さっきまでシドと戦っていた軍人だ。自分とデルシオを追っていたという話だったが、クルーフはその問題は解決したと言っていた。何が何だか状況がつかめない。

V＝Gは混沌(ケイオス)の中にいるシドたちに通信を試みた。繋がらない。なんで？　通信妨害(ジャミング)されている？

「クルーフ、シド先生たちと連絡が取れない！」

〝テロルにより、君だけ私の代理接続(プロキシ)から強制切断(アボート)された。再接続は困難だろう。彼らとの接続はまだ有効だが、簡単なメッセージを送る程度しかできないだろう〟

V＝Gは唇を噛む。目の前の軍人を相手にしないと事態は進められないらしい。

〝……ボクの名前は、ヴェイキャント＝ギルドです〟

〝はい、どうも。よろしくね、ヴェイキャント君。じゃあ、私の目的を教えてあげよう。戦争だよ〟

疑問の言葉すら口にならなかった。

戦争？　自分に言っているのか？　いや、この場合はギルドに、だろうか。だがしかし、確かクルーフやシドが言っていたはずだ。ギルドは国にはなったが、戦争をすることはないと。V＝Gはクルーフに問いかけるようにコックピットの中に視線を漂わせるが、何も答えない。

クロノはそのまま続けてこう言った。

〝さぁ、世界で一番小さい戦争をはじめようじゃないか〟

第五部　世界一小さな戦争（ミニマム・ウォー）

30

クロノは問答無用で攻撃してきた。

イラはギャロップの速度を遺憾なく発揮してデルシオに襲いかかる。大きく予備動作をつけて、刃じみた拳を叩きつける。クルーフがデルシオの身体で真っ向から受け止める。相手の右拳を左手で止めると、亜音速の運動エネルギーが行き場を失って地面を割った。

基本的に、ギャロップは銃火器や白兵武器を持たない。現在の人類の技術では、混沌(ケイオス)に耐えうる情報強度(インフォテンシティ)を持つ武器を製造できないからだ。それでも高速で移動する動体が持つ運動エネルギーは、兵器として十分な威力を持っている。

V=Gは反応できなかった。知覚できたときにはすべて終わっていた。クルーフが反応してくれたお陰で、どうにかなっていた。

イラはすぐさまデルシオの左手を振り払って距離を取り、こちらの様子を窺ってくる。

V＝Gがあまりのことに動揺しながら言った。

〝な、何で、こんな。戦争ってどういうこと!?〟

〝いやいや、戦争ってのは事実上の比喩さ、ワタシにとってはね。俺の目的はただ一つ、〈妄想(デルシオ)〉っていう概念(コンセプト)と、その根(ルート)を排斥することだけだ〟

クルーフが疑問を呈する。

〝私は他の国家たちの承認を得て、ギルドを序列に載せたはずだが〟

〝だからさぁ、言ってんじゃん？ そういうの、関係ないんだよね、アタシには。テメェみたいな創出された不自然な概念(コンセプト)は、存在してちゃいけないんだよ。集合的無意識から自然発生した、感情が元になっている他の連中ならいざ知らず、〈妄想〉は人類の知性が作りだした概念(コンセプト)だ。ただでさえ失敗したこの惑星が、ますますぶっ壊れる〟

まったく、とクロノは無知な相手に苦労して判りやすく咀嚼して話すように、言葉を選ぶ。

〝地球全体に混沌(ケイオス)が充ちて、ようやくまともな状態にキャッチアップできるかと思ったら、現れたのがあなたたちだ。しかも、話によると根(ルート)はもう一人いるみたいで、今から混沌(ケイオス)から引っ張り出そうとしているとか。ヴェイキャント君の、その両性の片割れだろ？ よろしくない〟

イラが跳んだ。いや、登った。ギャロップの標準出力経路(チャネル)から、混沌(ケイオス)へ情報量減少命令(エントロピーコマンド)

を送る。無限に満ちるエネルギー自身がマクスウェルの悪魔の振る舞いをし、凝集した混沌(ケイオス)から複合ハニカム構造の〝壁〟を取り出す。イラが足を踏み出す度に、その足元には〝壁〟ができる。〝壁〟はすぐに崩れて消える。それを踏み、宙を駆け上がるイラの姿は、まるで空間にダイラタンシー現象を引き起こしているかのようだった。

重力を無視して、亜音速でイラは空中を縦横無尽に跳ね回る。動きが速すぎて、どこから攻撃を仕掛けてくるのか予測できない。

一瞬の逡巡の間にイラはこちらの真上にいた。相手は〝壁〟を蹴って落下に勢いをつけて踵(かかと)を振り落とす。対応してクルーフがデルシオを動かす。落下物に対して手を翳(かざ)し、攻撃を受ける瞬間に三枚の〝壁〟を作った。障害物はたやすく砕かれたが、攻撃の勢いも削いだ。蹴りを受け流すと、イラは再び距離を取る。

「い、今の何？　混沌(ケイオス)を踏んだ？」

状況についていけないV＝G(AS)が驚きの声を上げる。

〝いや、固めたのだ。原理は人工太陽と変わらない〟

混沌(ケイオス)とは、系のすべての基本単位である有性粒子(モルフェウス)により記述されている情報量(エントロピー)が無限に増大している状態を指している。有性粒子(モルフェウス)は、相互に干渉することで場と波を発生し、あらゆる性質――素粒子を生み出す。故に混沌(ケイオス)に触れたものは、その情報量(エントロピー)が乱され、増大し、塗り潰され、呑みこまれる。混沌(ケイオス)という雑音(ノイズ)の中でも聴き取れる旋律か否かが、情報(インフォ)

強度という指標だ。混沌の情報量を任意に減少させ、目的のものを抽出する技術自体は珍しくはない。それは有性粒子を理解していなくとも、情報の入力という単純な操作で効果が現れるからだ。人工太陽に代表されるように、混沌から天然資源を確保することでライフラインは保たれている。情報の形式は問われない。混沌はあらゆる実在に反応する。

イラもデルシオも、そうした操作で有性粒子の単純な整列化を行い、巨視的な場を生み出したにすぎない。生み出された場は、すぐにまた混沌に呑みこまれるが、また情報量の減少に用いるエネルギー自体も、悪魔が潜む情報力学機関が無尽蔵に生み出せる。

〝どうやら、ヴェイキャント君はまだ自分の機体を上手く動かせねぇみたいだな。都合がいい、まさに潰すなら今だ〟

〝ま、待ってください！　なんでこんなこと……ボクは別にギルドが国になったとかはどうでもいいんです!!　それがいけないことだったら、クルーフに元に戻させますし、クルーフには悪いけど……デルシオも渡します。ただ、ボクは混沌から助けないといけない家族がいるだけなんです〟

〝だから？〟

〝え……〟

〝いや、だから何？　見逃してくれって？　見逃すわけないだろ、出現したことがすでに問題なんだよ。存在することが問題なんだよ。いいか、ヴェイキャント君？　俺は、間違いはすべて正すのが目的だ。だから、君も、デルシオも、君が助けようとしている奴のことも、一切合切を削除する〟

駄目だ。V＝Gは失望にも似た焦燥を抱く。対話になっていない。一方的だ。何を言っても意味がない。だったら、今自分がすべきことは何だろうか。一つしかない。ここから逃げて混沌（ケイオス）での仕掛け（ラン）を続けることだ。

あぁ、それとね――クロノがV＝Gの思考を中断する。

〝混沌（ケイオス）から、もう一人の根（ルート）を引っ張り出させもしないからね。この場をなんとかできたとしても、すでにあっちには怖い怖い獣が向かってるから〟

〝――それって〟

〝多分VR側の奴らは全員死ぬ、ってこと。獣ってのは、ギャロップの搭載人工知能（AI）だ。腐っても軍用兵器だ。どんだけ抵抗できると思う？　できるわけがねぇな〟

V＝Gは言葉も出なかった。血の気が引いていくのがはっきりと判る。相手は本気だ。脅しではない。危険が迫っている。V＝Gが震える唇で意志を言葉にする前に、クルーフは答えた。

〝すでに向こう側へ警告はした〟

「……すぐに混沌（ケイオス）にアクセスし直さないと」

〝交戦しながらでは不可能だ〟

クルーフの返答と同時に、再びイラが攻撃を繰り出す。〝壁〟を蹴って直線に距離を詰めてくる。その勢いを載せて大きく振り被った右拳で殴りかかってきた。デルシオは盾代わりに〝壁〟を使ったが、もろともに吹き飛ばされる。崩れた体勢をすぐに戻した。大きく揺れるコックピットの中で、V＝Gは歯を食い縛る。

「ここから逃げてクルーフ！」

〝それも不可能だ。彼らから逃げることはできない〟

「なんで！」

〝彼らの方が戦い慣れている。逃げた場合、三百秒以内には追いつかれるだろう〟

体勢を立て直したのと同時にイラが迫ってくる。デルシオは彼我の間に〝壁〟を作り、それを障害物にしつつ蹴って移動し、間合いを一定に保つ。

V＝Gはコックピットを意味もなく叩く。

「それなら倒してよ！　逃げられないなら、倒して!!」

〝無理だ。交戦した場合、勝利する可能性はゼロパーセントだ〟

「ゼロって……！　こういうとき、アニメや漫画でも、コンマ数パーセントの勝率は残ってるものでしょ!?」

〝ゼロパーセントだ。結論を言うと、私たちは彼らに勝てないし、逃げることもできない〟

「どうして⁉　同じギャロップなのに……あの人が軍人で、象徴機体（シンボルズ）っていうやつだから？」

〝それも原因の一つだが、最大の原因は、君が嘘をついていることだ〟

V＝Gは予想外の言葉に苛立ち顔を歪める。なぜ、今そんなことが問題になるのか。クルーフの言っていることが無茶苦茶すぎて理解できず、不満をぶつける。

「そんなの関係ないでしょ‼　どうしてボクのことが出てくるの？　クルーフ、何考えてるのか全然判らない……」

段々とイラが近づいてくる。クルーフが〝壁〟を作る呼吸（タイミング）を掴んだのか、障害物が発生する前に迂回して別方向から迫る。黝（あおぐろ）い騎士がデルシオを捉えて必中の距離で貫手（ぬきて）を繰り出す。ひっ、とV＝Gが細い悲鳴を上げたが、相手の攻撃は届かなかった。クルーフが〝壁〟でイラの前腕を巻き込み止めている。

〝君が嘘を吐いていることで、我が根（ルート）とならない。不完全だ。本来、このデルシオは君が操縦したものを、私が概念（コンセプト）としてバックアップすることで象徴機体（シンボルズ）としての性能を真に発揮する。私は、概念（コンセプト）は、常に遣われるものだ。本当に君が動かさなければ意味がない〟

クルーフは、デルシオの動きを止めて、相手の目の前に棒立ちになった。

〝この場を切り抜けるには、君が嘘をつくことを止（や）める必要がある〟

目と鼻の先に敵がいる緊張状態でV＝Gは呼吸が荒くなる。このままでは死ぬ。死んでしまう。自分だけではなく、いまだに混沌（ケイオス）にいるシドもオウルもクールーも。心臓の鼓動が速い。いやに大きく聞こえる。息をして舌が口の中で唾液を粘つかせる音が気持ち悪い。過呼吸に近く身体が酸素を求める。落ち着け。落ち着かないと。

V＝Gはリズムを崩して一度大きく息を吸い、吐き出した。

「……駄目だよ」

それでも、とV＝Gは呟く。

「ボクは、ボクじゃないといけないんだ」

〝残念だ〟

クルーフは淡々と答えた。

〝んー、鬼ごっこは終わりか？〟

クロノがふざけた調子で訊いてくる。

〝なら、そろそろ大人しくなってもらうぜ。うちの概念（コンセプト）も、我慢の限界みたいなんでな。テロル、もういいぞ〟

〝――ありがとうございます、クロノ。遠慮なく〟

そう言う女の声が聞こえると、イラは虚空から――いや、混沌（ケイオス）から剣を取り出す。

〝壁〟とは異なり、すぐに霧散することもなく、実体を保ち続けていた。途方もなく美しい刀身。自らを危険に曝す対象への抵抗の証。〈憤怒〉を具現化したような、剣という概念そのものが形になったような滑らかな刃。

あの剣で斬れない物質は、おそらくこの世に存在しないだろう。簡易的に生成されていた〝壁〟とは違い、高い情報強度のあるものだ。人類の技術では生み出せない武器。それを扱えるということは、今まで相手は本気でなかった。遊ばれていた。

〝我が国を返してもらうぞ、クルーフ〟

イラがデルシオに剣の切っ先を突きつけ、テロルが言う。

〝国家としての立場のため、一度は序列を容認したが、クロノが行動を起こした今、私は怒りを抑える必要もない――貴様を斃す〟

〝好きにするといい。私は君たちには勝てないのだから〟

「クルーフ！　そんな簡単に諦めないでよ!!　まだ何か方法があるはずでしょ!?」

V＝Gの悲痛な叫びを聞いても、クルーフは変わらぬ調子で平然と答える。

〝ない〟

「――だ、だったら！　せめて混沌にいるシド先生たちだけでも……」

〝それも不可能だ。接続代理となっている私が、彼らに直接できることはない。彼ら自身で危機を脱するしかない。それに、私がテロルに斃された時点で、彼らは接続代理である私の情報強度の保護を失い、混沌に呑みこまれるだろう〟

「そんな……」

V＝Gは愕然とコックピットにしがみつくように崩れ落ちた。

「何でこんな……また、ボクのせいで……」

失意の底で涙声で呟くV＝Gをかたわらに、クルーフは言う。

〝終わりにするといい、テロル〟

〝潔い〟

テロルが言うや否や、イラは刃を走らせる。剣を三度振るい、右腕、左腕、両脚とすべて一太刀で斬り落とす。されるがままにデルシオはその場に転がった。身動きの取れなくなった相手に対して、見下すようにイラが首筋に剣を当てる。

〝最期の言葉を言え。我が国に刃向かった貴様の末路を歴史に刻む〟

〝私にはそんな感傷はない〟

〝では、今の世に踊らされた哀れな子供よ、何か残す言葉はあるか〟

なんなの……、とV＝Gは小さく言う。言葉の意味を汲み取れなかったテロルが、不思議そうにイラの首を少し傾げた。

〝アナタたちは一体何なのさ……無茶苦茶だよ、こっちがやろうとしていることと、別に全然関係ないじゃん……存在しちゃいけないとか、いきなりそんなことを言ってきてさ。家族を助けることがそんなに悪いことなの？　どうして——なにこれ意味わかんないい〟

V=Gは恨み言をただぼそぼそと呟くだけだった。その言葉に意味はない。現実から逃避しているだけなのだから。

〝済まないが、理解できなかった。言いたいことがそれだけならば、終わらせよう〟

イラが剣を構えた。首を斬り落として介錯にも似たとどめを刺そうとした直前、イラのコックピットが開いた。

〝クロノ、突然なにを？〟

イラの胸部にあるコックピットから、パイロットスーツを着たクロノが出てくる。混沌（ケイオス）にじかに触れているはずだが、スーツの情報強度（インフォテンシティ）は高いらしく、平然としている。

「いやいや、ヴェイキャント君の言うことは一理あるぜ、テロル。知る権利はある。だからボクが何者か、教えてやろうと思ってな」

クロノはイラのコックピットから昇降索（ウインチ）に足をかけ、デルシオの上に降りる。そのままデルシオの上を歩いていき、ちょうどコックピットの真上で歩を止めた。中を覗きこむようにして言う。

「やぁ、ヴェイキャント君。アタシが何者か知りたいんだって？」

V=Gはコックピットの中からクロノの姿を見上げる。すでにすべてを諦めてしまった目で、ぼんやりと眺めるだけだった。

「いいよ、教えてあげる。だからよく見ておいてね。混沌（ケイオス）の中でしかできないことだからね」

クロノは何の迷いもなくヘルメットに手をやった。そして混沌（ケイオス）から自分を守るためにつけているはずのそれを外して、自分の顔を露わにする。

「これがオレの正体だ」

V＝Gはそれを見た。即座に見てはならないものだということが判った。だがすでに遅い。直視してしまっていた。脳が耐え切れないものだと警告を上げている。そこにあるのは認識してはいけないものだ。肉体的な理由ではない。精神的な理由でもない。それがあるという情報の入力があまりにも大きすぎて、自我（エゴ）が耐え切れないのだ。V＝Gは、ふと益体（やくたい）もないことを思った。

神様を直視するってこんな感じなのかな？

発狂した。

物理空間と情報空間（インフォスフィア）の境界が失せて並列していた意識が交錯する。色と形と大きさを持つ空間に配置されているひとつの事象から、同時に複数の表象が現れる。やがてそれらは混じり合い、焦点を合わせたように曖昧な状態で落ち着く。世界から一切の性質が取り払われ点描となった。最も高い粒度の風景。系の中で培（つちか）われた認識に依存しない、像を結ばないあらゆるものの実像が見える。物質と精神の中間。混沌（ケイオス）。安心する。ここではすべてのものが純粋な状態でしか見えない。恐怖も幸福もない。起きた出来事はあるがままに流れていき、自分自身もその流れに身を任せればいい。静安(アタラクシア)の領域だ。

——フィ。

音が聞こえる。親しみのある響きがこもっている。感情の琴線が共鳴した。点描の世界が共振して形を変える。見覚えのある具象。名前——それと、声、だ。

——諦めるにはまだ早いよ。

誰かの声が語りかけてくる。どこから話しかけられているのかは判らない。しかし確実に自分に向けられたものだと解る。誰の声だろう。聞き覚えがある。心象が浮かび上がる。家族。ずっと一緒にいた少年。

ヴェイの声だ。

思い出した瞬間に涙が溢れてきた。どうやって泣いているのか判らないけど、目が熱い。頬が濡れている。会いたい。世界のどこにいるのか判らない彼に会いたい。

——こっちだ。そこから出て。

呼ばれている。

行かないと。

そこに彼がいるのなら。

31

「まず大前提としてお前らは勘違いをしている。この宇宙はただの四次元時空のシミュレータに過ぎない。そもそもお前らが認識している生命は間違いだ。地球惑星が誕生した四十六億年前は誰もそんなものが出現するだなんて思ってもいなかった。有機物からできている生命体だぞ？　当時の地球からは到底考えられもしない。あの頃は炭素がどうのこうのとかいうレベルじゃなくて、ただただ熱いだけだったからな。当然ながら、その後に落ち着いたらそれなりに変化はあると思っていたさ。実際、旧文明でいう海やら大陸やらができたからな。もちろんそれが後々（のちのち）で、お前たちが勝手に名づけた生命居住可能領域（ハビタブル・ゾーン）だなんて定義に当てはまるもんだとは、思いも寄らなかった。だがな、そのときはそれなりに思ってはいたのは確かだ。『あ、ちょっと珍しいじゃん』ってな。けど、問題はその後だ。あとは勝手に地球は、この宇宙の中で完成されたひとつのモジュールである終末態（エンテレケイア）になるまで、ゆっくりと単体のシステムを成長させるのを待って、あとはこのシミュレータ時空を造った高次（メタ）のやつらがシステムを活用して四次元の事象を演算するのを待つだけのはずだった。ここで一つだけ注意しておくとだな、ここで言ってるのはあくまで地球単体で、って話だ。ガイア理論なんてふざけたロマンチストたちの統制システムモデルの出る幕じゃない。四次元時空の物理演算に生物なんていなくても大丈夫だからな。ところがどうした、海ができた頃に何だか有機物のゴミ屑が集まってきて、気がついたら何か変なものができ上がってるじゃねぇか。びっくりしたよ。だって勝手に動くんだもん、あれ。しかも滅茶苦茶小さくて、安定しちまった地球の中から全部が全部を取り除くのは無理そうときた。っていうか、やりたくなかった。判る？　一本の針でひたすらロングサイズキングベッドに繁殖したダニを全部殺していくようなもんだぜ？　追いつかねぇよ。しかも地球のシステムも、そんな超極小規模での操作は考えてもいなかったし、できるわけもなかった。一応何回か試したんだよ、大がかりな駆除作業。でも完全に駆除するのは無理だと思ったから、もうやらないことにした。外部業者さんに頼んで隕石じゃなくて小惑星でもぶつけねぇと、到底無理。しかもそんなことしたら、地球が壊れること請け合いだ。結論として生態系と同規模に作用する免疫システムでも作ってみようか、ってことになって地球上の生命を使っていくことにした。そうして生物を駆除するためにできたのが『クロノ＝ソール』っていう代理構成体(エージェント)だ。ちなみに、ここでは生命の起源がどうだとか言う必要はないし、つもりもない。そんなもんは自然発生説だろうが化学進化説だろうがパンスペルミア説だろうがどうでもいい。焦点を当てるべきなのは、有機物のゴミ屑が自分たちを生命だと思うようになっちまったってことだ。グロテスクな話だよ。だって、そうだろ？　たとえば週末に溜まった生ゴミが勝手に動き出して『私は貴方たちと同じ人間だ』とか名乗ったらどうするよ？　しかも増殖するし、バリエーションも多数ある。その上、一部のやつらは文明とか意味不明なもの作り出してグロすぎる。いや、大変だった。何が大変だったって、お前ら生命ってやつのイレギュラーっぷりが。元々は地球を終末態(エンテレケイア)として構築するために取り寄せたCEMが、いろんな反応を引き起こすのなんのって。魂(ゴースト)とかいう謎のリソースを、全く意識してないくせに反応させて平然と世界系の壁を越えて多世界解釈の媒介者(ベクター)になるし、挙句の果てには自分たちの身体の代替物にCEMを使って、専用のネットワークを作り出しつつ、とうとう地球の生得観念(OS)を利用できるやつまで出てきちまった。駆除作業に加えて処分しないといけないものが、どんどん増えていきやがる。科学技術によって世界を解釈しようとした知的欲求の果てに、混沌(ケイオス)なんてものを生み出したときは、どうしようかと思ったよ。高級言語のプログラムのソースコードに、〇と一で書かれた最低級言語が突然現れたわけだ。『存在(it)は(from)ビットから(bit)』とはよく言ったもんだ。おめでとう。ある意味でお前らは世界の真実の姿を捉えたよ、自爆したがな。でもまぁ、そのおかげで今のこの混沌(ケイオス)を満たした環境ができ上がったんだから、どっこいどっこいだな。そんなこんなで人類はいろいろと発達してきたわけだが、その中で特に精神的な発達がよろしくなかった。自分たちの起源を探し出したりするところまでは、よかった。それによる副産物としての技術発展は十分にあったからな。その分、システム側でも駆除作業がやりやすくなって楽になる。ただ、ちょっと形而上学的に脚色するのが相変わらず人類の悪くて面倒臭いところだ。共通祖先(ウル・オルガニズム)とやらを見つけたとしても、別にあれはただのゴミ屑だし、それに勝手に学術的価値を見出そうと、結局は生命を錯誤しているってことだからな。おそらくそのせいでイレギュラーの出現にいとまがないし、抜本的解決の妨げになっている。その最たるものが『進化』って考え方だろう。まぁ、別にあのイギリス人が悪いって言ってるわけじゃない。そういう性質に気づいていながら、それの無意味さをいつまで経っても理解しない人類が悪いんだ。あぁー、結局人類が悪いから、あいつも悪いのか。とにかく、何でか知らんが、進化という適応の変化を盾にして、いつまで経っても完成しない自分たちを直視しようとしない。あまつさえ、生きることそのものに意味があるとか言い出す輩(やから)もいるからな。そうそう、人間から完全な……何て言ったかな……そう、神になろうとか言う馬鹿もいたな。これは逃避や反抗の虚無主義(ニヒリズム)とは違うぜ？　大前提から間違っているってことだからな。そこで何でそんなことが起きるのか考えてみると、理由は簡単だった。『時間』って考え方だよ。これはほぼ進化と同義だと思っているんだが、人類の中では、どうにもあまり結びつきは薄いらしい。こいつのせいでいつまで経っても終わらないものに対して、無意識に線表を引いちまっているらしい。つまり進化に何かしらの段階があると考えている節が見られる。当然だがない。なぜって、そもそも人類の進化ってのは、猿の時代の機能を退化させているだろう？　でも必要になればまたそれを進化させるはずだ。あるいは、もっと全然違う形質を獲得するかもしれない。この時代に至っては、遺伝形質は弄り放題だしな。それにこの段階まで来た技術なら、もうあらゆる自然環境に適応するための肉体は簡単に作り出せる。お前たちはあと百年もしないで混沌（ケイオス）で生きていくための肉体も手に入れることができるだろうさ。常識のお話になるが、進化の対義語は退化じゃない、無変化だ。変化がなければ完成することができないのは当たり前だが、じゃあ進化していれば何かしらの完成形があるか？　進化の目的は適応だからな、完成するわけがない。無限に変化し続けるだけの存在に終点はない。禅（ゼン）的だが、高次（メタ）を目指しているのが生命の目的だってのも誤謬の一つだな。だってお前らの成長方法って進化しかないだろ？　でも進化って適応だろ？　ここから見る高次（メタ）ってのは、そりゃあ文字通り次元が違うから完全無比なものに見えるだろうさ。だけど、最初からそうだったから、そうだってだけで、別に高次（メタ）に辿りついたわけじゃない。それ以前の問題なんだよ。『偉大なる知性』だと？　笑わせんな。曼荼羅は脳を刺激する落書きだ。子供が色硝子（ガラス）の欠片で作った万華鏡（カレイドスコープ）と大して差はない。永遠なんてものは永遠にない。時間の本質は変化だ。ただ変化しているに過ぎない。その変化量にラベルを貼った時間の経過で、世界はこんなにも変わるのか、だなんて感動したり、悲しんだり、哲学したりしているけどな、実際は何も変わってないからな。原子の配列が変わった程度で、そんなに大袈裟にすることはない。狂ったドイツ人が言っていた録画された世界観はちょっとだけ展開が楽しみだったが、結局あれも別に頑張って生きることに意味があるって言ってただけだしな。生命の肯定なんか意味がないのにな。時間に何を期待しているのかは知らないが、そんなものはない。ないものだから可逆も不可逆もない。唯一意味があるとしたら、数学の計算量に使えるって点だけだ。とっくの昔に見つけただろう？　プランク時間っていう最小の時間単位を。時間は不連続で、過去と現在と未来がいつ発生したかは判らない。時空間を記述した数式に入力された結果を、瞬間的に『現在』としてお前らは認識しているだけで、過去と未来に本当に前後関係があることを証明できやしない。小説に振られた頁数(ノンブル)を時間だと思っているが、物語の登場人物は、どの頁が読まれているかを知ることはできない。それ以上でも以下でもない。だけど人類はそれを拠り所にして、色々と生み出しやがる。そして色々と考える。ありえないことまでな。この偏執病(パラノイア)は知性特有のもので、いろんなものを捻じ曲げる。つまるところ、人類は精神を発達させすぎて種族全体で現実逃避をしていやがる。しかも手の込んだ妄想性のな。これがまだ喜怒哀楽みたいな感情に留まっているなら、別に基本的な化学反応のメタファー程度で済んでいたはずだ。それがもう歪曲しまくって、存在意義の不在を見つめないでクラインの壺状態だ。この重力的な心があるせいで、何もかも綺麗に収まりがつかない。だからそういう基本モジュール以外のものは消しておかないと面倒になる。その中で概念(コンセプト)たちは今までは全く知性に固執したものがなかったから安心していたんだよ。〈超越〉、〈復讐〉、〈憤怒〉、〈完成〉、〈独善〉、〈功利〉、〈官能〉……序列国家の概念(コンセプト)は、どれもニューロンの発火が元になった原始的な感情に根差すものだ。それがどうしたよ、お前だよ、〈妄想〉の概念(コンセプト)だ。一番よくないものがピンポイントで出てきた。弩級の悪性腫瘍を見つけた気分だったよ。しかもその起源は、最も判りやすい人類の偏執病(パラノイア)の症状の一つ、創作(クリエイト)じゃねぇか。それが今、たった今、目の前に世界に影響を及ぼすレベルの力として作用できるものになっているなら、放置できるわけがない。まったく、ほとほと嫌になってくる。どうしてお前ら人類っていうのは、そうやって次々と問題を起こせるんだ？　しかも自分で勝手に増殖していって、新しい問題を引き起こす。いくら駆除しても終わらないし、それがリアルタイムで種類を増やして変化していく。ウィルスの変異なんて目じゃない。自ら考えて行動して対応して無制限に症状を作り出していくんだ。たまに思うよ、お前らの言う時間って概念が実在したら、どんなにいいだろうかってな。そうすればこの阿呆みたいなやり取りも、詩的に済むってのによ」

　クロノは最後に道化た調子でこう言った。

「あぁ、誰か螺子(ねじ)を巻いておくれ。そうすればいずれ止まることもできるだろうに」

32

〝グルーフ！　ヴェイはどこに行った!!〟

シドの声は混沌(ケイオス)の中に吸いこまれていった。

〝反応がない……どうなってんだ〟

舌打ちして苛立つシドに、オウルが言う。

〝若の姿がいきなり消えて、強切（アボート）された感じだったな〟

〝それでどうする、チーフ・シド。ここから、クールーたちだけでお嬢を探し出すか？〟

いや――クールーの問いにシドは答える。

〝無闇に動かない方がいいだろう。なにせ、ここは混沌（ケイオス）だ。オレたちはなにも知らなさすぎる。ヴェイはまだいろいろと知っていたみたいだし、ここで待機してヴェイが戻って来るのを待った方がいい〟

〝けどよ、クルーフまで無反応ってのは、結構やべぇ状況なんじゃねぇのか？〟

〝もしもクルーフが死んでたら、オレたちはとっくに混沌（ケイオス）に呑みこまれてる〟

オウルが「そう言えばそうだな」と納得する隣で、クールーがシドに意見する。

〝ここで待機するメリットは何だ？　クルーフの代理接続（プロキシ）を終了させて、混沌（ケイオス）を出た方がいいのでは？　ここは広すぎるし、何より――〟

不安だ、と彼女は遠くをじっと見つめる。

混沌（ケイオス）は超臨界流体のような情報だ。液体のように高密度でありながら、気体のように低粘度。その中では身動きが取り難いが、まったくまとわりつかず、中にいることを感じさせない。そしてあらゆるものに指向性を見せる。クルーフの高い情報強度（インフォテンシティ）によって保護されている今は、存在は保たれているが、意識(ソウト)への反応は抑えられていない。こうして話しているだけでも、微妙な変化を見せて流動する。こちらをずっと窺っているかのようで、たまらなく不快だった。

〝お前の気持ちは判る。確かにここは気味が悪い。だが、オレたちは単独でここに来ることができない。このままクルーフと連絡が取れないままだった場合、フィルを助けるチャンスを失う〟

〝だが、もしもクルーフが死んだ場合はどうする。クルーたちはなす術もなく、混沌(ケイオス)に呑みこまれることになる〟

〝凄腕(ホットドガー)なら自分で何とかしろ〟

投げやりなシドの言葉に、オウルが不平を漏らす。

〝うわ……この指揮運用(コマンダー)最低だな……〟

〝いや、これはチーフ・シドからの信頼だ。もちろん、クルーは猛禽類と違って自分で何とかできる〟

〝いやオレもできるけどよ……〟

〝むしろそんな簡単な非局所制御(トライ・キャッチ)ができないとは言わせないからな。さっさと準備しろ〟

シドの言葉に応えて二人は道具の製造(コーディング)を始める。同時に、混沌(ケイオス)の様子が変わった。磁気に反応する砂鉄のように、こちらに刺々(とげとげ)しくなんらかの情報が向けられる。

これは――そう疑問に思う前に本能が理解した。

物理作用体（フィジカル・オペ）、精神作用体（メンタル・オペ）にかかわらず、混沌（ケイオス）は敏感に刺激を受ける。強い感情は如実に混沌（ケイオス）に表れる。隠しようのない情報として影響し、その性質はその場にいれば即座に伝播する。

殺意だ。

次の瞬間、クルーが死んだ。

死が広がり周囲が一気に無色に塗り潰される。押し寄せる根源的な闇への恐怖と厭悪（えんお）の似た津波に耐えると、すぐにそれは引いた。混沌（ケイオス）が元に戻った反動で足元がすくわれ、生死の狭間に転落していく。

〝畜生ッ！　死んだ、死にやがった！　殺されやがった!!〟

オウルが喉が張り裂けかねない勢いで意味不明な叫び声を上げる。数瞬の間、シドは落下感に呆然としていたが、すぐに我に返り起動（ラン）コードを口にする。

『反復遅延因加速（ACCEL）』が走った。

急停止した時間の中でシドは襲撃者の姿を探す。混沌（ケイオス）の残滓から殺意を追うとすぐに相手は見つかった。

怪物と見間違える。

軍人時代の知識がそれが獅子（レオ）という獣であることを教えた。巨大な肢体に分厚い筋肉がつき、鋭い爪で簡単に他者の肉を引き裂く。絶滅した動物であり、そのＤＮＡは戦闘用の人工知能(AI)のモデルにも使われている。

　シドは相手の正体を見極めようと獅子に接触(アクセス)する。遅延した時の中でなら脅威には至らな――しまった。シドは己の迂闊さを後悔した。多重攻性防壁(MRB)。まずい。触れてしまっている。

　接触を絶つのと同時に『反復遅延因加速(ACCEL)』を止めた。敵性を探知(シド)した防壁が対象をトレースして破壊しようと光速で襲い来る。破壊が全身に伝わる前にシドは獅子に触れた左腕分のリソースを強制消去(バージ)した。ＢＲ側で激痛が走る。左腕が収縮と硬直を繰り返して痙攣し、筋肉繊維が千切れる音がした。意識(ソウト)が一瞬、あちら側に引き戻される。左腕が骨を引き抜かれて焼鏝(やきごて)を突っこまれたように痛み、内出血で全体が紫色に変色していた。

　シドは再びＶＲに意識(ソウト)を戻す。

〝シド！　あの化物をぶっ殺せ!!　攻性侵入素子(AIE)で情報屑(ガーベッジ)にしてやる!!〟

　オウルが怒り狂って、獅子に青い光を向けて攻撃しようとしていた。

〝やめろオウル！　そいつはギャロップの人工知能(AI)だ！　軍用機材(ミリタリウエア)だ!!〟

〝知ったことかっ！　あの化物はクールーを殺(や)りやがったんだ、殺り返さねぇと気が済まねぇだろうが!?〟

　オウルが獅子に向けてＡＩＥを放つ。青い光条は周囲の混沌(ケイオス)で減衰しながらも確実に相手を捉えて直進する。だがしかし、光が届く前に獅子はすでに動いていた。獣の脚力なのか、単純にギャロップの人工知能（AI）であるためなのか、獅子は一瞬で彼を噛み殺せる位置にいた。

〝な――〟

何だよこれ、とオウルが呟く前に獅子はその顎門（あぎと）を思い切り閉じた。

シドは『反復遅延因加速（ACCEL）』を起動する。停止した時間の中で、オウルの身体を引き寄せて獅子から距離を取る。時間の流れを戻した。がちん、と牙の音がした。オウルの首を噛み千切れずに、獅子は不思議そうにしている。

〝馬鹿野郎！　何してやがるんだ、敵うわけがないだろうが!!〟

何が起きたのか理解できていないオウルが唖然としていると、二人の下（もと）にクルーフからの押込通知（プッシュ）が届いた。『そちらに敵性勢力が迫っている』。簡潔に危険を伝えるその内容にシドは歯噛みする。

〝もう遅ぇよ……〟

獅子は唸り声を上げながら、こちらとの間合いを取るようにゆっくりと近づいてくる。

完全に勝ち目がないことは判っていた。さっきの接触（アクセス）の時点で相手の正体ははっきりしている。

〝シド、あいつは何だ。何なんだありゃ、どうしてクルーを……糞がっ〟

己の不甲斐なさを呪うようなオウルにシドは言う。

〝あれはサンゴの――ギルドに来た軍人の一人が乗ってたギャロップの人工知能(AI)だ。相棒はオレのせいで死んだも同然だからな、報復だろうさ〟

実情は糞野郎(クロノ)が嗾け(けしか)たってとこだろうが――シドは心中で独り言ちる。

どうすればいい。シドはギャロップとパイロットの繋がりの強さを、身をもって知っている。誰よりも長く同じ時間をすごす相手だ。それゆえに人工知能(AI)とはいえ、相手の憎悪の深さも解っている。もちろん、その性能(スペック)の高さもだ。

十七年前に軍から逃走した際にクロノに殺された、シドの乗っていたギャロップと同じか、それ以上の性能だろう。総合的な情報処理能力では人工知能(AI)は人間(ARM)に劣るが、性能を特化させた場合は、疲労を知らない人工知能(AI)の方が圧倒的に上だ。ましてや相手は軍用。戦闘用以外の用途があってたまるものか。

逃げるべきか？　選択肢はそれしかないように思える。だが、獅子はそれを許さないだろう。混沌(ケイオス)から他の場所に移動し、クルーフとの代理接続(プロキシ)を止めれば、通信の痕跡を目眩まし、いくらかは時間稼ぎができるだろう。文字通り時間稼ぎにしかならない。最終的には結局相対することになる。しかもそれはVRでの話だ。BR側で直接ギャロップに襲撃されたら、それこそ一巻の終わりだ。

どっちにしろ、逃走は無意味だった。

獅子は己の間合いまで距離を詰めると、恐るべき獣の瞬発力で襲いかかってくる。シドの顔に爪牙の影が落ちる。脳裏に走馬燈のように思考がめぐった。逃げられない。オレもオウルも死ぬだろう。何をしても無駄——本当にそうか？　僅かな希望が疑念の形を取って湧き上がる。

〝『反復遅延因加速(ACCEL)』〟

決断と同時にシドは起動コード(ラン)を口にした。

加速の風景の中で、シドは指揮運用権限(コマンダー)を用いてオウルのバックドアに入る。緊急脱出(ベイルアウト)用の切断命令(コマンド)を叩いた。これで時間が元に戻るのと同時に、オウルは混沌(ケイオス)を抜けるだろう。あとは、自分が獅子の相手をしてやるだけでいい。シドは死の前に立つ。

時間の流れを戻した。

獅子がのしかかり、肩に爪が食い込む。皮膚を破って、肉が裂ける感触(イメージ)がした。大きな顎が目の前にある。短剣のような牙が生え揃い、噛まれれば簡単に首が千切れるだろう。不思議と恐ろしさはない。とうに麻痺してしまっているのだろう。ぷつり、と牙が肉を刺す音が聞こえた。これで、VRでの死がフィードバックされ、BRの身体も死ぬ。だが簡単に死んではやらない。ありったけのものを使って、応働拒絶攻撃(DoSA)を仕掛ければ、道連れにすることぐらいはできる。ヒト一人分の、命まで含めたリソース量だ——過負荷で破壊してやる。

——そんなの駄目ですよ、シド先生。

聞き覚えのある声が響いた。瞠目する。その声にではない。声と同時に獅子の姿が掻き消えたことにだ。思わず後ろを振り向く。オウルはすでに混沌(ケイオス)から切断されていた。シド以外には情報が満ちるだけの空間になっている。

〝今のは……〟

シドは目の前で起きた出来事に混乱しながら呟く。

〝——ヴェイ、お前か？〟

*

潮騒の音がする。随分と眩しい太陽の光で目を細めた。光に目が慣れ、はっきりと辺りが見えてくると、左手には一面に真っ白な低い砂丘が広がり、右手には大量の揺れ動く水があった。

「ここ……」

どこだろう。真っ先に浮かんだ疑問を、ただ口にすると、記憶の連続性が復帰して困惑に取って代わる。

そこは見たことがある場所だった。

——あぁ、そっか。あの2Dの映像だ。

何でこんな場所にいるんだろう。状況への正しい認識が行えるようになると、自分がVR=Gではなくフィの姿をしていることに気づく。

赤毛はいつもの三つ編みではなく解いていて、白いワンピースに麦藁帽子という恰好だ。フィはしばらくの間、砂浜に立ち尽くすと、履いていたサンダルで歩き出した。

白浜はどこまでも続いている。波が砂を湿らせ、白と、くすんだ黒と、水の帯が伸びていた。探し求めていた海だ。だが、これが本物ではないことをフィは知っている。ここはVRのどこかだろう。それがどこかは判らない。

ここがあの世なのかな、と感傷的なことを考える。前後の記憶は一致している。クロノの顔——混沌(ケイオス)から浮かび上がった言語化できない形而上的実体——を直視させられ、頭がおかしくなってヴェイに呼ばれた気がした。そしたらここにいた。

あぁ、そっか。

だったらここは夢の中と大差ない。耐え切れなくなって、現実逃避した最期の岩だ。フィはひとり納得して歩を進める。

どれだけ歩いただろうか。もうかなりの時間を歩いた気がする。遠くには細やかな山の稜線が見えるが、少しも近づかない。ふと、後ろを振り向くと、砂の上には足跡の破線が伸びていて、どこから始まっているのかは、もう判らなくなっていた。

空腹も疲労も感じなかったが、歩くのに飽きてフィはその場に座り込んだ。水平線を眺める。海からは変な臭いがした。波は空気を取り込んで水面を泡立たせる。肉の脂の網目のようだった。

「気持ち悪い」

フィは海を見るのを止めて、その場に寝転がった。空はいつの間にか朱くなっていた。夕焼けの色は、作り物の人工太陽(AS)と変わらないんだな、とぼんやり思った。あっという間に日は沈んで、空は暗くなる。すると、一気に暗い青みがかった天上に光の点描画が現れた。

星空だ。高い空に描かれるプラネタリウムは、その距離感でフィを圧倒した。地球惑星以外の気の遠くなる場所にある光。落ちてきてすべてを包み込んでくれそうな天幕なのに、決して届かない位置にある。本物の星を見たことはないけれど、これも海と同じく偽物だ。

なぜだか急にもの悲しくなった。フィは身体を起こし、膝を抱えて泣き出した。

何でアタシはいまさらこんなものを見ているんだろう。自責とも自己嫌悪ともつかない思いを処理できず、涙で吐き出していた。

「そこは泣くところじゃないでしょ、フィ」

呼びかけられた驚きよりも先に、反射的に顔を上げて相手が誰かを確かめた。

黒髪に碧色(ターコイズ)の瞳をした線の細い少年。

「どうせ、全部自分のせいだとか思ってるんでしょ？」

少年は素肌にパーカーを羽織り、ハーフパンツを穿いていた。左手に松明を持っており、夜陰を照らしている。その明かりで顔がはっきりと見えていた。

「ヴェイ、なの……？」

「当たり前でしょ。ボクがフィをここに呼んだんだから」

33

「ここはフィの夢でもないし、ボクもヴェイキャント本人だよ。フィがまた混沌に呑まれたから、クルーフの真似をしてボクが引っ張り出したんだ。だけど、正気を失ったのが混沌の中だったのは、不幸中の幸いだったかな。正気を保っている状態のフィを選択的に呼び戻せた」

突然現れたヴェイに、フィの頭はようやくまともに疑問を抱き始めた。

「え……え？　ちょ、ちょっと。ちょっと待って。え？　本当にヴェイ？　混沌に呑みこまれちゃったのに、何でそんな平然としてるの⁉」

「いや、それはフィも同じでしょ。フィがクルーフに見つけてもらって戻ってきたのと同じだよ。ただ、ボクは身体をフィに譲っただけ。別の目的ができたから」

「ごめん、全然意味判んない……」

ヴェイは呆れ顔で溜息をついた。

「まぁいいよ。説明するから、ついてきて」

そう言うと、ヴェイは緩やかな砂丘を登りだした。フィも腰を上げて後を追う。砂を踏む音が二つになった。

「ねえ、ヴェイ。ここってどこなの……」

「混沌（ケイオス）だよ。混沌（ケイオス）から、フィが見つけた２Ｄにあった時空間と同じものを切り出したんだ」

砂丘は意外と低かったが、距離が長かった。遠くには今までフィが浜辺を歩いていたときとは違って、闇夜の中に何か人工的な形をした星明かりでできた影が、ぼんやりと覗いている。

「どうやって？」

「ローレンツ変換の座標を与えて」

砂の丘を登りきると、淡い藍色の迷路が現れた。いや、青く見えるのは夜中だからだ。よくよく見ると、白い石造りの町だということが判る。滑らかな四角がいくつも並び、石畳の道を細く伸ばしている。

「じゃあ、これって」

「情報としては本物だよ。混沌(ケイオス)には、あらゆるものがある。正しい引数(ひきすう)さえ与えれば、情報量(エントロピー)が減少して、こうやって過去も再現できる。だけどこれは質量のある物質だから、人工太陽(AS)みたいにエネルギーとしては抽出できない。だからここで連続的に具体作用(イマージュ)として再現してる」

　フィはのっぺりとした色のない町に気おくれした。そんな彼女とは裏腹に、ヴェイはさっさと目の前の小径の中に足を踏み入れて行ってしまう。慌てて駆け足でヴェイの隣に追いついた。

「フィ、何してるのさ。ちゃんとついて来てくれないと」

「えっ。もしかしてここって、迷ったら二度と出られなかったりする場所？」

「何でだよ……そんなわけないでしょ……」

　フィの頭の中はコミカルすぎるよ、とヴェイは微笑んだ。フィも釣られて笑った。

　二人は町の中を進んでいく。山の上のほうに造られている町なのだろう、家は坂道に沿って建てられていた。

　ヴェイは黙々と町を登っていく。フィも黙ってそれについていく。「こっちのほうが近いんだ」とヴェイが細い路地に入った。表の通りよりも狭く、暗さも増す。風が抜けないせいなのか、少し湿った土のような匂いがした。進んでいると定期的に段差が現れる。奥行きの長い段差が続いているようだ。

　ふと上を見上げると、満月がとても近くなっていた。真っ暗になっていないのはヴェイの松明のせいと思っていたが、それよりも月光のおかげらしい。

　フィは月を初めて見る。偽物とはいえ、正しい月は初めてだ。環境建築物（アーコロジー）に月はない。ライフラインとして不要だからだ。『月』というものは文献や記録でしか知らず、地下都市（ボトム）では想像の産物に過ぎない。唯一、地上都市（トップ）には景観の装飾としての贅沢品があるということを噂で知っていた。

　月はとても美しい。ただの大きな石が光を反射しているだけなのに、そこには情感を揺さぶる安心感があった。それがたとえ、視覚が進化した人類の感覚の補助になっているからこそだとしても、なにかを感じずにはいられない。

　あぁ、とフィは合点が行く。クロノが言っていたのは真実だ。人類は機構（システム）を感動にすり替えている。これは無機―有機の不可逆変換を行う偏執的な基幹機材（ファームウエア）だ。

　ヒトは妄想で生きている。

　旧文明の人々は、あんな綺麗なものを夜寝る前に毎日見ていたのだと思うと、贅沢品だというのも頷ける。たとえそれが精神病質（サイコパシー）の証明であっても、人はそうできている。人類は何千年も夜空に月を見て、安堵して眠りに落ちたのだろう。

　そこでフィはふと気づいた。

「この町って、他に誰もいないの？」

「いないに決まってるでしょ。ここは過去の再現なんだから」

「そっか。アタシ、てっきり全部なにもかも再現されてるのかと思ってた」

「魂(ゴースト)を再現して死んだ人を蘇らせるなんて、ボクには負荷が高いし、意味がないよ。それに、再現された魂(ゴースト)は入力し続けないとすぐに消える。死者は二度と生者になれない」

言いながら、ヴェイは右手の建物にあった階段を昇りはじめた。まだ上に向からしい。

話を続けながらフィは後を追う。

「じゃあ、やろうと思えばできるの？　ヴェイってば、神様みたい」

「フィにだってできるよ。むしろ、動的適性(ダイナミック)のフィの方が得意なはずだよ、基本的にはリアルタイムでの情報入力なんだから。ボクは、こうやって安定できる場所を作れたのだって、ほんのついさっきだし……そのせいで、助けられたはずの人も、助けられなかったしね」

階段を昇りきり、しばらく進むと開(ひら)けた場所に出た。目の前には高台へ昇るための階段があり、ヴェイはそちらへ足を踏み出す。

「何のこと……」

「まとめて説明するよ。ほら、着いた」

そこには白い望楼(ガゼボ)があった。柵にはベンチが取りつけられており、町の人々はここで休んだり高台からの風景を楽しんだりしていたのだろう。中央に何か物影が見えた。フィはテーブルでもあるのかと思ったが、随分と背が低い。その影が身じろぎして、大型の獣が寝ているのだと判った。

「あれって……トラ？」

「ライオン」

「あ、それだ」

ライオンは話し声を聞くと、頭をもたげてこちらを一瞥したが、すぐに興味なさそうに頭を戻して目を瞑った。

「なんでライオンなんかいるの？ 他には誰もいないんじゃなかったの？」

「ボクが連れてきたんだ。レオはギルドに来た軍人さんが乗ってたギャロップの人工知能（AI）だよ」

「ね、ヴェイ」

フィは、うずうずとした様子で訊いた。

「何？」

「あの子……な、なでても平気？」

「別に平気だとは思うけど……でもレオは動物じゃないからね」

「判ってるけどさ、ほら、あの首の周りのモサモサしてる毛をさ、あのね……触りたいじゃん!?」

「知らねーよ」

ヴェイは無表情な顔で呆れたように、勝手にすれば、と言う。勝手にする！　と、フィは我慢し切れずレオに駆け寄った。

フィが近づいても、レオは特に気にする素振りもない。膝をついて恐るおそるレオに手を伸ばす。全く反応を示さないレオを、思い切ってなでた。

ふひゃ、とフィは吐息と驚きが混ざった奇妙な声を上げる。掌に伝わる柔らかく引き締まった動物の温もりと毛皮にカルチャーショックを受けながら、レオをなでる手は止まらなくなっていった。

もはや喜びなのか衝撃なのか判らない奇怪な感嘆の声を漏らしながら、レオの感触をひとしきり堪能し終えると、フィは言った。

「ふぅ……気持ちよかった……。この子、随分とおとなしいし、人に慣れてるんだね」

「だから動物じゃねぇって言ってんだろ……」

ヴェイは溜息を吐くと、レオはね、と言った。

「嫌になったんだよ。人間と同じ。おとなしいわけじゃない」

「嫌に、って……」

「生きることが」

言いながら、ヴェイは望楼（ガゼボ）の下に来ると、器用に松明を柵に引っ掛けた。ベンチに腰掛けて続ける。

「レオは利用されてたんだ、あのクロノって軍人に。それを全部ボクが教えた。ここから見えたから、知ってる。混沌（ケイオス）に情報を入力したら、何もできないけど、すべて見ることができた。自分のパートナーをもてあそんで殺したのはクロノだったのに、シド先生のせいだって吹き込まれてさ。あまつさえ、怒りに駆られて――クールーさんを殺してしまって……疲れちゃったんだよ。ギャロップの人工知能（AI）は、パートナーが存在理由（レーゾンデートル）として設定されているから、レオにはもう生きる理由がないのと同然なんだ」

「――えっ？」

フィは自分の耳を疑ったが、ヴェイがはっきりとした口調で肯定する。

「クールーさんは、死んだんだ。レオが殺した」

信じられないといった様子でフィはレオを見る。レオは何も応えない。ヴェイに視線を戻すと、辛そうな顔をしていた。

身体を震わせながら、フィは声を絞り出した。

「あ、アタシのせいだ……全部。アタシが海を探したいとか言い出したから……」

足に力が入らなくなり、フィはその場にへたり込んでしまう。がくがくと恐怖する自分の身体を抱き締めても、震えは抑え切れなかった。

「そうだね、フィ。ボクたちのせいだ」

でもね、とヴェイは言う。

「それはここで終わる理由にはならないと、ボクは思う」

大きすぎる責任で押し潰されそうなフィに、優しくもなく厳しくもなくヴェイは淡々と続ける。

「どこから何が悪かったのかなんて、そんなの結果論だ。そんなことを言い出したら、宇宙そのものが存在悪だ。偶然も必然も関係ないよ、ボクたちは間違いを認められればいいんだ」

「でも、アタシはもう、間違うのが怖いよ……ヴェイ」

フィはうつむく。石畳の床がわずかに濡れていた。

それを聞いたヴェイは、一瞬きょとんとする。「はぁ？」と怪訝そうな声を上げた。ベンチから立ち上がり、フィに詰め寄って屈みこむ。床の染みを踏みにじって、彼女の顔を両手で思い切りつかみ、無理矢理に面と向かった。

「ふざけんな。一回間違ったくらいで臆病者（ハングアッパー）になってんじゃねぇよ」

目を据わらせて不機嫌さを丸出しに、ヴェイは言う。

「いい？　ボクたちはギルドのなに、フィ？」

「さ、サルベージャー」

「なんでボクたちはサルベージャーになったんだっけ？」

「えっと……発掘が面白そうだったから」

「海を探そうとした理由は？」

「見てみたかっただけ。だけど……」

「だけ、で十分だよ。ボクも同じだ。見たい、知りたい、聞きたい。いつだって、ボクたちの行動理由はそれだけだったじゃないか。好奇心がボクたちの原動力だったじゃないか」

「だけど、海はもうなくなってたし、世界はもう取り返しがつかないぐらい滅んじゃってたし……馬鹿みたいな想像……ううん、『妄想』にすぎなかったんだよ、全部」

「『妄想』の何が悪いのさ。未知のことに思いを馳せるのは人間の特権だ、考えるのをやめた知性なんて死んでいるのと同じだ。ボクは自分が正しいかどうか確認したい、世界の構造を理解したい。フィは違うの？」

「アタシは、いろんなことを知りたかった、世界になにがあるのかを見てみたかった。面白そうとか楽しそうとか……どうしようもない理由」

「どうしようもないものか！　そうだよ。ボクたちはね、興味本位で行動するガキなんだ。今までだって何回も間違ったことはしてきたよ。でもそのたびにいちいち悩んだりした？　してないよね、それを糧にして成長してきたんだからね。今回だって同じことだよ」

フィは思わずヴェイの手を振りはらい、その場に立ち上がる。

「ち、違うでしょ！　だって、人が死んじゃってるんだよ？　どう考えたって問題が大きすぎるよ！　ヴェイのその考え方は冷たすぎるし、自分勝手すぎ!!」

　ヴェイも立ち上がって答えた。

「じゃあ何？　フィはここで何もかも投げ出すわけ？　クールーさんを死なせてしまった責任を取って？　そんなの責任を取れてない。それこそ自分勝手だよ！　対外的にデメリットを得たって、相殺されるのは自分の悩みだけなんだから」

「じゃあヴェイはどうやって償えばいいって言うのさ！」

「人の命なんて償えるわけないだろ！」

「暴論だ!!」

「そっちは思考放棄だろ!!」

　互いに譲らずに相手を睨んで口角泡を飛ばす。二人とも肩をいからしていたが、フィが急に力を抜き、泣きそうな顔で言った。

「なら、アタシにどうしろって言うのさヴェイは……」

　ヴェイは黙りこむ。窺うようにして少し間を空けると、フィは、と口を開く。

「なにに負い目を感じているの？　クールーさんを死なせてしまった自分に？　それとも運命とか神とかいう類の、因果関係の文学表現？　だったら、それを認めることができて、呑みこめたら、あとは自分のやりたかったことをやればいい。神に遠慮して生きるなんて馬鹿のやることだ」

「やりたかったことって……海はもうなかったのに……。アタシはヴェイに身体を返したかったから、混沌（ケイオス）から戻ってきてから、ずっとヴェイのふりをしてた。皆にいっぱい迷惑をかけちゃったアタシがいなくなって、最初からヴェイだけが戻ってきたようにしたかった。あとは、ヴェイに身体を返せればもう満足だよ……」

「いらない」

ヴェイは即答した。

「ボクはこれからやりたいことがあるから」

「さっきも言ってたけど、それって、何……」

こっちに来て、とヴェイは望楼（ガゼボ）を出て、高台の奥へ向かい、フィもそれについて行く。

「ボクが見せたかったのは、ここからの景色なんだ」

フィはヴェイの隣に立つ。そこからは町の全体を見渡せた。月明かりで夜を滲ませた白い町は、ぼんやりと仄暗い光を放つ菫青石（アイオライト）のようだった。海は暗く沈んでいて水平線の境界は溶けてしまっている。フィは、そこではじめて、ここが島だと知った。

「綺麗――だけど、この景色がどうしたの？」

「景色を見せたかったわけじゃないよ。そうだね……夜を明かすから、よく見ていて」

ヴェイが言うのと同時に風景が早回しに動き始めた。あっという間に太陽が昇り、すぐに沈んで月が出る。そしてまた太陽。朝と夜がめまぐるしく入れ替わり、海の表情にも落ち着きがない。

　そうして数分は経っただろうか。幾星霜を何分で過ごしたか、そう疑問に思えるほどにはっきりと、周囲に歴史の色が見えてきたときだった。

「これって……」

　急速に潮が引いて行く。いや、海が減っていた。それだけではなく、町も巨大な鑢（やすり）をかけられたかのように磨り減っていく。だが鑢掛けの屑は出ず、どの建造物も崩れる前に霧散していった。フィが立っている石畳も、剝がれるというより磨耗するように消えていく。すぐに岩肌が露出し、島はただの岩石となった。

「そう、混沌（ケイオス）だよ。世界に混沌（ケイオス）が充ちはじめた頃まで時間を進めたんだ。ボクはここで混沌（ケイオス）のことを調べていて、正体が判った」

　混沌（ケイオス）はね――ヴェイはこちらを振り向いた。

「人類が生み出したんだ。自然科学を発達させて、原子論が推し進められて辿りついた物理空間の最小単位は情報だったんだよ。だけど、世界そのものの記述を制御できると妄想した人類は失敗した。世界っていうシステムは、プログラムのソースコードを書き換えるようには扱えなかった。そして、混沌（ケイオス）というバグが発生した。その原因が魔法のような科学なのか、科学のような魔法なのかは解らない。ボクはそれを調べたい」

ヴェイは消失していく光景を真っすぐに見つめながら言った。

「そのために過去に行く」

「過去に、って……時間旅行（タイムトラベル）……？　ヴェイ、混沌（ケイオス）からローレンツ変換座標に自分を転送して過去を変えるつもり!?」

「いや、違うよ。過去は変えられない。ボクがするのは時間潜行（タイムハイド）だ。過去を見に行く。混沌（ケイオス）から再現した過去を見に行って、ボクが当時の人に接触したとしても、因果律はボクがいた事実を許容して世界線は変わらない。ボクは、未来を変えたいんだ」

ヴェイはフィの方を向き、真正面からその顔を見据える。

「フィ、もうやりたいことがないのなら、ボクを手伝って。ボクは過去をその目で調べて、混沌（ケイオス）が充ちた理由を現在に残す。フィには、それを使って混沌（ケイオス）をデバッグしてほしい」

そしてにやりと笑ってこう言った。

「ボクたちで地球をサルベージしてやろう」

34

混沌（ケイオス）が満ちる荒野の中で、四肢を失った白いギャロップが倒れていた。そのコックピットの上にはヘルメットを抱えた一人の軍人が立っており、かたわらに黝(あおぐろ)い騎士がたたずむ。

「あら、壊れちゃったか。やっぱり、普通の人間じゃ直視できねぇんだな」

そう言うクロノの顔はぼけていた。輪郭がなく、実体もなく、そこに対して〝在る〟ということしか知覚できない。それは量子の重なり合いに似て、存在が不確定な状態となっている。混沌(ケイオス)により掻き乱された有性粒子(モルフェウス)が拡散せず、次の形相(エイドス)を獲得しようとするが、無限に満ちた質料(ヒュレー)によって決定されない。

だがしかし、デコヒーレンスを起こしていることは間違いなく、延々と状態遷移が続いている。回転覗き絵(ゾエトロープ)の情報が無限に重なっていた。実体を一度視れば、その入力には耐えられない。いや、耐える耐えないの問題ではない。入力を受けた時点で壊れてしまうだろう。

クロノはヘルメットを被る。そうすることで、それは元の『クロノ＝ソール』という個人の状態に再び落ち着いた。

クロノは昇降索(ウインチ)に足をかけると『イラ』を見上げて言う。

「テロル、こいつを回収して帰るぞ。あとはラボの研究員ども(ホワイトコート)の仕事だ」

〝――いや、その必要はない〟

両脇から巨大な手がクロノを押し潰そうと迫る。即座にクロノは情報魔術(CC)を走らせた。

時間停止した二次元空間に巨人の手が叩きつけられ暴風が舞う。衝撃が吹き荒さぶ中でクロノは平然としながら、『デルシオ』の方を向き、愉快そうに言った。

「大した再生能力だな、一瞬で腕が元通りか。象徴機体（シンボルズ）でもここまで速くは再生しない。だけど、残念だったな、第八位機体。いいタイミングだったが、不意打ちでの復讐は失敗だ」

〝そうではない〟

「はぁ？」

〝さっきの発言はそういう意図ではない、と言ったのだ〟

クロノは瞠目する。すでにデルシオは腕だけではなく、脚まで再生している。それだけではなく、ナイト・バードを素体としていたデルシオの形状が変化し始めていた。

表面の外装が崩れるのと同時に再構築され、細長い板状に変成する。全身に開かれたように板は並び、肋骨かあるいは竜骨（キール）のように生え揃う。ぎしりと音が鳴った。

「――テロル!!」

クロノが叫ぶ。デルシオがその場に立ち上がった。昇降索（ウインチ）が巻き取られ、イラのコックピットに戻る。すぐさまイラは剣を振るったが、デルシオの骨が動き、それを弾いた。

デルシオの全身から生えた骨が、閉じる。骨は機体を新たに象り、身体の各部に巻きついて引き締める鎧板（スラット）となった。一分（ぶ）の隙間もなくアシンメトリに噛み合わせたように広がる骨は、簾状模様を作り出す。人工的な無作為の結果のそれではなく、完全な自然法則に因っている骨の鎧でできた外装は、余剰な骨が浸蝕で削りとられたような鋭利さで残っている。

異形としか言いようがなかった。

その姿はもはや騎士ではなく、かつて空想に描かれたヒトによく似た怪物だ。

〝我が根は帰還した〟

〈妄想〉の名を冠する比類なき異形――それが序列第八位機体だった。

クロノがイラのコックピットから感心したように言う。

〝それが『デルシオ』か。なるほど、醜いね。そんで、発狂状態から見事に帰ってこれたわけだ――ヴェイキャント君？〟

揶うように問われ、デルシオのコックピットの中でうつむいたまま、静かに掌をゆっくりと握り、開いて、自分の身体を確かめ答える。

〝違うよ、アタシはフィル〟

イラからはデルシオのコックピットの中は窺えない。同様に、デルシオからも相手は見えないが、それを透かして真正面から立ち向かうように顔を上げた。

〝アタシは最年少妻腕サルベージャーのフィル＝ギルドだ!!〟

〝両性の片割れと入れ替わったか？　まぁ、そんなこと俺にはどうでもいい。復活したところ悪いが、また落ちろ〟

イラが剣を構える。敵意は相手の得物と同じく鋭かった。

クルーフ、とフィは短く呼びかける。

「勝てる可能性って、どのくらいある？」

〝五・三パーセント〟

「やっぱり低い！　けど、十分だね――二十回に一回も勝てるんだもん。諦める理由にはほど遠いね」

フィは機嫌よさそうに笑みを浮かべる。今にも鼻歌でも歌いだしたい気分だった。

〝一般には『絶望的』と呼ぶものだが〟

「アタシはこれから地球をサルベージする偉人だよ？　それなのに、こんなのをピンチだなんて呼ぶのは、これから先の本当のピンチに失礼だからね。最終手段（プランD）は発動しないよ!!」

〝士気が高いのならば、その内的論理に私は関知しないが、どのようなプランで戦うつもりだろうか〟

「それはもちろん――」

フィはデルシオを動かして構える。戦闘能力はない。知識もない。経験すらない。そんな彼女の選択肢はほぼ一つしかない。

「実力行使(プランB)！」

がむしゃらに突っ込んだ。

亜音速で移動するデルシオは、踏み込んだ足で地盤を割る。ギャロップは総じて走るというより水を切る石のように進む。石が水面を跳ねる容易さで地盤を抉(えぐ)って行く。混沌(ケイオス)から二重状態(ドッペルステート)を取り出し、巨視的なパウリの排他律に似た斥力を生み出して亜音速を維持し、その勢いで一足飛びにイラとの距離を詰めていく。相手は剣を正眼に構えたまま動かない。僅かに頭を動かし、冷静にこちらの動きを追っていた。

彼我の距離が敵の間合いの直前まで迫ると、デルシオはその場で相手に向かって跳んだ。右脚での跳び蹴りを繰り出す。相手は剣の切っ先を右に引き下げ、こちらが間合いに入ると逆袈裟に斬りかかってきた。刃が襲う直前、左側面に〝壁〟を作り、それを左手でつかみ自らを制動する。イラの剣が虚空を斬る。〝壁〟が粉々に砕けて破片が細氷のように散った。あまった勢いそのままに、着地せずに身体を回転させて右脚の回し蹴りに切り替える。

デルシオの右脚が、剣を振り切ったイラの左側頭部を捉える。相手は〝壁〟を作り、剣から左手を離す。こちらの攻撃の勢いを殺(そ)いで、右足をつかんできた。宙で支えられたまま、つかまれた右脚を支点にして左脚で蹴りを連打する。そのすべてをイラは右手の剣でさばく。巨大な金属のぶつかり合いで、周囲に驟雨(しゅうう)のような火花が散った。

デルシオはこれ以上の近接戦を嫌って、右脚をつかむイラを踏み台にバック転する。追って相手も追撃してくる。機体と同様の亜音速の斬撃。腕の装甲で受け流した。連続で斬りかかられるが、ことごとく処理する。十数合の攻防を繰り返して、斬撃が無意味と判断したのか、敵はコックピットへ向けて刺突する。

デルシオの胸部装甲に切っ先を弾かれた。テロルが舌打ちに似た音を出す。

〝硬いです〟

いったん距離を取ろうとイラは〝壁〟を作り踏む。その隙をデルシオは逃さなかった。右脚の装甲の骨を開きイラの足を絡め取る。がくんと機体が揺れる中で、クロノは笑う。

〝おい、それ使えるのかよ〟

空中で大きく動きを止めたイラの頭を、デルシオは蹴り飛ばした。

イラが荒野を転がり、十数キロメートルに渡って濃霧のような土煙を上げる。態勢を立て直しても運動エネルギーは殺がれず、地面に剣を突き刺した。大地に小川のような傷痕を残し、剣が折れたところでようやく止まった。

イラは手に持っているがらくたを乱暴に投げ捨てる。壊れた剣は情報強度(インフォテンシティ)を失い、すぐに混沌(ケイオス)に呑みこまれた。自らの剣が折られたことに怒りながらもテロルは冷静な口調を取り繕う。

〝想定より動きがよいです〟

〝無茶苦茶な動きしやがるね。真正面から突っ込んできて空中で姿勢を変えたり、あの骨の触手みたいな鎧板（スラット）とか。誰もやらない阿呆みたいな動きだ。っていうか思いつかないし。ギャロップを動かしたことのある奴なら、誰だって圧倒的な速度での翻弄を選択する。ガキの想像力ってやつかな〟

〝それだけではなく、制御が追いついています〟

〝そうだな。十代そこその、それも技術屋の動きにしては随分とこなれてる……あの概念（コンセプト）がサポートしてやがるな〟

〝パイロットの着想を元に、クルーフがデルシオを動かしていると？〟

〝それじゃ理由が足りない。そういう発想ができる奴じゃない。さっきまでと動きが違い過ぎる〟

クルーフは概念（コンセプト）であり、異相知能（ヘテロインテリ）だ。その思考は人間並に柔軟性のある合理的抽象性がある。だがあくまで作られた――その起源は何であれ――ことに変わりはない。その思考の合理化という作業は、どうしても自らの存在理由（レーゾンデートル）によって再帰的に縛られている。

C／Sが逆だ――クロノは相手を観察する。

〝考えられるのは具体化思考選択（ソウト・マイニング）、だな〟

思考という動的な情報を静的化することは、人間が行うもっとも純粋なトライアル・アンド・エラーだ。だが、そこには個という制約条件が存在し限界がある。それに対するブレイクスルーが具体化思考選択（ソウト・マイニング）だ。

〝しかし、技術体系的に考えてあの思考補助法は即時性を発揮できるものではなかったはずですが〟

　思考を具体化した結果、その抽象性から膨大な候補が現れる。あくまで思考補助にすぎない手法であるため、その選択は瞬発的に行える操作ではない。

　クロノはシニカルに微笑う。

〝天才だよ。これだから人間は厄介だ〟

　フィにはそれができた。

〝どーだ！　一発入れてやったぞ‼〟

　デルシオでフィがガッツポーズを取ると、クルーフが淡々と応える。

〝まだ倒せていないが〟

〝し、知ってるよ！　今のはそういうのじゃないの〟

〝それと、先程の攻撃によって通信が切断されているため、今の発言は相手には聞こえていない〟

〝だから今のはそういうのじゃないんだってば‼　気もちの問題！〟

〝理解しかねるが、意気軒昂ならば今のうちに追撃することを勧める〟

〝もちろん！〟

いまだ晴れない土煙の中へデルシオは亜音速で向かう。その奥に潜むイラを捉えるため、茶色く濁った煙霧の中で、感覚器の閾値の設定を引き下げた。混沌(ケイオス)の中ではレーダーは使えない。なぜなら電波そのものが呑みこまれるからだ。必然的に自身の感覚範囲を拡大する受容器測定(レセプターロケート)が主要な索敵技術になる。

感覚が肥大化する。『デルシオ』としての全能感にも似た膨れ上がった情報は、クルーフがすべて引き受けて解析を行う。液状化した神経が周囲に満ちたかのように、外界の状況を把握した。見つけた。相手もこちらに気づいている。

テロルがクロノに告げる。

〝十八秒後に来ます〟

〝残念だ。戦える相手なら、遊べない〟

イラは再び混沌(ケイオス)から剣を取り出す。

〝テロル、実装(インプリメント)しろ〟

〝了解。情報魔術用の連結定義(インターフェース)の実装を行います。完了。イラ、『時空拘束機関の選別座標(CCLOCK)』使用可能です〟

さぁて——クロノは面倒臭そうに言う。

〝戦いの火蓋を切ろうか〟

イラが剣を構えた。同時に、デルシオは敵の姿を視認する。相手は迎え撃ってきた。

デルシオは右拳で殴りかかる。イラは剣の腹で拳をいなした。剣と拳の交錯で火花が散る。受け流された拳はたやすく地盤に突き刺さり、大地が揺れた。

イラが剣を逆手に持ち替え、地面に拳を突き刺し背中を見せているデルシオへ切っ先を振り下ろしてくる。五重の〝壁〟を作り攻撃を阻む。イラは即座に剣を手放して蹴りを繰り出してきた。それと同時にデルシオの腕が地面から抜けた。

腕を交差させ相手の攻撃を受ける。衝撃を吸収できずに吹き飛ばされる。ボールのように転がる機体を、全身の骨を開いて地面に突き刺して動きを止めた。

顔を上げ相手の姿を確認すると、イラが遠距離から剣を大上段に構えていた。

〝なにあれ？〟

フィが疑問を浮かべるのと同時に、クルーフが機体を動かしてその場から左へ飛びのく。

イラが虚空を斬る。辺りの土煙がすべて吹き飛んだ。空の混沌（ケイオス）の大理石（マーブル）模様が二つに割れ、地面が底が見えないほど切断される。空間に剣の軌跡をなぞる線が引かれた。

〝えええ!?　ちょ、ちょっとなに今の!?　空ごと斬れたよ？〟

〝空間を切断したように見える。情報魔術だろう〟

〝チートだ!!〟

〝また来るぞ〟

イラがこちらの胴を狙って横一文字に剣を振る。〝壁〟を踏み台にして上空へ逃げたが、回避しきれずに左脚が宙に舞う。

〝左脚斬られた！〟

〝あわてるな。すぐに再生できる〟

　クルーフが言い終わる頃には左脚は元に戻っていた。クロノが口笛を鳴らす。

〝何だあの阿呆みたいな再生速度は〟

〝あれがデルシオの特性（キャラクタ）でしょうか〟

〝どこまでもふざけた奴らだ。象徴機体（シンボルズ）の特性（キャラクタ）はどいつも武器だってのに。うちの自慢のなんでも斬れる剣とは相性最悪だな〟

〝序列第四位の〈完成（アケディア）〉のようなパターンかもしれません〟

〝そんなわけあるか。あの変態努力家は、考えうる最高の怠惰のために探究心を丸出しにした結果、物理法則の外側にいる魔法使いじみてんだ。そこの妄想癖とはわけが違う〟

　とにかく、だ——クロノはイラの剣を引く。

〝あの再生能力がある限り、遠距離からの攻撃は無意味だ。せっかくの大規模空間切断も役に立たないね。直接斬るぞ〟

〝了解しました〟

　イラが突撃の準備をする一方、フィはクルーフに訊いていた。

〝デルシオの再生って限界ある？〟

〝ない。混沌（ケイオス）があり、君が生きている限りは無制限だ。それがこの機体の特性（キャラクタ）だ〟

〝なら、向こうが遠くから攻撃できる以上、こっちは近づかないと話にならないし——肉を切らせて骨を断（た）ーつ!!〟

フィはイラに向かってデルシオを走らせる。クルーフがしれっと言う。

〝玉砕か〟

〝違う!? こういう作戦だからね!?〟

〝何か対応策があるのか？〟

〝ないけど突っ込まないと始まらない！〟

〝やはり玉砕か〟

〝あぁもうクルーフうるさい!!〟

デルシオを待ち構えていたかのように、イラも動き出す。音速を超える相対速度のため一瞬にして互いの距離が詰まり交錯する。

イラが切っ先を右に下げていた剣を振り上げようとする。その初動の瞬間にデルシオは左脚で柄を踏んで制し、踏み台にしてイラの左側頭部に蹴りを加える。相手は左腕で攻撃を防ぐと、右手の剣を手放してこちらの胴へアッパーを放った。

デルシオは攻撃をもろに受けて中空へ浮き上がる。イラがその機体めがけて剣を投擲した。音速を超えた剣が衝撃波を生じて襲いかかる。〝壁〟を作り、それを蹴り急降下して回避する。

〝武器手ばなした！〟

落下しながら、これを機に、とフィが反撃に転じようとする。同時にクルーフが言う。

〝待て、背後で別の剣が生成されている〟

言うや否やその剣に斥力が働き亜音速でこちらの背に敵意を向ける。刺さる直前、デルシオの骨で軌道を逸らす。背後の剣に意識を取られた数瞬の間に、イラが目前に迫っていた。相手は流れるような動きで飛んできた剣をつかみ、デルシオの右腕を斬り落とす。フィが叫ぶ。

〝クルーフ！〟

〝――再生できない〟

〝何で!?〟

フィの動揺をよそにイラは攻撃の手を休めない。失くなった右腕の代わりに、デルシオは身体を構築している骨を刃状に固めようとするが、凝集する前に折られる。左腕で何とか応戦するが、手数の差が如実に現れる。

〝解析中だ……切断面の時空間が観測できない。虚数時間に変換されたようだ〟

〝もうちょっと判りやすく言って！〟

〝時間が停止している〟

〝またチートじゃん！　もうヤダー!!〟

フィが泣き言を漏らすのと同時に、デルシオの左手首が斬り落とされる。

〝再生は!?〟

〝できない〟

〝斬られた場所を切り離したりできないのっ？〟

〝無理だ。我ながら丈夫すぎる〟

こちらが言葉を交わしている間も、イラはおかまいなしに剣を振るい続けてくる。デルシオは致命的な一撃は回避し続けている。だが、目に見えて劣勢になっていった。時間の問題だ。

圧しはじめた様子を見ながら、テロルがクロノに言う。

〝効果はあったようです〟

〝あたりまえだ。なかったら別の四次元の物質だ〟

デルシオの外装の骨が斬って剝がされていく。見るみるうちに機体が傷だらけになる。その傷はすべて、光すら通さない無明の闇だった。このままじゃジリ貧だ、とフィはクルーフに訊く。

〝この傷ってどうすれば直せるの？　何か方法は！〟

〝ない〟

〝そんな！〟

〝わけではないが〟

〝おい!!〟

〝君の反応が早すぎるだけだ〟

デルシオは何百枚もの〝壁〟を作りイラから離れた。後ろに退きながらも〝壁〟を作り続け相手の視界から逃れて時間を稼ぐ。イラは無造作に剣を振り、一度に数十枚の〝壁〟をたやすく破壊していく。

〝それで？　どうするの〟

〝損傷箇所断面は、厳密には時間が停止しているわけではない。時間の流れの向きが変えられたことにより、そこに存在する点に対して、私たちは一切の物理的な干渉が行えない状態だ〟

〝うん〟

〝だが、これは相手が何かしらの変換により生み出した状態だ。虚数単位のエネルギーを利用していることは間違いない。複素数式の虚部と化した時空間へ、三回の虚数単位エネルギーによる操作を加えれば『現在』に戻ってくるはずだ〟

〝うん。で、その虚数単位のエネルギーってどこから持って来ればいいの？〟

〝不明だ。相手の情報魔術を解析するしかないだろう〟

〝そんなの無理に決まってるじゃん馬鹿ー!!〟

フィが叫んだ隙に、イラが〝壁〟を突破してデルシオの左腕を肩から斬り落とした。両腕を失くした機体は、もはや〝壁〟での防戦一方だった。それすらじきに押しきられてしまうだろう。どうすれば。フィは歯噛みする。

考えろ。考えるのをやめた知性なんて死んでいるのと同じだ。もう二度と諦めなどしない。ヴェイが待っているのだから、世界にはまだ知りたいことがたくさんあるのだから。

状況を整理。時間の向きが変えられている。それを元に戻す必要がある。だけど、時空間そのものに影響を与えられなくなっている。『現在』にいる自分からは何もすることができなくなっている。だったら結論は一つだ。

干渉しろ。『現在』ではない場所から、時間を超えた場所から、止められた時間を上書きすればいい。そんなの無理じゃ——無理じゃない。迷いを頭の中から追い出す。荒唐無稽でいい。可能かどうかは問題じゃない。

〈妄想〉を形にしてやる。

〝クルーフ。混沌（ケイオス）をVR側から制御することってできる?〟

〝混沌（ケイオス）にアクセスし、情報量（エントロピー）の減少量を調整すれば可能だろう。何をするつもりだ〟

〝相手は時空間を虚数にできるんでしょ? だったら混沌（ケイオス）を使ってそれを実数に戻してやる〟

〝それは不可能だ。時間という概念の情報強度(インフォテンシティ)は途轍もなく高い。混沌(ケイオス)では影響を与えることはできないだろう〟

〝だったら地母神(グレート・マザー)に依頼(リクエスト)する〟

〝今この場で情報魔術(CC)を作(コーディング)るということか？〟

〝アタシは地母神(グレート・マザー)へアクセスできるもん。理屈の上なら情報魔術(CC)は作れるはずでしょ？〟

〝しかし、戦闘状態にある今では、必要な処理時間が確保できない〟

〝――その演算はぼくが肩代わりしよう〟

そこに突然、この場で一度も聞いたことがない声がした。

〝音声だけで悪いね、フィ〟

〝ぱ、パパ〟

声だけで現れたのは、クレイだった。

〝うん。無事にヴェイと会えてよかったね。そして今まで来られなくて悪かったね。クロノに勝つ方法を演算するのに、すべてのリソースを割いていたんだけど、自分で答えに辿りつくだなんて〟

さて、とクレイは言葉を継ぐ。

〝これで条件は揃った。ただ、ここから先は、完全に人跡未踏の領域だ。なんせ、時間を

書き換えるだなんて、誰もやったことがないからね〃
クルーフが少しの間を置いて言った。
〝可能性としては、局所的な時間改変(ロールバック)が起こるだろう。世界系(システム)にはその動作がサポートされていない。単純に考えれば世界線の遷移が発生するだろうが、かなりの危険を伴う〃
クルーフの言葉にフィは答えた。
〝危険だとしても、アタシはやるよ。それ以外に可能性はないし、この世界系(システム)を信じる。だって、世界を管理しているのは目の前にいる超強い相手だし〃
フィはにやりと笑ってみせた。
〝アタシたちが問題起こしても、きっと向こうが何とかしてくれるよ〃
〝ははっ、いい根性だよフィ。さぁ、クルーフはどうする?〃
〝我が根(ルート)には当然したがう〃
オーケー、とクレイは笑みを含んだ声で言う。
〝ぼくができるのはここまでだ。あとは、フィ、君次第だ〃
〝判った。ありがとう、パパ。クルーフ、ちょっとだけデルシオ任せるね、すぐ戻ってくるから〃
〝了解した〃
フィの貌が空っぽ(ブランク)になる。地母神(グレート・マザー)へアクセスする。直前に、クレイが背中を押してくれたような気がした。

情報の星が光を灯す長時間露光(スローシャヤット)の風景。フィは頭の中で描いていた設計(デザイン)を構築する。膨大な量のコードは、模倣知性(レプリカント)であるクレイの演算能力も手伝って、あっという間に組みあげられる。世界のあらゆるものを、その源にまで、最小単位にまで分解する。有性粒子(モルフェウス)だ。混沌(ケイオス)は短針銃(フレシェット)の弾になる。極小の情報を撃ち込んで内側から崩壊させる。これには情報強度(インフォテンシティ)は無関係だ。あらゆる存在は波の組み合わせで旋律を奏でているようなものだ。その楽譜が書き換わる。そうなれば、ただの音だ。

フィはでき上がった情報魔術(CC)で地母神(グレート・マザー)への要求をはじめる。視界が変わる。見えてくるものがあり、聞こえてくるものがある。最も小さく、大切な音。けれどもそれは一つひとつでは何の意味もなさない。並べて繋げて形と意味を与えなければ、それはただの騒音だ。あらゆるものは、とても微妙なバランスで奇跡的に保たれているように見える。

あぁ、そうだ――フィは自分が作った情報魔術(CC)の名前を思いついた。

その瞬間に、フィの意識がBRに引き戻される。

身体中に染みこむような鉄の臭いがした。コックピットの中は血塗れだった。誰の血だろうか。そう考えて自分の血であることはすぐに解った。なぜなら自分の腰から下がなかったからだ。斬られるというよりも、潰されたようだ。デルシオのコックピットはイラの剣に貫かれていた。

即死していないのが不思議だった。言わなければ、と思った。もう思考はきちんと働いていなかった。直前までやっていたことを、最後までやらなければいけないという一心だけだった。喋ろうと舌を動かすと、血の塊で口の中が一杯だった。鉄臭さが身体に染み込んでいるように感じたのは、このせいか。鼻にも喉にも血が溢れている。

名前を言おう。

決めた名前を。

Noise Ocean Ice Slave of Event――雑音がすべてを呑みこむからだ。

〝『事象そのものへ。それ自体の解体』〟（N O I S E）

噪音（ヒュレー）の海が満ちた。

第六部　便り（フロム）

35

〝やってくれたな、やってらんねぇ〟

　クロノはそう言って去って行った。

　デルシオとイラとの戦いは膠着状態になった。そういうことになっていた。時間改変（ロールバック）が起きたのは、あの場での出来事だけだったらしい。それを認識していたのはフィだけだった――それと、おそらくクロノも別の方向から知覚していただろう。

　すでに四年前の出来事だ。

　フィは目を醒ましてベッドから身体を起こす。空腹を感じた。ギルドの食堂（ダイニング）で熱いコーヒーに大量のミルクと砂糖を放りこんで、かりかりになるまで焼いたベーコンと、スクランブルエッグが食べたくなった。

「オウル」

〝どうしたお嬢〟

模倣知性(レプリカント)はすぐに答えた。

「一時間ぐらいしたらそっち行くから、ご飯用意しておいて」

〝あいよ。あぁ、それと今日は〟

「うん、判ってる」

クールーが死んだ日だ。

世界は大して変わっていない。ギルドが序列に名を連ねたところで、戦争が終わったわけでもない。むしろ、ギルドも戦争をしている。四年という歳月は世界を変えなかったが、日常を変えた。

フィは今では、象徴機体(シンボルズ)『デルシオ』のパイロットという記号で世界に認識されている。戦うこともよくある。だがギルドは大して変わっていない。皆、概念(コンセプト)であるクルーフを自分の目で見ても、「凄(すげ)ぇ」の一言で終わってしまった。変わらない調子で変わっていく。

けれどもフィの世界は確かに変わった。知りたいと思う気持ちは決して消えない。迷うこともない。信じたものが形になるまで、いつかこの目で世界のすべてを見るまで、歩みを止める気はない。

あれからクロノはギルドに対して何も行動を起こさない。戦場で出遭っても、何も言わずに退いて行く。ギルドという集団を、直視するのを避けているかのようだ。一言だけ言われた言葉を思い出す。「そこまで極まった〈妄想〉を相手にしてられるか」と。結果的に、フィは彼に勝てたわけではない。けれども、負けなかった。それだけで、この世界で人間の存在を肯定するには十分な気がした。

クレイはすでにいない。「オレは人間をやめられない」と、親方になるのを引き受けなかったシドの代わりに、オウルがクレイと親方を交代した。親方になることが決まったとき、「やっと並んで歩ける気がするぜ」とオウルは笑っていた。父親がいなくなるのは寂しかったが、不思議と悲しくはなかった。一人ひとりが、自分の想いを選んだ通りに生きているから、納得している。それがギルドというものなのだろう。

フィの身体は成長し、両性具有の肉体は二次性徴を終えていた。遺伝子編纂で身体を元に戻すのは簡単だったが、そうはしなかった。自分の身体にはヴェイの遺伝子もある。いつか彼が戻ってきたときに治すべきだと思っていた。

フィは目を瞑る。そして開く。KUネットで、混沌から切り出した海に接続した。ワンピースを着て白い望楼のベンチに座って海を眺める。潮風が髪の毛を揺らした。磯の臭いにはまだ慣れない。これから先、一生好きにはなれないだろう。

レオはヴェイについて行った。どうして一緒に行ったのかは判らない。クールーを殺してしまった贖罪なのか、それとも事実を教えてくれたヴェイに恩義を感じているのか、真意を知ることはできない。何も言わずに彼に付きしたがって行った人工知能の態度から、気持ちを汲み取ることはできなかった。けれども理由がもう一度生きるためのものだったらいいな、とぼんやりとそれだけを思う。

ベンチから立ち上がり、望楼（ガゼボ）の奥に行く。そこには小さな石碑があった。銘も何もない、手頃な石を積んだだけのものだ。水晶の羽を一枚、誰かがお供えしていた。フィはそこに座りこむ。

「なんでここにこんなもの作ったんだ、フィル」

「……なにその恰好？　シド先生」

振り向くと、全身を黒ずくめのスーツで固めたシドが立っていた。

「人が死んだときに着る喪服ってやつらしい。この前、ＫＵネットでたまたま見つけてな。こういう変わった恰好、好きだったろ、あいつ。それで？」

んー……、とフィは首を傾げる。

「なんでだろ。感傷かな。ここ綺麗だし」

「魂（ゴースト）が解放（リリース）されていてもか」

「されていても」

曖昧に微笑むフィに、シドは不安げに見守るような顔をする。シドは相変わらずフィにとっては先生のままだった。親でもなく、叔父でもなく、先生だった。

海を眺める。望楼（ガゼボ）のある高台からは、白い石造りの町並みが一望できた。今は人のいない町と、水平線が延びている。入道雲が浮かぶ青い空から太陽光が射して、水面が輝く。手元にはまだ偽物の世界の一部しかないけれど、いつかこの風景を本物にしてみせる。一人ではできないことも、二人ならできる。

先に世界を見にいった相手のことを考えると、正直少し寂しいし、羨ましい。けれど、いずれ自分も見にいく風景だ。楽しみを先に取っておけるのは、それはそれでいいかな、と思う。

世界はどれだけ続いているのか、何があるのか――妄想しよう。

考えたら考えた分だけ、頭の中でイメージは広がっていく。想い描いた風景は無限だし、それがなければ自分たちの手で作りだせばいい。この身に知性を宿している限り、この世に限界はない。人間は海のようなものだ、と旧文明の誰かは言ったらしい。それぞれ違った名前は持っていても、結局はひと続きの塩水なのだ、と。その言葉の本当の意味は知らないけれど、その通りだと思う。

海のように深く大きく広がって巡り続けるのが人間だ。

シドが口を開いた。

「オレは先に戻るぞ」

シドは踵を返して去りかけたが、「あぁ」と何か思い出したような声を出した。そしてなにげない落ちつきのある声で訊いた。

「便りは来たか？」

「まだだよ」

海の水面が大きく揺れる。風が強く吹いた。どこからか、誰かの麦藁帽子が飛んできた。フィはそれを上手くキャッチする。それをくるくると手の中で回しながら遊んだ。

「でも来る」

麦藁帽子を被ってみる。サイズはぴったりだった。海風はまだ強い。帽子が飛ばされないように手で押さえながら立ち上がり、鍔（つば）の下からシドに向かって笑顔を見せた。

「必ず」

第四回ハヤカワSFコンテスト選評

ハヤカワSFコンテストは、日本SFの振興を図る「ハヤカワSF Project」の一環として始めた新人賞です。中篇から長篇までを対象とし、長さにかかわらずもっとも優れた作品に大賞を与えます。

二〇一六年九月十六日、最終選考会が、東浩紀氏、小川一水氏、神林長平氏、およびSFマガジン編集長・塩澤快浩の四名により行なわれ、討議の結果、黒石迩守氏の『ヒュレーの海』と吉田エン氏の『世界の終わりの壁際で』が優秀賞に、草野原々氏『最後にして最初のアイドル』が特別賞にそれぞれ決定いたしました。

受賞者には大賞として賞牌、副賞百万円が贈られ、受賞作は日本国内では小社より単行本及び電子書籍で刊行するとともに、英語、中国語に翻訳し、世界へ向けた電子配信をいたします。さらに、趣旨に賛同する企業の協力を得て、映画、ゲーム、アニメーションなど多角的なメディアミックス展開を目指します。

優秀賞『ヒュレーの海』黒石迩守
優秀賞『世界の終わりの壁際で』吉田エン
特別賞『最後にして最初のアイドル』草野原々

最終候補作
『マキガイドリィム』斧田小夜
『ゴリンデン』西川達也

選評

東　浩紀

今年でコンテストは四回目。個人的にはいままでの選考でいちばん楽しく刺激的だった。サイバーパンク、ポストシンギュラリティ、ユーモアにホラーと、じつに多彩な作品が集まったからである。ついに応募者が「伊藤計劃以後」の呪縛から解放されつつあるのではないか。

他方でそのジャンル的な拡散が、今年の選考を難しくしたのもまた事実である。結果として選考委員の評価は割れ、大賞はなく、優秀賞二作に特別賞一作といった玉虫色の結論になった。受賞作をひとつに絞り込めなかった理由は二つ。

第一に、全体的に言葉の扱いが杜撰だった。SFはヴィジョンとセンス・オブ・ワンダーで動く。それはたしかだが、小説自体は言葉の芸術である。その基礎がおろそかにされたまま、ここはイラストで脳内補完してください、と言わんばかりに物語が進む作品はいただけない。とりわけ固有名への無関心が気にかかった。たとえば『ヒュレーの海』の魔術名の英語もどきは世界観と一致しているのか。『世界の終わりの壁際で』で壁が「壁」、都市が「シティ」は工夫がなさすぎないか。『ゴリンデン』の飼い犬の名は「コタロウ」でいいのか。次回応募作には言葉への鋭敏な感覚を望む。

第二に、今回は作品周辺の情報が多すぎた。選考はあくまでも作品の質を評価する場である。それはそうだが、実際には作家名が書いてあれば検索する。とりわけ今回の優秀作と特別賞は、すべて別媒体にいちど発表あるいは投稿された作品の改作であり（応募規定について議論すべきかもしれない)、その知識はどうしても将来性の判断に影響してしまう。次回は、このコンテストのみに向けて書かれた、本当の意味での新作を読んでみたい。

最後に個々の作品について。個人的な最高点は『最後にして最初のアイドル』。自殺したアイドル志望の女子高生が人工知能として蘇り、最後は宇宙生成の源になる物語。いわゆるバカSFだが、文章のテンポがよく楽しく読ませる。宇宙論やニューラルネットなどの設定も魅力的で、巻のアイドル論への痛烈な皮肉も効き、多才を感じさせる。一発屋の可能性も高いが、ぼくは強く推した。

次点の『ゴリンデン』はフランケンシュタインものであり吸血鬼もの。奇妙な読後感を与える佳作だが、いつどこの話なのか舞台設定が不安定。主人公の博士が前世の博士の記憶を継承するという設定も、不必要に複雑で感情移入を妨げている。続いて『ヒュレーの海』はポストシンギュラリティのサイバーパンク小説。アニメ的完成度は高く、プログラマならではの想像力も興味深い。しかし時々挟まるオタクネタには閉口した。『マキガイドリイム』は冒頭こそ期待させるが、主人公がトラウマを克服し疑似家族を作るといった物語は、異星人を主人公にしなくても、否、しないほうがうまく書けたのではないか。SFにする必然性を感じなかった。優秀作となった『世界の終わりの壁際で』は、物語の安定度こそ群を抜いていたが、個人的には上述のような杜撰な命名とステレオタイプな想像力が気になり楽しめなかった。

選評　小川一水

一作目、草野原々『最後にして最初のアイドル』。今回一番の怪作。現代日本でアイドルを目指して死んだ少女みかが、グロテスクな怪物になって復活し、時空の果てる先までアイドル活動を続ける。美少女が聖なる怪物と化す話は昔からあるが、その人生を地球環境の崩壊や壮大な宇宙進出と一体化させて、とことんまで描いたこの話は、まぎれもなく今回のどの作品よりもSFだった。SFの賞である本賞でこの話を評価しないことはできない。またこの話は、ネット上で爛熟しきったアイドル文化の土壌から、SFの蔓で栄養を吸い取って咲いた徒花であるが、そういう乱暴なことをやるのもまたこのジャンルの特質だということを思い出させられた。文体は実直すぎる。また推敲が足りず雑に感じた。

二作目、西川達也『ゴリンデン』。研究者が謎の古いレシピ書をもとに新生物ゴリンデンを作り出す。彼の愛を受けた生物たちが変態しながら社会を崩壊させる。設定や行動がちぐはぐで、生暖かいもやのように話の見通しが悪く、描写が冗漫で刺激に欠けた。新生物ゴリンデンと主人公の交流にいくらか期待を抱かされたのみ。

三作目、黒石迩守の『ヒュレーの海』は、未来の変異した地球における立体閉鎖都市を、ルビ付き独自用語でゴリゴリと築き上げ、「ここで、この少年と少女と冒険しろ！」と開幕から威勢よく叩きつけてくる。若いハッカーの二人が見たことのない「海」を探す。魅力的な仲間や敵が世界の形を巡って戦う。ITとSFと哲学から混ぜ合わせた独自用語の議論が延々と続き、読者の座す現代日本文化におもねったメタな俗流ジョークが頻出するが、正直かなり滑っていた。だが「海を見たい」というテーマは強い。最後には意外な形で「海」を垣間見せてくれたので、評価した。

四作目、斧田小夜『マキガイドリィム』。序盤だけなら大賞が取れた。主人公は四本腕の昆虫型異星人、職業はシュルニュクである。「シュルニュクはメリヴォをスプシュトしてヴェシェミ・ビセを行うエンジニアである。」こういう誰にもわからないことを書いてくる作者をぜひ評価したかった。主人公が古い都市を訪れて、再開発の打ち合わせをするところまでは最高。しかし中盤で失速し、盛り上がりに欠けたまま終わる。資質があるので構成力を養ってほしい。

五作目、吉田エン『世界の終わりの壁際で』。大天災が予測される近未来の東京で富裕層は町を守る巨大な壁を築く。壁の外のスラムに住むゲーマーの少年と少女が、出所不明の強力なAIを手に入れて敵に追われる。反復練習で高まるゲームの快感を一発勝負の小説で再現するのは難しいものだが、作者は主人公音也に確かな肉体と心を与える筆力によって、存在しないゲームを読者にプレイさせる試みにかなりの程度成功した。「都市の壁」に象徴される敵と味方の発生と交替、切り捨てるか、取りこむかという問いを一貫して追い続けるストーリーの強さが素晴らしい。小説としての高い完成度を示した一方で、この話は決まった枠組みの擾乱や破壊を避けた気配がある。世界を壊すのはＳＦの一つの条件だ。大胆になってほしい。

選評

神林長平

今回は小難しい理屈抜きで楽しめる作品がそろった。とはいえ小説という創作物である以上は、小説としての完成度や出来はどうかという評価をないがしろにすることはできない。

この点で『最後にして最初のアイドル』は問題作だった。本作は「冗談文学」「バカＳＦ」だが、この遊びは小説の形式にまで及ぶ。しかし小説の存在そのものを笑い飛ばす強さは本作にはない（その強度があれば「芸術」作品になる）。物語や描写、アイデアといった各要素はすごくいいのだが全体を見れば不完全だ。たとえてみれば各要素は精密に加工されていて魅力的なのに、それらの組み上げ方が下手なのでぎこちない動きしかしない、そこは使い手になんとかしてもらおうという不出来な機械のようなものだ。これは作者が、設計図にあたる完成形＝明確な小説のイメージを持っていないせいだろう。小説家を目指すならば、小説とはなにかという自問への答えを実作で出していく必要がある。楽しければいいというのは、その次の段階だ。これは本作が二次創作か否かという問題ではない。面白く読めてしまう（書けてしまう）、それでいいのか、ということだ。正直、本作が最終選考の場にあるのはなにかの間違いではないかとぼくは思った。

他の四作については、技巧面の欠点はあるもののどれも読ませるが、「なにかこの作者の書く小説はへんだ」と思わせる問題作（『最後にして最初のアイドル』がまさにそれで、それ故、参考作として取り上げてもいいだろうと判断した）はなくて、どれを一推しにするか悩んだ。頭抜けた作品はなかったとも言える。大賞なし、優秀賞二作と特別賞は妥当な結果だ。

『世界の終わりの壁際で』、先を読ませる力はいちばんだと感じた。状況も戦闘も、登場人物たちが頑張って汗をかいているのが伝わってくる。選考会ではネーミングが安直だと指摘されたが、内容に合っているのでこれでいい。だがこのことはまさに内容を象徴していて、本作は運命に逆らって行動する英雄譚ではない。それが不満だ。

『ヒュレーの海』は、状況設定は魅力的だが、「混沌」とはなにかについて、もっと突っ込んだ考察ができるはずだ。この作品世界は、いまのわたしたちもこういう世界に生きているに違いなくて、ただ感じられないだけなのだろう。そのように読めばラストでこの予想の正否が明かされるだろうと期待したのに、そこには触れられずに終わってしまう。続篇を考えているとすれば応募作としては不適格。

『マキガイドリイム』の視覚イメージは素晴らしい。しかしながら主人公が異星人である必然性がない。このへんが作者にわかってくると傑作をものにできそうだ。惜しい。人間の物語なら一推しにした。

『ゴリンデン』は、どこか懐かしい気分になる雰囲気はいいが、世界が円環として閉じられる物語というのは、その主人公の人生観や価値観に共感できないと読者に訴えるものにはならない。ぼくはといえば、この作品世界を自分に引き寄せてその中に浸りこむ、ということができなかった。

選評　塩澤快浩（SFマガジン編集長）

他の選評にもあるように、今回の最終候補作のレベルは全体的に高く、当初の選考委員四人の評点合計は、最高が14点、最低でも11点とほとんど差がなく、選考会は紛糾することになった。

私が最高点の5をつけたのは、黒石迩守『ヒュレーの海』。その世界観の厚みというか密度、造語の格好良さ、チャールズ・ストロスの某作を明らかに意識した構成と勢いのある文章、そして登場人物および著者の清新さ（その意味で、挿入されるオタクネタも実はまったく気にならなかった）で、今回の五作の中では頭ひとつ抜けた評価だった。

次点の4をつけた作品が二作。

草野原々「最後にして最初のアイドル」は百二十枚ほどの中篇作品。アイドル志望の女子二人の日常を描く前半三分の一は文芸作品として最低レベルだが、後半の宇宙レベルでのエスカレーションが始まってから持ち直した。とはいえ文芸としての興趣は最後までないが、もともとステープルドンへのオマージュとして、アイドルという存在を通しての人類文明論にはなりえているのではないか。

西川達也『ゴリンデン』は、文章力では候補作中いちばんの評価。ただ、その文章力が、未知の生物であるゴリンデンの生態描写などではなく、その影響によって人間が人間でなくなっていくことのロマンなり郷愁なりの表現に発揮されていることから、ＳＦとしては評価しにくかった点が惜しかった。

3をつけた作品も二作。

吉田エン『世界の終わりの壁際で』は、大災厄に備えた方舟プロジェクト、人工知能の成長、そして架空のオンラインゲームでのバトル、という三つの読みどころがうまく嚙み合っていないため、無駄に枚数を費やしてしまっている点が残念だった。

斧田小夜『マキガイドリイム』は、飛浩隆氏の「象られた力」や『零號琴』を思わせる設定で期待させられたが、魅惑的な異星の謎が擬似家族の物語へと矮小化されていく展開でがっかりさせられた。『世界の終わり……』と同様、自分の描きたいことが制御できていない印象だった。

結局、選考会は『世界の終わりの壁際で』を支持する小川、神林両氏と、『ヒュレーの海』を支持する東氏、塩澤とで一歩も譲らず、また過去三回の大賞受賞作（六冬和生『みずは無間』、柴田勝家『ニルヤの島』、小川哲『ユートロニカのこちら側』）と比べると、どちらもわずかに劣るという点から、二作同時で優秀賞という結果に落ち着いた。

加えて、アイドル批評としての特異性、出自が某アニメの二次創作という話題性も加味して、「最後にして最初のアイドル」が特別賞となった。

小説投稿サイトや同人誌への既発表作をコンテストの対象とすることに疑義を呈する選考委員もいたが、個人的には、ＳＦコンテストが優れたＳＦを正当に評価する場であるならば、応募作の出自は問わないというのが私の立場である（もちろん、応募規定に則っている限りにおいて）。

本書は、第四回ハヤカワＳＦコンテスト優秀賞受賞作
『ヒュレーの海』を、加筆修正したものです。

みずは無間（むげん）

六冬和生

無人宇宙探査機の人工知能には、科学者・雨野透の人格が転写されていた。夢とも記憶ともつかぬ透の意識に繰り返し現れるのは、地球に残した恋人みずはの姿。法事で帰省する透を責めるみずは、就活の失敗を言い訳するみずは、リバウンドを繰り返すみずは……。無益で切実な回想とともに銀河をさまよう透が、みずはから逃れるため取った選択とは？第一回ハヤカワＳＦコンテスト大賞受賞作。

世界の涯ての夏

つかいまこと

〈第三回ハヤカワＳＦコンテスト佳作受賞作〉

この星を浸食する異次元存在〈涯て〉が出現した近未来。離島に暮らす少年は少女ミウと出会い、思い出を増やしていく。一方、自分に価値を見いだせない３Ｄデザイナーのノイは、出自不明の３Ｄモデルを発見する。その来歴は〈涯て〉と地球の時間に深く関係していた。

ハヤカワ文庫

著者略歴　1988年千葉県生，東京情報大学情報システム学科卒　本作で第４回ハヤカワＳＦコンテスト優秀賞を受賞し，デビュー

HM=Hayakawa Mystery
SF=Science Fiction
JA=Japanese Author
NV=Novel
NF=Nonfiction
FT=Fantasy

ヒュレーの海

〈JA1253〉

二〇一六年十一月二十日　印刷
二〇一六年十一月二十五日　発行
（定価はカバーに表示してあります）

著者　黒石迩守
発行者　早川浩
印刷者　西村文孝
発行所　株式会社早川書房
郵便番号　一〇一‐〇〇四六
東京都千代田区神田多町二ノ二
電話　〇三‐三二五二‐三一一一（大代表）
振替　〇〇一六〇‐三‐四七七九九
http://www.hayakawa-online.co.jp

乱丁・落丁本は小社制作部宛お送り下さい。
送料小社負担にてお取りかえいたします。

印刷・精文堂印刷株式会社　製本・株式会社明光社

ISBN978-4-15-031253-4 C0193

本書は活字が大きく読みやすい〈トールサイズ〉です。